U0130677

海浪花（三）

秋实 著

香港文匯出版社

序

——秋 实

世有无穷事，生知遂百春。

人的一生会看到许多的风景，见到许多的人物，经历许多的事情，听到许多的故事，但与世事相比也只能是九牛一毛、沧海一粟。

人的思维是无限的又是有限的，从思维的本性、使命看，是无限的；从思维的个别实现的情况及每次的实现看，又是有限的。正确认识思维有限和无限是我们积极思考的动力。通过一些事情而去透过现象抓住本质，举一反三的思想，便会扩大我们的见识，增加我们的收获。春秋时期诸子百家，写了许多有思想的文章，对今人无不有借鉴意义。

人生的每一个春秋，都有花的开放和秋叶的飘落。去留皆是自然事，然而却给人们以人文的启示。把它写下来，便是有益的。我常赞美“开卷有益”的初创者，是多么的智慧。因此，我也常常开卷以取益。

不断地思考并记之。偶尔打开那些自己写作的文本，读来又有一些新的收获。虽然有些文章已沉淀了许多年，但重温时，仍然感到可读，并没有腐朽之气。

在走过每一个春秋时，都有许多的人或事，与我或相处、或交往、或相识、或失之交臂、或擦肩而过。有些是令人赞赏的，有些是令人痛心的，有些是令人喜悦的，有些是令人悲愤的，这些都留下了只言片语和一些笔墨。倘若有可读之处，不妨出版面世，让读者评说。也便决计整理出版了。

故我便挤出时间来，开始整理这些碎片。很早的一些旧手稿，自己也已将之忘却了，发黄的纸上记着一些文字尚可辨别。于是我又忆起了起步走路时的情景、往事、老友、世势。

整理的过程像是探奇一样，又像是在开采一座宝藏，仿佛还充满着兴奋和好奇心。每读一篇时，还感觉语言不俗，总有一种感觉：饶有兴趣。

人贵持之以恒。思考写作不辍，积累便成蔚然，正所谓的“集腋成裘”。无论是阳光明媚的笑脸，还是阴雨风雪的心情，都没有放下笔。倘对社会无价值，对于自己也是一种记忆和安慰。一些文章是发表过的，一些是被束之高阁的。

我现在可以做的就是把它们全都翻出来，并把碎片化、纸件化的文字转变成系统化、电子化的文章，然后交给出版社的编辑再去修饰。

有许多文章是关于环境保护、城市管理、教育、旅游、文化、产业、文明、法律的思考和拙见；也有对历史、人物的评价，总是希望以问题为导向，不断去解决问题，正所谓治标治本兼蓄。记得曾经读过一篇短文，关于治标治本的问题是这样表述的：有一个垃圾箱，经常有苍蝇飞出，为不传染疾病，人们便去想办法灭掉苍蝇，苍蝇没有了；又从垃圾箱里跑出蟑螂，为不传染疾病，人们便又去想办法灭掉蟑螂，蟑螂没有了；垃圾箱里又跑出了老鼠，人们害怕鼠疫，便想办法去灭掉老鼠。但是就是没有人想办法去处理好那些产生不良东西的垃圾。像这样一些文字是有启发性的，是值得社会很好的反思的。

古人云“学而不思则罔，思而不学则殆。”写作的过程也是很好的思考与学习的过程。同时，也提倡一种百家争鸣的氛围。一家之言难服众，一花开放难为春，一木独荣难成林。

愿这些文字像春天里的一棵小草，也繁荣在文学这个大花园里。可以随春风摇曳，可供人们观赏。如若喜欢，也便可以采撷而去。

我常常醉心于那些点点似的星星似的小花朵。它们精致得可怜，一丝不苟地绽放着，从每一个环节，每一个细节都在追求着完美，追求着卓越。那小小的花朵里挑着几丝花蕊，就那么的低调，那么的隐约，那么的静美。

我也常常欢喜那些花间的水湾。清清的像一双眼睛，闪着光、炯炯有神。它们的明澈，如一颗善良的心灵，泽润着万物而有着自身的气质。在它们的心里映照着天空，如此广阔，即使是一湾浅浅的水湾，也因此有了博大和深邃。我赞美它们的宁静和包容。它们的胸怀总是那样的澄明。

我也常常惊叹那些大自然的造化。耸入云端的山峰，无边无际的草原。在它们面前，人类是多么的渺小。它们的壮观曾折服过多少诗人，留下了多少壮丽的诗篇。徐霞客的游记你读过吗？他记录的地理风光，充满着神奇与色彩。还有藏在地下的自然的壮观，人们可以展开想象的翅膀。

当然，自然和人文往往联袂出场。

我也常常敬佩那些有品德的人们。他们辛苦着自己的生活，却幸福着别人的日子，而将快乐写在脸上，把责任扛在肩上，一生简单而大度，从不计较得失，知足常乐。他们安步当车，无论什么豪华的车子从身边驰过，都无动于衷，始终用沉稳的脚步丈量着人生的旅途。

我也常常笑人间欲胜天公。人类的笨拙，并不自知，总觉得人定胜天。当大地震来临、核电站爆炸、洪水摧毁家园时，过后仍要长歌，以表人类伟大。有何伟大之有？失去的生命不再回来。人类无知的行为，惹怒造物主，以此来惩罚。人类所谓的创新是创造出更先进的征服自然的工具，加剧着对自然的破坏和人类的悲剧。

我也常常烦心那些反复无常的人。他们翻手为云覆手为雨，想出许多招数。今天这样明天又那样，朝令夕改，让人无所适从，整日碌碌无为。“无常”便是忙碌，“无常”便是辛苦，“无常”也便是“随意”，怎么会有什么意义可言？

目录

散文

散文

散文

散文

散文

散文

散文

春・夏・秋・冬・人物・山海・海外・散文

过大年

辞了灶年来到，噼啪噼啪放鞭炮。记得小的时候过年，很新盛，很愿意过年，总是不停地问大人什么时候过年，什么时候穿新衣服，什么时候燃放爆竹，什么时候吃饺子，什么时候到姥姥家还有姑姑家。

年除夕的那天一到，我总是很积极地将大门、屋门和房门上褪了色的对联撕掉，然后再把新的红红的对联周周正正地贴在门上。这类活都是我自告奋勇地去承揽，所以直到现在这种习惯一直保留着，总是乐于亲手贴春联，而且总是在大年三十上午。现在女儿长大了，所以我也邀请女儿一起贴春联，并与女儿一起背诵那首脍炙人口的诗“爆竹声中一岁除，春风送暖入屠苏。千门万户曈曈日，总把新桃换旧符。”现在住在城市里，不必贴对联，也不去张横批，只是在门上贴上一个福字。就同样是这么一个福字，年复一年地更换着，总把那个去年贴的福字换上一个新的福字，尽管去年贴的福字依然不旧。其实，这仅仅追求的是一种喜庆的气氛。我告诉女儿：这就是生活，就是风俗文化。

贴完福字以后，便把门前的擦鞋的平安垫子平兜着，把一年来鞋底擦下的尘埃倾倒。平安垫子的作用很大，每天人们工作归来回家时，总是要在平安垫子上蹭蹭鞋子，把一天的尘埃留在门外。其实，平安垫子净化的不仅是鞋子，更重要的是你一天的疲劳和不悦，它净化的是你的精神。跺跺脚，静静神，不使一丝的烦恼带入家中。家会成为你生活的乐园和事业航船的避风港。被倾倒的一年的尘埃，将随水道永远逝去。日子也像这些尘埃一样随水而永不复回地流去。这流逝的日子里有多少的烦恼，有多少的艰辛，就这样被统统地抹掉。冲洗不掉的是那些美好和幸福的记忆，还有平安垫子上那几个出入平安和吉祥如意的字样，以及平安垫子上的那幅春燕衔泥的图案。

年除夕那天的下午，扫一扫走廊，买上几盘鲜花放在厅中，然后就开始包饺子，等到晚上下饺子时，便把早日准备好了的一串很长很长的鞭炮拿到外面燃放，用鞭炮那清脆响亮的鞭炮声去宣布辞旧迎新。

年除夕过后，最重要的礼节就是拜大年。拜年是中国的传统习俗，五千年的历史，足迹弯叠而悠长。当然，拜年也是一种文化，属于上层建筑，由经济基础来决定，愈是经济落后的地方，愈是沿袭得完美，浓烈。这种文化或习俗很难改变，甚至政治也难以改变之。在中国的现代史上曾经提倡“移风易俗”“过一个革命化的春节”。但是政治亦属于上层建筑，只能影响，但不能决定其存亡。

年初一的早上，小孩子是最高兴的了，一大早爬起来，穿上新衣裳像条尾巴似的跟着大人去拜年，每到一家都能有一点回报，或糖果，或几块钱，一圈转下来，几个衣兜子都鼓鼓的，回家后珍藏起来，慢慢享用。大人们则不然，掰不过这风俗，不得不挨门挨户地走，为了在串门的路上，少见人，少说话，所以天还很黑，门子里的人就结群成队，挨家磕头。队伍越集越大，老少三辈，上有叔叔、大爷，下有弟弟、侄子。每到一户，长辈在前，进入屋中，两膝跪地，一边嘴里连续地喊，一边头不停地叩：“爷爷、奶奶、大爷、大娘、哥哥、嫂嫂过年好！给您磕头了。”我们这些后生在后头进不了屋子，便站在天井中，只喊不叩，有的调皮的孩子则喊到：“过年过得好，没叫耗子咬”的调皮话。

拜年结束已将近中午，筋疲力尽。吃了中午饭，上床倒头就睡。因为第二天有更艰巨的任务要完成。要到外村子里去拜年磕头。一般顺序是：初二老娘，初三姑，初四五儿拜丈母。七大姑，八大姨走吧！可以直走到正月十五。

但有时的天气却异乎寻常，从除夕那天就开始下雪。雪仿佛很执着，一直下个不停，像一个任性而顽皮的孩子，有时是如此的肆虐，雪花成群结队地打着旋转着圈子横扫一切，弥漫了整个天空，覆盖了整个大地，不顾一切地从天上来到人间，甚至在阳光明媚的时候也在飞落。

初一的早上，大雪还在飘落，满地是白皑皑的雪，世界是那样的安谧。突然，一声爆竹清脆而响亮地打破了宁静，紧跟着一串串一挂挂鞭炮声，争先恐后，此起彼伏。鞭炮声染盖了大雪的宁静，大雪也掩盖了鞭炮声。美丽的飞雪和响亮的鞭炮，给春节增添了色彩，使旧历年的年味更浓郁。我常想，什么是年味？年味就是那三两声的爆竹，那串串的鞭炮声；年味就是那四五处的堆雪，那纷纷的银雪花。过年无雪与爆竹，确无年味，小的时候过年就放假，既盼着过年，又希望过得慢些，这雪仿佛成为年味的象征，过完了年，雪也渐渐地融化，当看到残雪消融，便感觉年味已尽，总希望雪消融得慢些再慢些。其实，年的消失岂待雪的融化，几挂鞭炮响过，年也就过完了。

二零零四年二月

英雄孟良崮

孟良崮山属蒙山山系，主峰海拔五百七十五点二米，面积一点五平方公里。相传宋朝杨家将领孟良曾屯兵于此，故而得名。孟良崮主峰北向，岗峦起伏直抵汶河；南向四公里为临蒙公路；西北连接两个五四零高地；西北端为五二零高地；东南端为芦山；东向为雕窝；东西长约十公里。该山区山峰陡峭，多悬崖绝壁，群山起伏跌荡，犹如大海里的波浪。国民党军整编七十四师，就葬送在这人民战争的汪洋大海之中。

一九四七年三月，国民党集中二十四个整编师四十五点五万人，重点进攻山东解放区。五月，国民党军整编七十四师，在山东蒙阴和临沂之间的孟良崮山地，被华东野战军运用灵活战术迭次围歼，共歼灭敌人三点二万人，其中师长张灵甫被击毙。七十四师乃国民党军五大主力之首，全部美械装备，战斗力很强，此劲敌被歼，扭转了华东战局，孟良崮因此而名扬海内外。

清明节，从济南开会回烟台的途中，我故意转了一个弯，去凭悼英雄孟良崮。我站在孟良崮山峰上，审视当年之战事，我不敢相信孟良崮战役最后的分晓，我也不相信有“一夫当关万夫莫开”的关卡，我相信解放战争是群众的战争，是全民参与的战争，是上帝的意志。毛泽东同志曾说过我们的战争是人民的战争，战争只有依靠人民才能取得胜利。人民就是上帝。

当年，居住在蒙阴县野店镇烟庄村的沂蒙六姐妹，她们带领全村人民不分昼夜，一天只吃一顿饭，每天来回二十多里山路。在孟良崮战役期间，为部队烙煎饼十五万斤，筹集军马草料三万斤，洗军衣八千多件，做军鞋五百多双，捐赠鸡蛋四百五十多个，运柴火一千七百多斤，停下来还要为战士唱歌搞宣传，鼓舞士气。一九四七年六月十日，当时的《鲁中大众》发表了题为《妇女支前拥军样样好》的文章，报道了她们的模范事迹，称她们为“沂蒙六姐妹”。所以陈毅曾说，我们的胜利是老百姓用小车推出来的。

走在山里看那满山凸出的光滑的石头、还有那松、那槐，像看到了当年解放军指战员们匍匐前进的身影；听着那山谷中松涛的声音，仿佛听到那千军万马的呐喊声；看到那累累弹痕的石头，就看到了宁死不屈的战士们和老百姓当年支前忙碌的身躯。站在孟良崮上，望着用战士和人民的鲜血描绘的大好河山，仿佛看到了祖国的强大。望着纹水从孟良崮山旁边静静地淌过，仿佛看到了人民安居乐业，宁静安详的生活，景色如此美好。陈毅曾写过一首诗《如梦令 · 临沂蒙阴道中》，赞美江山多娇："临沂、蒙阴、新泰，路转峰回石怪。一片好风景。七十二崮堪爱。堪爱、堪爱，蒋军进攻必败。"

一九八四年，为纪念孟良崮战役，在孟良崮山上修建纪念碑，石碑高三十米，由三块状如刺刀的灰色花岗石筑成，象征着野战军、地方军和民兵的武装力量体制。"英雄孟良崮"五个大字，赫然刻在孟良崮山峰的石碑上，这是粟裕将军题写的，也是革命烈士的身躯和鲜血塑造的。孟良崮已成为人民英雄的化身，已成为中国人民解放战争的伟大的里程碑，已成为中国人民解放事业的不朽的凯歌。

二零零五年四月

上坟

这几天夜里睡眠颇不宁静，常常梦见已故的亲人，如外婆、外公、奶奶等，外公大约去世已有二十年，姥姥已去世十年了，奶奶去世有七年了。为什么常常梦见他们，而且都是有故事情节的呢？这大概是我对他们的怀念吧。

元旦期间，抽出一天的时间，驱车回老家潍坊昌邑市，一路上到处都是白色的霜露，我不由得放慢了车速。但当阳光射来的时候，路上的霜露全都溶化，车便又撒了欢，像没有缰绳的野马疾驰，沿着同三高速一缕烟似的奔向家乡。

当进入潍坊境内时，昌潍平原的风姿便一望无际地展现在我的眼前。刚刚下过的一场约三公分厚的雪，使昌潍平原上的万物都染上了一层白色，大地已经全白，只有一些高楼大厦的墙壁还是原色，大树的颜色没有地面那么白，但那种白中透着树皮灰色的调子，给人一种淡雅、朦胧的艺术之美，那种不很均匀的白色分布给人一种合理、舒适的自然之美。一下高速公路，车便慢慢地行走在了如地毡般的雪地上。

这浅浅的一层雪，给大自然抹上了浓浓的一笔，给我留下了深深的印象。大地如此美丽，大自然如此美好，万物如此可爱。

回到乡村进了家门，兄弟姊妹父母等都走出门，笑脸来迎接。刚坐下说明来意，便和我的母亲、妹妹驱车辗着积雪，来到十几里以外的外婆村。由于坟墓在田野中，只好停下了车，踏着雪，来到了外婆的坟茔。几年过去了，一切都变了，变得如此的陌生。我几乎认不出旧时的半点痕迹。在妹妹的引导下，才辨认出了哪是老外婆的坟，哪是外婆的坟，哪是外公的坟，哪是舅舅的坟。他们活着的时候对我都很好，亲我爱我。对于我的成长，或物质上或精神上，都给予了实质性的帮助。几十年过去了，他们虽然都长眠在我脚下的这块土地上，但他们的音容笑貌还清清楚楚地活跃在我的脑海里。

老外婆是外公的母亲，她一生含辛茹苦，养大了五个儿子。在她年迈的时候，一个老人自己住在一个小房子里，房子直接面街，没有院子，只是在房门前搭建了一个小前庭。小房子里的一半是一铺炕。这就是她晚年的全部天地。这番天地我是常客，每次去老外婆那里总会得到一些小惠，高兴而去，满意而归。当然，我童年的快乐也会给她一些，我这个小小的不速之客总是会打破那片小天地的寂寞，听到老外婆开心的笑谈。

每次去见她，总是端坐在炕的一角，侧面向着窗子，两手一刻也不停地掐着辫子。就是当她的眼睛移开辫子，看着我说话时，两手仍不断地忙活着，小辫子也精确无误地不断地在增长。只有在我要离开的时候，她才会停下来，在炕上吃力地遣一遣身子，倾向炕边一个小毛榛，打开盖掏出一些好吃的，如没有包装的糖，带有白霜的柿子饼等等，塞给我。那就是她待客的最佳礼物，是她不舍得吃的，省给孩子们的东西，那就是她的爱。面对她的坟墓，我记不起她什么时候离开了我，也不知道什么时候平地长出了她的坟墓。

我的外婆那可是我的保姆，我就是在她的怀里长大的。我曾写过一篇文章《往事》，回忆我的外婆。她可是一个饱经风霜的老人，外公和舅舅都比她离开人世早得多。她可比老外婆更孤独，更寂寞。她的晚年是带着一种绝望的长长的思念度过的。思念那英年早逝的舅舅，思念那相伴半百的外公。她像一只站在树枝上哀鸣的雌鸟，望着被劫走的刚刚孵出的雏鸟的空空的穴巢。接下来，就连那空空的冰凉的穴巢，在规划的狂热中被路拆掉了一半。剩余的一半，在她老人家风烛残年的时候，就有人觊觎了。凄凉，几乎使她窒息。境遇，使我成为她唯一的精神寄托。然而，当她去世时候，我却不在眼前。她临终时，五个女儿和女婿，还有十五位外甥儿女站在她的旁边，她环视一圈，失望地说："我想见的人没来。"大家都猜到是我，但是仍明知故问："是谁呀？"她最终摇了摇头不说。都害怕打扰了我的前程。再一次使她带着遗憾走了。当我知道外祖母撒手人世的消息，外祖母已经走得无影无踪了。留给我的也不仅是遗憾，还有后悔和思念。上帝呀！难道你就没有别的礼物了吗？

我在每一个亲人的坟上压上一沓烧纸，燃上香，点上纸，拜了三拜。凝视四周，因为刚刚下过了雪，一片洁白，像是上帝的挽礼，又像是天堂。天堂也好，地府也好，据说那里是很美好的，去的人都不愿意回来，无一例外的都留在那里，所以我们也得不到那里的消息。我只好默默地为这些前往者祝福。我想他们一定过得很好，因为那里有上帝，那也是人在世上活了近百年后，最终的成熟的选择。

那里可是很圣洁的。不会允许我们的躯体进入他们的领地，只有在我们睡着的时候，灵魂离开我们的躯体，悄悄地去和他们相会。那就是我们所谓的梦，是彼此的思念。纸香等都是传达我们的思念和问候的道具，以此聊以慰藉。这就是祭祀的全部意义。

二零零六年三月

西塘古镇

也许是对中国灿烂的传统文化的热爱，也许是对高楼林立的喧嚣城市的厌恶，当一看到小桥流水，看到水边片片灰色的瓦房及其水中的倒影，还有岸边刚刚吐绿的柳条，水上漂着的悠闲的小篷船，其上横斜着的双橹，真是心神旷怡，像见到了一位久违的老朋友。

自杭州市驱车约两个小时，便可以到达西塘古镇。一个满载四十多人的大巴，从现代化的高楼之间的一条夹缝，驶入停车场。一进入车场，仿佛进入了历史的隧道，周围的环境与刚才穿过的闹市完全是两个时代的画面。青砖灰瓦的房子，洁白的墙体，瓦当相和的墙头，上面长满了绿色的青苔，起伏不平，像一条卧雪的青龙。一种古老的，中国特色的民居艺术，活脱脱地展现在我的眼前，引起了我极大的兴趣。参观就从这里开始了。

四十多人的大团，穿行在这古老的建筑群中，显得格外的拥挤。有的胡同仅供一人穿过，不容两人并肩同行。抬头向空中望去，参差不齐的房山屋檐上面只有一线天。但走进每一间古居，都环境幽雅，空间宽阔，房屋的设计很具有艺术性。有许多的大家豪门，邻街之楼一目了然，而当你走进楼门，穿过第一个厅堂，会有一个由楼房组成的天井，穿过天井又进入了第二个厅堂，过了厅堂又是一个天井，可谓是一厅一井天。房中有院，院中有房，房阔院深廊折，沿迂回的院房石街行走，一会寂然幽暗，一会又豁然开朗。

每一个天井都很有特色，墙都是由房子的墙体围成，在正面的一楼和二楼之间有一块字匾，上面写有“维安集福”“维和集福”“维道集福”等之类的语言。大有书香门第和荣雍华贵之感。这就是西塘文化的核心“安、和、道”。天井，像水井一样，水井中有水，天井的内容是天，真乃名副其实。站在天井中，只见小片天，如井底之蛙。但是有的天井颇大，应称之为天湖，有石有水，有花有木，典雅宁静，趣味横生，有人戏言这就是大家闺秀的乐园。

在这些灰色的群舍中，有许多具有文化和历史性的档案会馆。你看，博大的纽扣馆，展览着自古至今的各种纽扣。铁的、贝壳的、塑料的、木头的、布编的。大者如车轮，小者如豆，大大小小，各形各色。更有趣的是有人在现场表演如何生产纽扣，真做实干；你看，豪华床馆，展示着清代以来的豪华床榻，雕枝琢叶，画鸟绘兽，十分繁杂而又不紊。可见古代富家奢华之一斑；你看，朱念慈书法艺术馆，把书法艺术与扇子结合成为一件件精致的工艺美术品。小字如粒，清清楚楚，井然有序的跃然纸上。其中一件是朱念慈八十岁耄耋之年，以小楷书写的江泽民同志在中国共产党成立八十周年纪念大会上的讲话，洋洋洒洒几万字，念完就需要几个小时，写完而且工整地写完，那是怎样的毅力和意志；还有，木刻印画馆，黑白艺术的创作天地。这木刻印画会馆是一个长廊式的，旁边有一长廊式的庭院，长廊内挂满了木刻印画，庭院内长满花草树木，环境与艺术的完美结合，使人叹之。怪不得人说“锦绣江南”，原来那个“锦”字是浸满人文艺术的啊！

走出深深的房舍群，来到一条主要街道上，两边商铺琳琅，绣品艺术挂画满目，各种江南小吃，一街两行，令人垂涎。各式各色的店幔，在门头上飘动，一幅热闹景象。身在其中如走在历史的胡同，徜徉在文化的长河中。我深感趣味横生，于是频频访问。正在小逛时，忽听到一种感觉上有些低调，不免悲凉的乐器声，寻声觅去，见一小伙子在檐下卖一种古代的乐器——埙。

该乐器用泥土烧制而成又称之为陶埙。看上去很像一个大鹅蛋，上面分布有几个小孔，外观非常简单。但它发出的声音却是异常的复杂，声音撩起人们的情感就更复杂了，所以又称之为魔笛。在这古老的城镇，满眼旧色的环境中，听到第一声埙曲，那声音就像是沧桑历史的呜咽，尽管吹奏的是一曲高亢激越的曲子。这种陶埙是我国最古老的乐器之一，其造型、音色、声调和音程都很独特。看到这陶埙，听到这埙曲，你首先会更感中华民族是一个历史悠久，是一个有着灿烂文化，是一个充满聪明才智的民族。然而，你又会感到中华民族是一个充满历史沧桑的民族。这曲子像一条长长的绳锁，缚住了我的思想。最终从导游的催促声中惊醒，拖着沉重的脚步，带着一种莫名的心情而去。

来到小河边，豁然开朗。河水碧绿，倒影如画，游人入轴。民居临水而建，有小阶接水，有小窗临江，下阶可以濯足，俯窗可以举水。一方水土养一方人，这方人会对这方水土有着生死的眷恋。有许多的房子已有上百年的历史，有的十四代人相继生活在这里，他们每日作息足不出户，家成为商店，商店就是家，工作既是家务，家务又是工作，悠闲自得，过着丰衣足食的自由生活。无论年轻人还是老人，无论是男人还是女人都是出色的商贩，都乐此不疲。他们的生活的自由与河水的悠闲、房屋的静雅，植物的婀娜，构成了一幅与世无争，殷实富足，安居乐业的美好图景。

烟开兰叶香风暖，

岸夹桃花锦浪生。

一生寄情江南水，

三分得意海上风。

这就是他们生活的真实写照。

二零零六年三月

樱桃红了

小的时候家里穷，很难吃到水果，每到过节全家人分一个苹果，那可不是摄取维生素，仅是尝尝苹果的味道，体会一下吃苹果的味觉。樱桃那简直就是唐僧肉了，一般家庭的孩子是根本吃不到的。

现在条件好了，不仅孩子可以吃到，而且大人也可以吃个够。那樱桃的种类也很多，有小樱桃，有大樱桃。尤其是大樱桃，品种多得名字都叫不上来，我只能记住“大红灯笼”这个名字，但是分不清哪一种樱桃是大红灯笼，看上去都像灯笼一样，一个个光彩映辉，看了就垂涎三尺，吃到嘴里甜中带酸，令人生津，有味有内容。小时候，我很幸运，每年都能吃上一顿樱桃。不过，那时的樱桃没有现在这么多的品种，都是小樱桃，我们称其为樱珠。肉少核大，吃到嘴里味道有余，内容不足，总是希望像吃桃子一样，啃一下塞个满口，但一个一个接连不断地吃，最终肚子鼓了起来，嘴里还觉不过瘾。然而在那个年代，可是幸福的事情，至今记忆犹新。

我家住在潍河的旁边，离我们村子五里地的“王可村”，住着一对孤独老人，那是我奶奶的妹妹和妹夫，我称他们为姨老娘和姨老爷，二人住的是不很宽敞的房子，但院子可很宽阔，房子的前后都是院子，院子中种了许多果树，如桃子、苹果、梨、栗子等，只有一棵樱桃树，枝繁叶茂，每到春夏樱桃熟了，老娘、老爷就捎信让我去吃。我父亲就用自行车带上我，买点东西便去看一看老人。大约二十分钟的路，从我村就到了王可村。一进门便可以看到那棵樱桃树，樱桃红满了枝，在微风中招展，以示欢迎。老娘、老爷一边寒暄，一边扑上樱桃树。这时，我总是阻拦他们，“等一等”。他们很莫名其妙，举起的手像定格的镜头。我站在远处不诅声，只是贪婪地欣赏着这棵樱桃树的美丽。他们笑我，“呆什么？”，其实，他们才真正呆了一会，这才开始摘，一捧捧装满我的几个口袋，我一边玩一边吃，并把樱桃核留下来，用作玩具和小朋友们当作小溜球一起玩耍。每年的这捧樱桃给我的童年增添了不少的色彩和美好的记忆。就像那棵樱桃树一样，绿叶是充满生机的童年生活，红果就是充满喜悦的生活彩色。

这一对老人也永远铭记在我的心中，他们那耄耋之像，时时浮现在我的脑海，虽然他们已经谢世几十年了。他们没有孩子，所以就很喜欢孩子。每次我去，他们都乐得合不拢嘴。老娘个子高，常常坐在一个高高的马扎子上与我们交谈。说话间，经常打着长长的气嗝，看上去有一点病秧，像被霜打过似的。其实，这话不过分，她这一生才真正的饱经风霜，度过了许多不同滋味的日子，从一位大家闺秀，青春少女，沦落为一个没有后裔，病魔缠身的婆妈。每每看到我的父亲和我的姊妹，高兴之余便是黯然伤神，有时还会当着小辈的面老泪纵横，历数她的不幸。弄得我们欲言又止，举手无措，常常出现一种尴尬的场面。就在这时，往往会有一连串的干咳声，打破这不愉快的沉默。

这咳声就来自坐在旁边的老爷。老爷个子本来较矮，暮年一老则像一个小樱桃，时常拿着一个长长的大烟斗，烟斗上系着一个烟口袋，每抽一口烟，用大拇指按一按烟斗里燃得通红的烟土，嘴里的烟雾没吐完，就干咳起来，因气管不好，气喘吁吁，看那样子像是扛着一只烟袋锅子累的似的。抽完了一顿烟，便很费力地抬起脚，将烟袋锅子在鞋底上重重地扣几下，发出“噔噔”的声音，以清理烟袋锅子中的灰烬，然后粲然一笑，那倒真的像个樱桃，但是不等笑完就又是一通咳嗽，咳嗽声冲淡或剥夺了慈善的笑容，脸被憋得通紫，就像一个熟透了的小樱桃。他很少讲话，只要你听到他的声音，一般就是他的咳嗽声。当时他气管炎已经很重，抽烟狠狠地刺激着气管疾病，但是他嗜烟如命，最终被那一个像铁锅一样的烟斗累死了。

这对老人我时时想起他们，尤其是樱桃烂漫的时候，尤其想他们，想着那满院春色里那一对孤独的老人，他们那么善良，为什么满院的树木都挂满果实，而就不让这对老人结有一个果子呢？这太不公平了。

他们也曾经想要一个儿女，哪怕像小樱桃那么大的个儿子。他们也曾戏言说，我就是他们的“儿子”，像一个樱桃“儿子”一样。不是说“儿子”

小得像樱桃，而是樱桃熟了的时候就成了“儿子”，樱桃未红时则是见不到影子的。

我长大后去看过他们几次，我也戏说我是那个吃樱桃的“儿子”，吃樱桃是个“儿子”，不吃樱桃就不是“儿子”了。不能履行“儿子”的责任，那就只能是一个吃樱桃的“儿子”。到后来我在外地参加工作了，我连一个吃樱桃的“儿子”也没有做到。每年春天，院中樱桃红满了窗，却无人与之共尝赏。

二零零六年九月九日

星星、太阳与月亮

自从有了天文望远镜，宇宙就变得不那么神秘了，它的大部分秘密被望远镜揭开，宇宙无非就是由众多的星星所组成。但是星星众而不繁，多而不乱，它们都有自己的位置，都有自己的运行轨道，这就是宇宙的规矩。每一颗星星都履行着自己的职责，相互辉映、相互协作，从不错位、越位、缺位。它们一直是很有秩序的、精确的、始终如一的。它们从不分先后、高低、上下、左右，总是一直坚守着自己的岗位，不问名禄，只要有一分热就发一分的光。无论是太阳、地球、月亮，还是金星、木星、水星、火星、土星，以及密密匝匝的魅力无限的银河系，都统统地是天上的星星。

但是，自从有了人类以来，星星们就被分为了太阳、地球、月亮和星星。人们便对不同的星星有了好恶。太阳主宰着太阳系的一切光和热的供应，生命的维持和发展，以及支配着各天体的运动。因此，太阳自然就成了人们赞扬的对象，成为人们心目中的太阳神，成为人们崇拜的一颗星。然而目前已观察到的，光度最大的星星不是太阳，而是天鹅座“捷塔星”，光度是太阳的五十万倍。但由于太阳是以亿万计的恒星世界里离地球最近的一颗，故看上去是最亮的，也就有了“太阳最红”的说法。月亮看上去比太阳小点，成为肉眼中第二大星，尤其是在晚上，月亮照亮了黑暗，给人以光明，自然也成为人们赞扬的对象，成为人们心目中晚上最亮的一颗星。“月是故乡的明”，“床前明月光，疑是地上霜。举头望明月，低头思故乡。”等等关于月亮的诗篇，赞美月亮的文章也就应势而生。

太阳和月亮这两颗星星，都是人们崇尚的。太阳的确伟大，把黑暗驱逐，并把黑暗从每一个角落赶走，决不姑息，不留下一点影子，最彻底干脆地把黑暗埋藏。月亮则不然，它只能减少黑暗，而不能完全战胜黑夜，即使在最圆最亮的时候，也不过是给人以微光。黑夜仍然是布满整个空间，尤其是角落依然是黑得不见七色。但大家仍然给月亮以赞美，极大地夸奖月亮之明。

但当天文学家不断揭开宇宙之谜，才使人们知道月亮本身是不发光的，它的光也是太阳光的折射，在星星中有许多的星比月亮更亮，而没有像月亮一样得到人们的推崇和偏爱。除太阳以外，月亮也并非最大的星星，只是因为月亮离地球近些而已。

但有时月亮也是不那么虚谦，把自己看作太阳第二，有时还想与太阳一比高低，不等太阳落山，它就升上空中，在太阳升起的地方徘徊。有时太阳出来了，月亮仍不隐退，欲与太阳一比光芒。月亮是要有自知之明的，自己没有光，只是折射出太阳的光辉，这太阳的光辉也是经过地球反射到月亮上去的，虽然在人们心中和眼里自己最大、最亮，只是因为离人们最近罢了。所以人们看得分明，什么桂树、玉兔隐约其上。

除月亮、太阳外，还有许多的星星，如北斗星，虽然离我们很远，但它从不越位，依然发着亮光，是天上最亮的一颗星星，也是晚上最早出现的一颗星星。还有夜朗星和启明星，由于它们出来的时间不同，被人们称为大勤，二懒，三冒郎，还有一颗星星叫天狼星，周围星星稀少，所以人们认为它具有侵犯性，有一位文学家，爱国诗人曾写“西北望射天狼”，这位文学家以天狼星比喻侵略者。

还有牛郎星和织女星在银河两岸，那就是牛郎和织女的星座，注定只能隔岸相望，所以他们多少相思泪洒向人间，而人们也不知道是雨是泪，但九月九这一天是牛郎和织女的相思之泪。大人曾说九月九这一天在葡萄架下可以听到牛郎和织女倾诉和窃窃私语。这泪是因为那通人性的神牛呢？还是因为佛法无边的王母娘娘？神牛的多情，王母的无情，造成了牛郎和织女有情与怜情。

据说我们每一个人都顶一个星座，星座决定人，还是人决定星座？也许这根本不存在，只是人的一种想象。但人不去想谁的星座是太阳，是那些政治家、创新派，还是文学家、军事家。我想四者融入一体的人才堪称太阳。月亮那就无庸讳言了，是借别人的力量而发出的光，月亮才是真正的欺世盗名者类，一直到现在人们也在赞美月亮，虽知其本质。这就是人类的盲点，如果认识到这一点，人类会得到更真实的宇宙知识，解开一个一个的谜。星星吗？虽然都是凡人的星座，但有些会更大更亮，只是离地球太远，不被人们所注意。但它仍然在运行，依然在发光，依然在装饰这美丽的银河。天文望远镜，虽然发明了，但普及不够，人们还没有习惯用望远镜看宇宙，只用肉眼去看，那只能看到月亮，赞美月亮。人类的眼界宽度有限，我期待人类能多造一点望远镜，借助望远镜去观看宇宙，发现明星。俗语说“千里马常有，伯乐不常有”。如果多造几台望远镜，会使更多的人成为伯乐，更清楚地看到那些千里马的星座。

二零零七年三月

响沙湾

晚上从呼市沿着高速公路直达土默特左旗，到达宾馆时已是二十三点钟。第二天早上一早又上了高速继续前行去看响沙湾，公路一直沿着阴山山麓在敕勒川上伸延。

响沙湾到了，车停在停车场上，我们走向沙漠。这里风很强，但风不很大。当我们为看到沙漠而高兴的时候，一阵风迎面扑来，送来了许多细细的沙子，打在脸上。这就是响沙湾送给我们的第一件见面的礼物。正当我们说话时，沙子又不知不觉送到我们的嘴里，轻轻的一嚼没有什么滋味，仅听到了“咯吱咯吱”沙子的响声。这里的沙子会唱歌，这是我们听到的第一声唱腔。

我们坐索道跨过一个干涸的河流，爬上了大漠，一片金黄，沙子很细很细，内有黑点和金色沙点，在阳光下闪着光。我蹲在沙漠上，用手掬起一捧沙子，静观时沙子却慢慢地从指逢中流下，我不禁叹曰：细沙如水。我穿上防沙靴套，从低处跑向高处，这才发现沙漠如山，有许多峰巅和深谷，巍峨连绵，许多的人都骑着四轮橡胶胎车在大漠上放歌。我则与张博一起奔跑在大漠里，被风吹皱的大漠像波浪一般，掀起一片片涟漪，大漠犹如海。站在浪尖上，被风吹起的细沙，紧贴在沙面上飘飞，像水一样从脚下流过。向远望去，阳光下的风沙影子落在大漠的阳面，像雾一样漫舞，也像是飘浮的轻烟。此时我却感到这些飞舞的细沙的影子像幽灵一样，隐约可见，倏的又很快散尽。我们从一座高峰，走向另一座高峰，仿佛是踏浪而行，身后的足迹很快就被拂平，成为鱼鳞般的波纹。在这广阔的沙漠里竟也有一棵棵孤立的小草顽强地与沙漠抗争，我们从她旁边走过，趁脚印仍在，用相机拍下了这棵小草及我们的足迹，并命名为“生命的足迹”。

神奇的响沙湾，如此的博大，放眼望去，近处的漠峰会挡住你的眼。这会使你越发感到大漠无边与神秘。我们未能走向大漠的心脏，只是浅尝辄止，很快就折了回来，像一个向往大海的孩子，只能在海边弄一弄潮儿。响沙湾一边临壑，沙高一百一十米，可以由高处顺沙滑下，我也像孩童一样，体验了一回，感觉很好，像是又回到了自己的童年。我顺势而下的时候，感到了沙丘的颤动，耳畔传来由远及近，由弱到强的奇妙声响。据介绍这种声音会随着季节的变化而不同。因此说“这里的沙子会唱歌”。

来到大漠你才能真正领悟到骆驼的精神和伟大，它的确是生命的绿舟，沙漠里的希望。它是大山里茶马古道上行走的马帮，它是大海里航行的航舵。当你看到骆驼就看到了大漠的面貌，当你看到大漠，那一座座漠峰，多么像骆驼的脊背。今天是阳光明媚，和风徐徐，也不难想象风沙弥漫的气候。高原、草原、大漠、阳光，造就了高原人民的风俗文化，在大漠中有一尊塑像，她是蒙古人的象征，帽子、头披、大袍子、大靴子，都是为了挡沙、遮风、防阳光辐射。这里的地理质量，气候条件等造就了少数民族的剽悍、顽强、旷达、互助的性格。大自然在蒙古高原上是很任性的，山则连绵，沙则弥漫，草则无边无际，云则洁白无瑕，水则澄碧，天则蓝蓝，光则强烈，羊则成群，所以这里的人们也如山，如水，如云，如沙漠。他们唱歌则声达云霄，着装则多姿多彩，骑马则奔疾如飞，待人则热情大方。

响沙湾，使我浮想联翩。环境可以塑造人，人同样可以改造环境。我倒想有一天，让沙子沉睡在绿树花草丛中，不再唱歌，做一个默默无闻的护花使者，如何？

二零零七年七月八日

食

“民以食为天”，这是中国自古以来的俗语。所以吃上饭、吃饱饭、吃好饭，这一直是不同阶层的人们在不同时期追求的生活目标。吃饭与人们的生活息息相关，一日三餐不可或缺。俗语有云：“人是铁，饭是钢，一顿不吃闹饥荒”。无论什么样的人物，不管是总统还是平民，恐怕都要吃饭，只是吃饭的方式、方法、习惯不同而已。

现代的人们生活条件好了，吃也不再是唯一的需要。在人们的生活中要求逐渐越来越多。人们的生活必须也由“衣、食、住、行”逐步拓展到“食、住、行、游、购、娱”等诸多要素。但，吃自然是第一位的，只不过吃却在讲究方式、方法，科学、艺术，并吃出了许多的名堂，什么湘菜、川菜、鲁菜、粤菜、京菜等等，还有许多不知名的私家菜，许多著名的地方名吃、小吃，吃已经变得丰富多彩。

我不研究吃，也不甚了解吃的文化，但在吃的过程中可以感受到吃的文化，在文化的氛围中去品味饮食。

今天在北京，新朋友黄金山请我们同行的几个人吃饭。黄金山，是国家旅游出版社的社长兼总编，他非常的富有，有一座金山，我拿到他的名片心自欢喜，但我没有名片给他，为加深印象，就跟他介绍说，你是一座金山，我是一个金海，金之海嘛，我们都很富有。一下子彼此熟记，印象深刻了。即使不曾有名片，也会记得真切，不易忘记。

到中午我们一行六人来到了一个清静的地方吃饭，是一个古建筑连串三个四合院，门旗飘着“桂公府”三个大字。进入第三个四合院，在一个藤萝树阴下落座。琴声悠扬，鸟语花香，阳光被藤叶滤过，撒落满地“金”，真是越富有就越富有啊！

桂公府位于北京东城区芳嘉园胡同十一号，西边是繁华的王府井商业街，东边是朝阳门高档商业区。但坐在桂公府中犹如远离城区，全然不觉城区嘈杂。桂公府是明清时期京城成熟型建筑，古朴简洁，因其是慈禧太后之弟桂祥的府宅，桂祥是当朝的副都统，人称桂公爷，故得名。此宅继慈禧太后之后，又出一位隆裕皇后，是光绪皇帝之后，就是桂祥之女。高贵、幽雅、恬静、简易、大方的桂公府，是品茗小酌的佳境。

茶香渺渺，丝竹声声，令人心境陶然。

菜味飘香，鸟啼蝉鸣，使人梦回江南。

无处不飘逸着神秘的、历史的、禅与茶的文化芬芳。

上的第一道菜是陆羽煮茶。用三根筷子架吊起一把小泥壶，下面是可吃的菜，有红的肉条，像花一样；有白的葱条，像木头一样。整盘菜，像是炉火煮茶，陆羽的瓷像端坐在一边，文化气息浓厚。紧接着下来是韶兴的花雕酒，外有瓷罐盛热水，里有小酒壶盛酒。这是中国传统饮酒方式，先炀后酌，可谓科学饮酒。等炀好后倒入酒盅，饮之。这里的一切菜都是用茶烧成的，把茶文化与饮食文化及清静的禅文化融为一体，令人感到轻松、舒畅、宁静，已忘乎是在繁闹的首都京城。

随着人们生活水平的不断提高，人们从民俗中提炼出许多脍炙人口的饮食文化，“民以食为天”的“食”字的含义发生了深刻的变化，内涵已发生了转型和升级，最明显的特点是具备了文化这个要素。人们在吃上越来越讲究，不但讲究色、香、味，还讲究数量、时间、顺序、搭配、环境等，显而易见“食”字已演变为一种美食文化。既要好吃，还要好看。既要益身，还要益心神。

二零零七年七月

在内蒙古草原上

“蓝蓝的天上白云飘，白云下面马儿跑，挥动着鞭儿响四方，……”每当唱起这首歌，就会想起美丽的大草原。当看到大草原，自然也会想起这首歌。我今天着实脚踏在大草原上，豪放而动情地唱起了这首歌。

那草香的味道在黄昏时分格外地弥漫。这是大自然送予我们的一件最厚重的礼物，我也很贪婪地敞开了心扉，拥抱着。太阳的余辉洒满了辽阔的草原，整个草原充满了柔和的温馨。我身披着夕阳的最后一抹嫣红，踏入了草的海洋。晚风轻拂着大草原，一片风吹草地见牛羊的景象。好，太好了。这里就是人间天堂。难怪腾格尔唱的《天堂》，那么浑厚有力，那么充满情感，那么令人陶醉。“蓝蓝的天空，洁白的羊群，碧绿的湖水，这是我的家，我的天堂。”

内蒙古的自然充满了神奇，内蒙古的文化充满了彩色。我一踏上这块土地，便感到了这是一片热土，这里离天离太阳神最近。这里的人们热情好客，能歌善舞。尤其是他们的宴会祝酒别开生面，令人欣喜若狂。几位姑娘和男子汉就站在你的旁边，热情而又泼辣地让你点歌，她们会动情地为你歌唱那些蒙古草原上豪放的歌儿，如《草原上升起不落的太阳》、《蒙古人》等等，唱得很有味道，令人亢奋，唱完后给你端上一杯酒，献上一块哈达，真是令人兴高采烈。少数民族这种文化底蕴和这种特色的民俗，有着特别的吸引力和震撼力。

在内蒙古大草原上，盘亘着阴山山脉。大青山是阴山山脉的支脉，最高峰有两千三百米，一般都在一千五百米左右，山势美丽，山路蜿蜒，植被如织，山石高而圆滑，没有险峰峭壁，也没有势如劈竹，路在山腰盘旋，故不觉山高，看上去好像一重重的山丘。山丘像用碎石泥沙堆起来的，碎石裸露，杂草其间。高原牧场就在海拔一千九百米的山顶。蓝天白云，就像是大草原，草原上的草如蓝天，羊如白云，天地灵通，走在其间，如在天堂。

我们沿盘山路奔向高原牧场，这条路是当年日本人所修，山顶上有一片平地，被称为霸上，那里长着青青的草，并不被人看好，后有人包装更名为“高原牧场”，吸引了众多游客。这高山牧场也是一片草原，一望无际，如波浪起伏的大海一样，以天为崖，美丽如画。

中午就在哈达门高原牧场的酒店里吃饭，餐厅高而明亮，最里头全是落地的大玻璃窗子，外面就是牧场最精彩的一幕，于是我们临时改了主意，坐在一进门的位置，面向牧场。落座后，大家十分高兴，看着蓝天白云，看着连绵起伏的大草原，品尝着奶茶，听着大草原的牧歌《父亲的草原母亲的河》、《草原之夜》等，身临其境，令许多人陶醉。

席间，当地人们介绍说：这里的土地只能满足草的需求，不能满足树的营养，所以这里除了草以外，很少有其他植物生长，这片土地就成了草的天堂，长满了各种各样的青草，许多颜色的小花烂漫其间，有的藏在丛中，有的婷婷玉立在草面，非常可爱。这片高原牧场名字叫哈达门高原牧场。高原牧场在大青山的高端，云草相抵，宛若天堂。沿天路前行，回首一望，山路蜿蜒，像歌词所云“一条飞龙翻山越岭，带给我们吉祥如意，这就是天路”。

天路的一边是波浪起伏的高原牧场，白云静悬在头顶上，仿佛看不到它的流动，但看山丘不断变换着颜色，由绿变墨绿，才知道云在动，那是云彩的影子。天路的另一边是秀丽险峻的山谷，峰峦苍劲，谷地深远，十分壮观。由于我们时间有限，不得不带着遗憾匆匆折还。陪同的人员说：“前程似锦”，给了我们无限的向往，更增添了几分缺憾。

二零零七年七月

《秋实集》跋

——我对散文的认识

散文是文学的一种体裁，所以散文首先要有文学性。有文学性，这是散文的灵魂。除此以外散文要有其真实性，真实性是散文的生命。文学性对于散文，就像形象对于人；真实性之于散文，就像品德之于人。这些都是最为基本的标准。更高的形式就是其哲理性，具有哲理的散文才有感染力，才能给人以启示。

纵观历史，那些文学大家的散文，无不具有真实性。悲欢离合、酸甜苦辣的情感都会真实地流露出来。但是艺术来源于生活又高于生活，在表达真情实感的同时，要注意语言的美，也就是语言要准确、鲜明、形象、简洁、通俗；要注意结构的美，如空间、时间、心理、事理、总分、并列等；再就是写作的技法，是对比、衬托、象征、联想，还是双起双承、合说分说；还有表达方式，是描写、叙述、抒情，还是说明、议论，是例叙、插叙，还是平铺直叙等。这些都是文学性的体现，是文学的基点。

生活当中许多美的地方，像一粒粒美丽的珍珠，熠熠闪着光，这些都是散文的基本素材。有许多地方、许多事情都使你念念不忘，感受很深，有时会使你感动，使你饶有兴趣，使你感到至美至善。当你在真实性的基础上加上文学性，写成的文章就成了散文。有时一草一木会令你感怀。唐·杜牧的《山行》：“停车坐爱枫林晚，霜叶红于二月花”。唐·王维的《相思》：“红豆生南国，春来发几枝。愿君多采撷，此物最相思”。有时一山一水会令你忘怀。唐·李白的《庐山谣寄卢侍御虚舟》：“登高壮观天地间，大江茫茫去不还。黄云万里动风色，白波九道流雪山”。唐·杜甫的《望岳》：“岱宗夫如何？齐鲁青未了”“造化钟神秀，阴阳割昏晓”；“会当凌绝顶，一览众山小”。有时一人一事会使人动情。唐·李白的《明月几时有》：“人有悲欢离合，月有阴晴圆缺，此事古难全”。宋·李清照的《夏日绝句》：“生当作人杰，死亦为鬼雄。至今思项羽，不肯过江东”。有时一鸿一雁会令人关情。唐·李商隐的《夕阳楼》：“欲问孤鸿向何处？不知身世自悠悠”。唐·杜甫《孤雁》：“孤雁不饮啄，飞鸣声念群”。

这些花、鸟、虫、鱼、山、石、草、木、水、泉、湖、海、日、月、星、辰，以及你身边那些人或事都像是有生命力一样，萦绕在你的记忆的长河中，会使你产生许多的感想和奇想，悟出许多的道理和哲理，有些会使你的人生颇为受益，不仅在理性上给人以启示，而且在感性上给人以快乐。确把自我又还给了大自然，融入了大自然。在欣赏自然，回味往事，投入爱好之时，逐步形成了习惯，形成了某种嗜好。俗语言：人不可以无癖好，花不可以无蝶蜂，水不可以无藻萍，人有嗜好时，才能宠辱皆忘。往往这些嗜好，成为你生活的快乐剂，成为健康的良药，被有感而记时，形成文章，成为具有文学形式的散文。

多年来，自己对生活的感悟很多，也写了许多，才形成了这本散文集。但自己苦于没有时间整理，因为文章的形成大部分是在车上、船上、飞机上写成的，比较零乱，许多文章一蹴而就，没有修饰和雕琢，但也有其特点，真实、鲜活、质朴、生动。

近年来，格子之旅者越来越多，纷纷地出版诗歌、散文、小说、评论等各种文学形式的作品。甚至有许多的作品像一粒粒小小的石子投入文学的海洋中，并没有引起多少浪花和涟漪，但并没有打击创作者们的积极性，他们也没有因此沉寂，而仍然热衷于耕耘。因为即使你投入的是一粒珍贵的玉石，可能与石子激起的浪花不大差别。这就是一种乐趣、一种精神、一种奉献、一种追求。用人、用物、用情、用理弘扬一种社会、时代、创新精神，针砭一种落后、复古、败俗的时弊。在这一点上，似乎有一点观念，文学是为谁服务的。类似历史上两位大家鲁迅和梁实秋曾做过的文学是否有阶级性的争论。梁实秋说文学是无阶级性的，给人以快乐，作为文化遗产以给后人。鲁迅则认为文学是有阶级性的，是为阶级服务的。梁实秋说菜刀是用于切菜的，而不是凶器。鲁迅说但是当你拿起来杀人的时候，菜刀就变成了凶器。

辩论十分精彩。

我不敢在两位大家面前弄斧，但是我认为文学这个东西也有其多重性，不容置疑的就是其有时代性，也可以称之为客观性。唐诗宋词夏文章，这些文学体裁都具有时代的形式特征。李商隐有一首诗《登乐游原》："夕阳无限好，只是近黄昏"，刘禹锡也有一首诗《酬乐天咏老见天》："莫道桑榆晚，为霞尚满天"。夕阳余晖的美丽是这两首诗的基调，但意境不同，一个说"只是近黄昏"，一个说"为霞尚满天"。刘禹锡是盛唐中期，而李商隐则是衰唐晚期，中兴无望，诗人处于这样的时代能不慨叹吗？这两首诗都带有时代的烙印。第二就是文学的个体性，也可以称之为主观性。陆游的《咏梅》与毛泽东的《咏梅》格调就绝然不同。陆游的诗就是充满了忧郁的感情，"已是黄昏独自愁，更著风和雨。无意苦争春，一任群芳妒。零落成泥碾作尘，只有香如故。"而毛泽东的《咏梅》却是很浪漫的，充满了生机希望，"已是悬崖百丈冰，犹有花枝俏。俏也不争春，只把春来报。待到山花烂漫时，她在丛中笑。"这两种咏梅是借物咏志，带有很大的主观性。不管怎样，开卷有益。纯文学性也好，阶级性也好，都免不了带有时代的色彩和个人的意识，都受经济基础和意识形态的约束和影响，经济基础的约束和影响有其普遍性，意识形态的约束和影响则有其特殊性。但是无论如何，应该有益于社会、有益于人生、有益于时代，这就是所谓的为大众服务。为大众服务这几个字，尤其是服务，就应该是美好的，人们喜闻乐见的，读来是一种享受，有某一方面的收获，这也是人们在写文章时应该把握的，也是我写作时一直坚持的原则，总是以积极的东西示人。我不揣冒昧，直抒胸臆，表达了我对散文认识，写作的态度等。也请各位读者，多加批评，以便匡正。

本文以《雪花集》命名，是因为我特别喜爱雪，写过多篇雪的文章，并喻每一篇文章都像一片雪花，厚积成集。这本集子的出版得到了山东作家协会副主席王兆山先生，山东书法绘画艺术及文学评论家王卫东先生，还有烟台市散文协会主席綦国瑞先生等专家和学者的关心、帮助和支持，张兆山先生在百忙中为《雪花集》作序，王卫东先生拨冗为《雪花集》撰评，綦国瑞先生为《雪花集》出版精心策划，在此一并表示衷心的感谢！

二零零七年十二月十七日

南国的树

在祖国的南疆边陲，有一座宝岛——海南岛，被人们形象地称为天涯海角。

有一首歌唱得好：“请到天涯海角来，这里四季春常在”。只知道这里冬季如春，但从来没有踏上这片土地。只知道当北方寒峭的时候，这里则春意盎然，秋雁南飞，是否就是来到这里避过北方寒冷的冬天？

今有幸在春寒未消之时来到了这个暖国，的确是绿意正浓，一片生机。从北方来的人们一踏上这片土地，便感受到了大自然的热情，纷纷把御寒的棉衣棉裤脱了下来，轻装上阵了。

这里山青水秀，木草茂盛。连绵不断的山上植被织密，许多有特点的树木在北方是见不到的。有一种树我叫不上名字来，树干细高，直插入空中，树叶甚至从树根开始就纷纷扬扬地张开直到树梢，枝条柔软，梢部总是向下微弯，挑着许多边沿参差不齐的小碎树叶，在天空的背景下，显得很稀疏也很漂亮，与其它树木相配，高矮错落；还有一种树，树干挺直健壮，而枝桠短而曲折，整体上像一株盆景，树皮灰白，带点艺术的色彩，浑体没有一片绿色的叶子，除了那灰白的颜色，就是枝桠间开着的红色花朵，有一种简约式的美丽，这种树的名字叫木棉。美丽的木棉花象征着热情和爱情，山里或路边许多地方都可以见到。记得在一座山庄里，我住在一幢别墅式的小楼的四层上，早上的晨曦已透过了窗帘，嬉戏的鸟儿的“叽喳”声，不时地进入了我朦胧的意境。我从床上起来，打开窗帘，看到一棵与楼并齐的大木棉树，使我精神为之一振，随即从懒洋洋的梦境中转入清凉之界。树上开满了花朵，像是在一堆支空的木柴中燃起的火焰。鸟儿在枝桠间跳来跳去，安闲自得。树的背面是一座山峰，葱郁得醉人，更显木棉的姿艳。一说起这木棉我自然地想起棉花，棉花是一种农作物，秋收时节，满枝白花，那整体形状就像是木棉的缩影。

再就是那些人们熟悉的带有南国风情的椰子树，高矮粗细各不相同，在叶腋之间长满了果实，像一个个皮球似的，名字叫椰子，叶子长长的呈散发状，到处都是它们默默无语的长影，装扮着美丽的天涯海角，那独特的风情已成为了这里鲜明的标志。蓝蓝的大海水波不惊，不像北方的大海猛兽一般，尤其在冬季怒不可遏。南国的大海则像一位温柔的美女，湛蓝湛蓝的，无论春夏秋冬都和蔼可亲地与岸上的植被友好相处，从不侵害它们。有时你还可以看到那些斜长在岸边的椰子树，弯下腰亲昵那海边软绵的沙子和轻柔的海浪。

坐在椰树下，看着大海，再摘一个椰子，吸取着那甘甜的椰子汁，如饮甘露，所以当地有一个广告词叫“发现天堂”。

二零零八年三月二日

席间闲话

整日里忙。连朋友之间小聚的时间也没有。其实，自己是非常企盼的。企盼自己忙中偷闲，把自己还给自己，把自己还给朋友。今天倒是一个很好的机会，有一位朋友请我吃饭，我不假思索，径直地欣然应许。但让谁与我同去，我却是思考了一番。还好约的几位朋友如约前往。

朋友在一起那可是最放松、最自由、最自然、最不需修饰自己的。席间的话题也就驰骋千里，奔放不羁。一顿饭的工夫，天南地北转了一圈，无所不及。几杯酒水之后，各有酒意。其中一位朋友突兀地问："什么是爱？"一时席间沉默，仿佛无从谈起。其中一位朋友说："爱肯定不是喜欢。"打破尴尬的局面。我也就借着这话题形象地说明了什么是爱。形象但不一定确切，然而是闲话，故也就无所顾忌。如果说喜欢是一条小溪，欢乐、明快、清澈见底的话，那么爱就是大海，深沉、博大、无边也无崖。有一首歌名字叫"有一种爱叫放手"，有一本书名字叫《有一种爱叫放手》，那放手的爱就是大海，爱像海边的沙子一样，轻轻地托在手里，像丰实的蛋糕，如果用力抓去，沙子会从手指逢中走掉，这时你就完全明白了什么是放手了吧。但这种爱往往是儿女情长的事情，还有一种爱，是亲情之爱。这时一位朋友提起他的外祖母，说他外祖母养育了他，在他小的时候父亲就去世了，母亲就离开了他们，是外祖母把他们养大。而他的母亲是他外祖母从路边捡来的婴儿，并养大成人。但他的母亲既没有尊老也没有爱幼，没有赡养老人抚育儿女，真有点伤天害理、大逆不道。但他看起来并不恨他的母亲，而深爱着他的外祖母。他说："长大后在外地打工，外祖母去世，自那时起与外祖母便隔了厚厚的天地，彼此已无法交流"，说着说着，不觉黯然。这种爱其实是最伟大的爱。世间这种爱真是太多了，人们也司空见惯了，所以不是那么令人注目，就像是母爱一样，虽然伟大但是平凡的。而那些儿女情长，反倒被人们所称颂，像是罗密欧与朱丽叶，像是梁山伯与祝英台，像是牛郎与织女，这些都是爱情的故事，是对爱情的诠释。

自古至今也有许多爱情诗篇，我很欣赏李之仪的“我住长江尾，君住长江头。日日思君不见君，共饮长江水。此水几时休，此恨何时已。只愿君心似我心，定不负相思意。”以及陆游与唐琬的凄楚的爱情诗篇：“红酥手，黄藤酒。满城春色宫墙柳。东风恶，欢情薄。一怀愁绪，几年离索。错，错，错！春如旧，人空瘦。泪痕红浥鲛绡透。桃花落，闲池阁。山盟虽在，锦书难托。莫，莫，莫！”相爱相思难相见的凄苦和无奈刻画着爱的情意。

“昨夜西风凋碧树，独上高楼，望尽天涯路”、“衣带渐宽终不悔，为伊消得人憔悴”、“众里寻他千百度，蓦然回首，那人却在灯火阑珊处”。这是王国维治学的三重境界。我认为这三段词句不仅是治学的境界，而且对人生和爱情同样是一种境界，尤其是对爱情，这也许是古人的本意。我们不免打开古书以请教古人晏殊、柳永、辛弃疾。他们一定会回答：这是典型的爱情诗篇。

还有许多的爱情戏剧如《红娘》、《西厢记》、《霸王别姬》等，还有许多现代爱情小说，像台湾小说作家琼瑶写过许多的爱情小说，比较有名的是《一剪梅》，曾轰动一时，反响很大，并有一首歌永远地留在世间，歌词很美，我记得是这样写的“真情像梅花开过，冷冷冰雪不能淹没，就在最冷枝头开放，看见春天走向你我”。

还有一些流传很久的爱情歌曲：“阿哥阿妹的情意长，好像那流水日夜响，流水也会有时尽，阿妹永远在我的身旁；阿哥阿妹的情意深，好像那芭蕉一条根……”都是爱情的自然写照。说到这里，我们也就明白了什么是爱了吧？

二零零八年五月

乡情

今天又回到了故乡，回到了故土。小麦开始变黄，很快就会成熟。绿杨的叶子也已长大成荫。“石埠”、“昌邑”、“围子”、“潍河”等熟悉的名字，使我油然而产生一种乡情。

村子里的变化很大，房子几乎全部翻新，路也宽了许多。虽然变了，但很亲切，不是因为那些房子和路，而是因为那些亲人，一定还因为那片生我养我的故土。虽然村子里的房屋、街道都已不是二十多年前的模样，已变得很陌生，但无论怎样地变化，故土是依旧的，乡情是依旧的。

农村毕竟是农村，几十年的变化也未能脱掉泥胎，土里土气的。街的两边仍然堆着土，堆着粪，堆着草。每家每户都想挤占这街道的便宜，把空间留在自家的院子里，使得整个村子显得不很整齐，不免有破烂不堪的景象。但我仍然感觉到亲切、感觉到自由、感觉到休闲，像回到了母亲的怀抱，这便是因为故土和乡情。

房屋一排排的建得很整齐，很大方，都是红砖红瓦的，盖得很宽敞。但已没有了古时候那些青砖白墙，灰色的草屋顶；没有了古时候那种传统的文化格调。我怀念旧时的乡村，怀念那些带有文化符号和历史记忆的老房子。小时候的情景是难以忘却的，那时房屋盖得很讲究，屋檐、窗棱、门槛、屋山，以及屋山上各种像狮子一样的小动物塑像。正房左右还有东厢房和西厢房。墙嘛，也很讲究，有墙根、墙身、墙头。大门就更讲究了，跟龙头一样。一进大门是照壁墙，墙前往往种有几棵花草，就是这样一种建筑风格或文化或艺术，现在则完全没有了。人们都越来越现实了，简直变成了实用主义者。那些建筑中的文化符号被现实功利的浮躁所吞噬。墙变成了一色的红砖，屋顶只有那呆板的瓦当，窗子也变成了冷冰冰的铝合金和铁棍，大门则变成了对开的铁门，院子变成了硬邦邦的水泥，地上停着的是没有表情的农业机械。完全失去了自己心目中的农村的形象。过去的村里，即使那些残垣断壁，也生态地长满了草。在草中或土中，都有许多可爱的昆虫。童年的幸福，就蕴藏在这些小小的因素当中。现在则找不到一点原始的影子。城市看不起自然的东西，把自然的东西赶到了农村，农村也开始有了城市的意识，开始鄙视自然的东西了，开始用水泥铺饰院落，干脆就把自然的东西，统统埋葬在水泥底下，不给小草们和昆虫们一点的希望。这就是富的象征，表明不穷罢了。然而虽然换了骨，但仍然没有摆脱泥胎，依旧是土里土气的。但我爱家乡，这便是因为故土和乡情。

小的时候不知道外面世界之大，只知道自己的村子是最好的地方，父母是最伟大的，最可以依靠的；只知道县城就是最大的地方，其实就是一个大的集市，买东西的多，商人多，有客栈，饭店，书店和电影院。每到周末就会跑去县城玩一玩，买几本小人书，那就是最大的奢侈品，别的是不敢求的，也没有求的资本。如果到了中午吃上一个几毛钱的肉包子或几根油条，那就是最大的享用。这些童年时光里的微不足道的事情和那些平凡的静物，便是构筑乡情的基石。而就这些基石揪着我的心，使我时常惦念着故乡，总想有时间在家乡多住几日，去寻找那些已失的旧梦，然而终于没有时间，即使有时间也许最终也找不到的。

刚刚地来到，又匆匆地离去。只是这昌潍大平原仍然是一望无垠，那村边的潍河依然是向北流去，而我的心中断然又惦念着故乡了。

二零零八年六月十三日

心境

孩子上学，离家太远，着实有许多的不便。于是就在学校的附近租赁了一个房子。然而也就成了自己的家。

房子坐落在一座小丘山的半腰上，是一幢六层高的小楼，我就住在顶楼。居高临下，可俯察动静。房子的南面是山，楼前是一排参天的白杨树，房子的北面则是隆隆的闹市城区，最近处也是住宅楼，可见一片深红色的瓦顶。房子里除了床、沙发和必要的生活用品，别无更多的东西，空得令人轻松。

房子虽小，也很简陋，方便是自然的。不仅如此，而且仿佛一下子，从那一群熟识的人们中脱了出来，住到世外桃源去了。其实是真正住在了人间，因为这里是闹市区，每天早上听到的第一声音响便是鸟的鸣啼，紧接着就是犬吠、车跑和摩托车发动的声音，是一种生活的交响曲。

日已落山，夜已来临。夜幕已使交响曲闭上了舞台。我突然想下楼去散步。等到走出楼门，才知道天已经开始下雨，并且下得很密。虽然自己是很喜欢雨的，但又怕淋湿了头发和衣裳，故又折了回来。上楼后，只管听雨去了。

窗外的雨声很静谧，微风吹拂着白杨树的叶子发出清晰的声音，听来是很育人精神的。这雨夜的宁静饰演着一个美丽的时刻，小楼听雨的诗意在弥漫。

顺手拿起枕边的一本《宋词精品鉴赏》，静静地读到深处，浑然如在天上，突然手中的书脱落，自己一惊，方知刚才有片刻的游梦，于是就在这温馨的夜色和冷清的雨声中睡去。

夜已耗尽，晨曦又至。孩子依然背上书包上学去了，只是又拎了一把雨伞。妻子依旧在厨房里忙，似乎不曾有过闲暇，而唯独把闲情留给了我。站在窗前，打开窗帘，看着那更加翠绿的白杨树和密密匝匝的雨线，享受这昨夜未尽的雨声了。红尘已被风吹雨打去，只留下一片清新的天空。偶尔也可以听到远处和近处鸟儿的鸣叫，有的给人一种慢的悠闲，有的则给人一种快的节奏。

雨仍在下，也并无歇息之意，但雨声已掩饰不住人们的红尘之心，终于又开始为名利奔忙了，于是犬的吠声、车的奔驰声、摩托车的轰鸣声，一时又交织在一起了，生活的交响曲又开始演奏。

二零零八年六月

自信力

海明威的短篇小说《老人与海》，读后令人鼓舞，令人钦佩，同时也令人汗颜。一个老人，钩着一条大马林鱼，被大鱼用钩丝拖着不断地滑向深海。一般的人是很难战胜大海的恐惧的。白天尚有惧怕，夜晚更何以堪。

如果一个人，即使是白日，独自来到前途未卜的大海的深处，恐怕也难免恐惧之感，况且是在黑夜，并有一个劲敌与之抗争。但老人却是那样有信心，有条不紊地对付着来自大海和鲸鱼的双重挑战。

老人为对抗马林鱼，把钓丝背在脊梁上，但并无济于事，小船仍然向大海的西北方飘去。老人认为大鱼这样过猛地用力，很快就会死掉的。但四个小时过去了，大鱼依然拖着小船向浩渺无边的深海滑行。这时，老人回头望去，陆地已从他的视线中消失，一定有一种无边迷茫的恐惧在弥漫。但他没有退缩，而是毅然决然地选择了挑战。

太阳西坠，夜幕降临。老人根据对星的观察作出判断，认为那条大鱼整夜都没有改变过方向。深海的夜，天气冷得逼人，老人身上未干的汗水，使他觉得冷若冰霜，然而他仍然没有退缩。为了能坚持下去，他不断地和鱼、鸟、大海对话，为自己加油鼓劲。

破晓前，天气更冷，老人只好抵着木头取暖。他始终坚持一个信念：鱼能支持多久他也能支持多久。太阳升起后，老人发觉鱼还没有疲倦，只是钓丝的斜度显示鱼可能要跳起来。果然鱼开始不安分了，突然把小船扯得晃晃荡荡。老人用右手去摸钓丝，发现那只手正在流血。过了一会他的左手又抽起筋来，但他仍然没有退缩，仍竭力地坚持着。他吃了几片金枪鱼肉，以增加力气来对付大鱼。正在这时钓丝慢慢升起来，大鱼终于露出水面。它足有十八英尺长，比老人的船还要大。它的喙长得像一根垒球棒，尖得像一把细长的利剑。在阳光下，马林鱼明亮夺目，色彩斑斓。

老人和大鱼又一直相持到日落，已是两天一夜。黑夜再次来临，这一夜大鱼跃起十二次，然后开始绕着小船打转。老人头昏眼花，只见眼前黑点在晃动，但他仍紧紧拉着钓丝。当鱼游到他身边时，他放下钓丝踩在脚下，把鱼叉高高举起，用尽全身的力气向大鱼投去。这可是致命的一击，大鱼一跃而到了半空，最后一次展示它的美和力量，然后轰隆一声重重地跌到水里，浪花溅满了整条小船，也溅湿了老人的衣裳。鱼终于被老人战胜，仰身朝天而降服，银白色的肚皮如一幅白色的降旗，飘扬在蓝色的海面上。大鱼心脏流出来的鲜血，又染红了蓝色的海水。这蓝的、白的、红的都是大海给老人的光彩，当然还有这黎明，也为老人而光晖。

老人的信心和底气，完全可以称之为自信力。老人的胜利是自信力的胜利。自信力是什么？是经验，是勇气，是智慧，是战胜自我的过程。俗话说：“狭路相逢，勇者胜。”勇者是自信力的强者或大者。中国有四大名著，无论哪一部都有许多脍炙人口的故事，都体现着自信力。《红楼梦》在薛宝钗、林黛玉和贾宝玉之间的爱情关系中，宝钗是有自信力的，而黛玉则缺乏自信。黛玉爱情的悲剧与其不自信不无关系。《三国演义》中诸葛亮是一位很自信的人物，多用智谋，打了一个又一个胜仗，尤其是那场空城记，就把司马懿避之城外，赢得时间。《西游记》中孙悟空凭自信力克服了重重困难，打败了形形色色的妖魔鬼怪，为唐僧保驾护航，最终取得了真经，完成了大业。《水浒》当中那些梁山好汉无不具有自信力，而梁山最早的庄主王伦但恐失掉了自己庄主的地位，而拒绝晁盖等众好汉入伙，最终因缺乏自信力不但丢了庄主的地位，更连生命也没有了。

所以自信力对一个人，对一个团队，甚至对一个民族都是至关重要的。鲁迅先生曾说：“一个民族要有自信心，尤其要有自信力。”自信力不仅是勇气和智慧，同时有了自信力也会增加新的勇气和新的智慧，可以说自信力是勇气和智慧的源泉和动力。鲁迅被誉为民族魂，是因为其有自信力。鲁迅一直是国民党通缉的人物，当鲁迅病重期间，国民党派员当说客，让鲁迅退出左联，然后允许鲁迅去日本治病，并撤消对鲁迅的通缉令。鲁迅很冷静地说：“十多年了，通缉令一直陪伴着我，如果没有它，我会寂寞的。”这种自信力使鲁迅成为一位硬骨头的战士，向着封建帝制冲锋陷阵最坚决最彻底，成为了中华民族的脊梁。

当然，《老人与海》更是一个张扬着自信力的故事。当老人最终战胜了鲸鱼，把鲸鱼绑在船旁返航时，更大的挑战来了。许多鲨鱼嗅到了大鱼血腥的味道，跟踪而至，来到船边攫取鱼肉。老人见到第一条游来的鲨鱼的黑色脊背，把鱼叉准备好，干掉了第一只鲨鱼。几小时后又两条鲨鱼逼近船尾，去咬大鱼的尾巴，老头用刀系在船桨上杀死了两条来犯的鲨鱼。随后成群结队的鲨鱼涌来，刀折继棍，坚持搏斗，甚至把船舵都打断了，然而鲨鱼还是吃光了老人两天的辛劳，只剩下一副鱼骨架。鱼肉不足惜，但屡次都有倾船覆仓的危险，也面临着生命的危险，但老人没有退缩，而凭着经验、智慧、勇气取胜。在这种自信力中也渗透着一种蓝色的价值观和一种蓝色的文化。敢于挑战，敢于冒险，敢于战胜自我。《老人与海》名字起得好。其实故事是讲述老人和马林鱼的斗争，那为什么不叫《老人与鱼》呢？大鱼其实并不可怕，真正可怕的是汹涌澎湃的大海，它为大鱼提供了广阔的舞台，是大鱼得心应手的武器。然而老人的经验、智慧和勇气在很大程度上，又来源于与大海长期的磨炼，当然老人与大鱼斗争的舞台也是大海，所以叫《老人与海》是富有内涵的，大海的是是非非，体现着自信力的哲学。

二零零八年七月

水墨绍兴

绍兴是鲁迅的故乡，是毋庸置疑的。但绍兴是什么样子呢？

今天我踏着夜色走进了绍兴市，住进一座高二十多层的高楼。虽没有看清城市的面目，但那一座座林立的大厦形成的市井，已给了我一个信息，一定是一座现代化的城市。于是心里不由得产生了几分惆怅：鲁迅笔下的三味书屋和百草园在哪里？

第二天清晨，急切地拉开了窗帘子望去，以本酒店为界线，北面为一片故宅，仿佛是一片低翔的鸟雀。这使我大为喜悦。昨夜我只看到了南面高楼上的灯光，或灯光中高耸着的大厦。不知那一片故宅已经熄灯安眠了，或许即使有灯光也掩遮在翘檐之下，黑色的瓦便与这黑的夜色融为一体，故也就被看作了夜。

走进了这一片故宅，里面的四合院相互重叠着，一园套一苑，一苑圈几檐。街道也长长的窄窄的，檐上的瓦看上去黑得如灰，仿佛用手触摸会掉下历史的渣粒。这一片故宅当中就有王羲之的故宅，但没有“王羲之故居”之记。有一位当地人告诉我，这就是王羲之的故居，上面写着“戒珠寺”，寺中立着王羲之的塑像。据说王羲之家中有一颗珍珠丢失，怀疑被一位常来家中递信的小和尚偷去，小和尚知道以后，为了洗清不白之冤就投河自杀了。后来王家杀鹅时，从鹅肚中发现了那颗珍珠，懊悔不及，就把故宅献给了寺院，命名为“戒珠寺”。这一大片故宅区基本上保持了原貌，只是在黑白两种传统的颜色中有了一些彩色的招牌，上面写着一些现代的词汇，虽然不很协调，但也难免。在这一片故宅园中，有许多的小桥和荷塘。初冬的荷叶已全部凋残，但毅然挺立着，水里长满了绿藻，静静的平平的。在宅园中，远远地望见故宅的北面有一座丘山，名字叫蕺山，上面一个塔，我就想爬到山上去见个分明，后来转了一圈不见有上山的路，再一圈才发现一条窄窄的石阶，沿阶而上方知是王家塔，王家一定就是指王羲之的家族。

从山丘上下来，穿过宅园看到许多人已开始劳作。还有许多的人生活在这里，大部分是一些老人。年轻人都已飞出了这些鸟雀巢，闯世界去了，只留下那些白了发的人住在这些低矮的房子里。看到一位老妪端着一个瓷盆倒水，顺着开了一扇的门看去，里面还是木制桌椅，还保持着古朴简洁的格调，使你恍若隔世，仿佛看到了古代人们生活的情景。其实不是仿佛，而就是古人生活的“缩影”。

像这样的老宅子，绍兴是不乏其例的。鲁迅的故居、祖居以及周恩来的祖居等都保存完好，并与当地的古民居连成一片。看后，我才真正地对绍兴人产生了钦佩，他们尊重历史和文化，有着强烈的人文意识，把那些历史和文化物化为古风物，像三味书屋、百草园、咸亨酒店等，都再现着那段历史文化和生活情景。

这些老宅子，是民间建筑艺术的典范，风格上被称为“台门”，像是北方的“四合院”，四合院是“回”字形的，而南方的“台门”则是“目”字形的，大门上顶屋檐挑出，里面是进堂式住宅，三进、五进、七进。砖木结构，古板铺地，有的还有石幕墙。台门斗里，皆悬有匾额，名曰门匾，大有深意。进去以后私密而又曲折，是童年捉迷藏的好地方。

等你再看这兰亭、沈园及大禹林，就感到绍兴的文化底蕴的深厚。这里“人杰地灵，物华天宝”，文人墨客皆从其游，商贾贤士皆聚于此。这里的历史文化可谓是一壶老酒，可用一个“老”字来描写。老酒浑色如琥珀，让你一眼看不透，里面积淀着绍兴的历史和文化，有一种绍兴的味道。老酒是我们的国酒，准确地说就是我们的民族品牌。它有涩、鲜、甜、酸、苦和辣六种味道。每家每户都在酿酒，儿子结婚叫状元红酒，女儿结婚叫花雕酒。绍兴这老酒的颜色、香气、味道塑造了绍兴的品质，有一句联语说：酒店名气小，黄酒醉人多。也正是因为这酒使这里的文人雅士们把肚子里的墨水给扬泼了出来。这里是水乡，河道交错，“三山万户巷盘曲，百桥千街水纵横”。这里的人喝着具有灵性的水长大，自然肚腹里也就有了灵气。这灵气是与酒与墨，一同挥发而出的。这一肚子的墨水一蒸发出来，便使绍兴成为了一幅如画的墨水之乡；也便有了具有浓郁地方特色的三大风采：乌篷船、乌毡帽、乌干菜；也便有了乌镇这幅尽写绍兴的现实水墨画卷。

乌者墨也，王羲之泼墨写下了《兰亭序》，也成为中国书法艺术的瑰宝，陆游写下了《钗头凤》，成为爱情的绝唱名篇，鲁迅写下了《呐喊》、《彷徨》，成为唤醒国民的不朽之作。

“鉴湖越台名人雅士”，有了这些，绍兴是无愧于水墨的。

二零零八年十一月

寻梦

中秋的一天，下午六点到达济南，入住翰林大酒店。翰林大酒店坐落在山东师范大学校园内。这引发了我怀旧之情，我的大学就是在这里读的。在这个花园式的校园里，我度过了四年的时光。

大学毕业已二十多年了，但那四年的大学时光至今历历在目，仿佛就在昨天。然而时光流水，自己的女儿也已到了上大学的年龄。“时不我待”、“光阴似箭”、“岁月如梭”，都是人们对疾逝时间的叹惜。“人生易老”、“人生如梦”、“人生苦短”，许多诗人发出这样的感叹。今漫步在校园里，这便就更令人触景生情，叹时间之快，惜人生之短了。

为了重温年青时期那段梦，我便穿上了运动衣，登上了运动鞋，从翰林大酒店的南门，绕到校园的北边，从山东师范大学的正门跑步进入母校。进入大门径直来到了二十多年前的那个操场。是那么熟悉，那么亲切。一进入操场那条两边长满白杨树的小路，把我置身于了学生时代。这些树又长了二十多年，比以前高大得多，但枝丫间依稀还托着我们的梦。这使我想起了在大学里常唱的一首校园歌曲“沿着校园熟悉的小路，清晨来到树下读书，初升的太阳照在脸上，也照着身边这棵小树。亲爱的伙伴亲爱的小树和我共享阳光雨露，请我们记住这美好时光，直到长成参天大树。”树已顶天立地了，而我们这些“八十年代的新一辈”，始终感觉到自己并没有长大，仍然像那个初生的牛犊，有一股不怕虎的劲头，社会的潮水并未把我们思想的犄角洗磨掉，还不曾那么世故。

我迈开了步子冲向了四百米一圈的跑道。我一边跑步一边忆起大学里的生活场景。仿佛眼前的跑道就是四年大学的历程；仿佛眼前展现着二十多年来在社会上奋斗的曲折道路又从头迈去。耳边也响起了大学时期开运动会的曲调，响起女播音员的声音：“男子一千五百米预决赛，运动员请到检录处点名”，声音是那么柔和，像在翩翩起舞，然而给我们运动员一种带有竞争和拼搏的紧张的情绪。忽然一个男子播音员的浑厚的声音喊起："运动员加油，运动员加油"。一时都在喊"加油"，整个运动场沸腾了。"苦不苦，想想长征二万五，累不累，想想革命老前辈"，鼓励体育健儿们的口号响彻天空，惊行云，遏流水。那些矫姿健影，那喜人的成绩都已化作了美丽的晚霞，永远地留在了那颗年轻的心中。就在这个操场上，我们练就了健康强壮的体魄；我们刻下了"学海无涯苦作舟"的印章；我们印下了高年级同学那张成熟的脸庞；我们树起了团结协作的意识；我们养成了坚韧不拔的意志。这些品质对我们过去的二十多年是大有裨益的。

我在遐想中迈步，不觉已跑到了第七圈，把思绪牵回到现实中时，一时感觉有一点累了，但我还是尽量地保持了速度，坚持抗过了疲劳点，体会着二十多年前的感受，仿佛又响起了同学们的鼓励声"加油"。于是再把牙关咬紧，摆开双臂，跑完了四千米，心中彩霞在飞舞。抬头向空中望去，明月已挂在那片树梢上，一种柔和一种温馨袭上心头。忽然听到前头一位调嗓的同学，也许是一位老师，正走在跑道上，唱着嘹亮的歌，仿佛是歌剧中的唱腔，像诗一样平平仄仄。这时操场上已有许多人，三三两两地结伴走着步，一种大学生活的浪漫情调在升腾，与这明月相融，形成了一种花前月下、烛光灯影、遂密群科的美丽情形。

我离开了操场，沿着那条校园的小路寻梦。月光微明，树枝朦胧，一群群的学子穿游丛中，男孩子们依然缺少自信，总是左顾右盼，女孩子们依旧过于自负，总是目不旁观。师大坐落在千佛山脚下，地势由北向南逐步升高，那些旧时的台阶，依然连接着学子们向上的路，依稀还有我们老校友们用鞋底擦出的光亮。就在这台阶上我们唱着"青春的岁月像条河"的歌曲，理想和曲折总是那么多，这条青春的河流能否流入理想的大海，那总是我们为之奋斗的目标。

那座低矮的礼堂仍在，那片别墅式的宿舍楼仍在，那座琉璃瓦翘檐的教学楼仍在，那座堪称建筑艺术典范的阅览室大楼仍在，那一条条小小的楼道，依然闪耀着同学们上上下下的身影和笑脸，楼前同学们打羽毛球、舞排球、踢足球的身影依稀可见。走廊里又传来了歌声，那是《乡恋》，那是《橄榄树》，那是《大海啊，我的故乡》。

二十多年了，没有好好地重游这美丽的校园，这一些都给我一种感怀，我感叹岁月之悠悠，我感叹境迁之迷蒙。二十多年弹指一挥的时间，我想插上翅膀但无法回落到二十多年前的那个起点，一切都化作诗的回忆。那条青春的河流也拐过千道弯，二十多年前的那道弯已堤岸流失，面目全非了，注定踏破芒鞋也无觅处了。我不禁打通了一位同学的电话，说我看到了她二十多年前从食堂打着饭走向宿舍的镜头，看到了她二十多年前在宿舍楼东边的树荫下缝补被子的镜头，她很兴奋，很感动，也想插翅翻山越岭，来母校重游。我又打通了一位在母校工作的同学，他携自己的妻子，当然也是我的同学，一起来到我所住的酒店，走进茶室一起品味人生，一起寻觅那段梦了。用近半百的思绪去寻找二十岁时的梦，也是一种梦了。越谈夜越深，越谈越迷茫了。夜阑人静但仍要站起身来，走出去找自己的归宿。他们送我的淡若人生的清茶，我送他们的火若人生的红葡萄酒，是另一种充满现实的梦。

二十年的梦是寻不回来的了，但是二十多年后的今天仍然有着美丽的梦，一定还会有华章，其实人生的各个时期都是美丽的，只要能展示出来，一定都是动人的，让人羡慕的。过去的梦已化作了美丽的晚霞，今天的梦才会有朝阳，明天的梦也依然会有。

二零零八年十一月

喜鹊

我家的窗前，有几行白杨树，上面就筑有两个喜鹊巢，每天早上都能听到喜鹊喳喳喳的叫声。虽然它的鸣叫并不婉转，但却简洁明快。只要听到它们的鸣叫，睁开双眼就会看到天的亮光已透过窗帘。拉开窗帘，便可以看到那几只喜鹊在树枝上跳跃的身影。在晚上，它从不鸣叫，也在维护着夜的宁静，可让人们尽情享受这万籁俱寂的夜；在早上，它也从不沉默，也在为晨曦的到来报晓，把人们从梦中唤醒。无论是雨、雪、风、霜的天气，它们都在坚守着这种良好的习惯。

喜鹊的头、颈、背至尾均为黑色，并且从前往后分别呈现紫色、绿蓝色、绿色等光泽，双翅黑色而在翼肩有一大块白斑，嘴、腿、脚纯黑色，腹部以胸为界，前黑后白，体长大约为四十五公分。黑白相间的传统色彩，是那样的高雅，是那样的艺术。故虽然其没有绚丽的羽裳，但却在朴素中见美丽，在朴素中放光彩。

你看它那一条长长的尾巴，那是它的骄傲，它总是不断地摆动着，有时把尾巴翘得高高地鸣叫。当它飞入巢穴之前，总是先飞到巢穴不远的枝上，高高翘一翘尾巴，然后再飞入巢穴内。当其离开巢穴时，也是先飞出巢穴，落到离巢穴不远的树枝上，仍然是高高地翘一翘尾巴，然后再飞去，那动作是如此的轻松自如，总给人一种“捷足先登”之感。其实，这也难怪，它的一切活动都有舞蹈之娴熟。树枝上的舞蹈是美妙的。“蹈”不是“舞”，“舞”必然是有节奏感的，它总是抖擞着带有节奏地在树枝间跳来跳去。有时也会一展冀翼，在天空中飞翔。“飞”者不是“翔”，“翔”必然是有静止感的，它总是振翅一展翩然自若地静静飘落。这时它那翼肩上的白色的羽裳则昭然于目，素雅淡泊闲情逸致悠然于心。夏秋这黑白色穿梭在绿叶间，春冬这黑白色则穿梭在灰色的枝条间。

再说它那简陋的巢穴，永远是那种灰黑色的调子。树叶绿了是灰黑色，树叶落了仍然是灰黑色，雨洗过了是灰黑色，雪落了是灰黑色，永远以不变迎着万变，不管风云如何变幻，“窝”自岿然不动。有时给我一种感觉，喜鹊是否是以“卧薪尝胆”的方式保持着“闻鸡起舞”的勤奋。它们住在那用干柴堆成的巢穴里，哪里曾有片刻的温馨呢？但它们每天总是那样快乐地舞蹈，快乐地飞翔，快乐地歌唱。喜鹊，名其为喜鹊，可谓是恰当的。《本草纲目》中云：“鹊鸣，故谓之鹊”，“灵能报喜，故谓之喜”。喜鹊又名鹊、客鹊、飞驳鸟、干鹊，又名为神女。这些名字很好，一定是人们对喜鹊的爱称。由此可见，喜鹊是“大众情人”。自己是快乐的，给人也以快乐！

唐代张鷟的《朝野佥载》卷中有“鹊噪狱楼”的记载：“贞观末，南唐黎景逸居于空青山，有鹊巢其侧，每饭食以喂之。后邻近失布者，诬景逸盗之，系南康狱月余，劾不承。欲讯之，其鹊止于狱楼，向景逸欢喜，似传语之状。其日传有赦。官司诘其来，云路逢玄衣素衿所说。三日而赦至，景逸还山。乃知玄衣素衿者，鹊之所传也。”可见，古代喜鹊就被人们唤作如意吉祥的化身。

小时候在门前或院子里玩，突然七大姑八大姨迈进门槛，便喜出望外，急忙向家里的老人报信。我奶奶就常说：“啊唷，早上就听到喜鹊叫！”于是一家人都忙了起来，做饭烧菜，问寒问暖，说东道西，喜气洋洋。那个时候喜鹊都被神化了。相反，那乌鸦人们只要听到它的叫声，就认为有不幸之事降临，是不祥之兆。不仅是因为其黑无旁色，更重要的是因为它那长长的“哇哇”的声调，令人毛骨悚然，显然人们不喜欢乌鸦的叫声。乌鸦的叫声一片阴气、晦气，而喜鹊的叫声则一片阳气、喜气。那时的农村，生态不好，喜鹊也少，乌鸦也少，碰上的机会也少，因之也就增加了神秘感。现在生态保护好了，保护鸟的意识提高了，不再有人提着弹弓或步枪打鸟了，喜鹊也多了，听到喜鹊的声音也多了，喜鹊不那么神秘了，但是喜鹊预兆吉庆的民俗文化没有变。喜鹊仍然是人们喜闻乐见的一种鸟，“喜相逢”“喜在眼前”“欢天喜地”“喜上眉梢”仍然是人们的一种喜鹊意识。

当你看到天空中的枝叶间有一只喜鹊在振抖、鸣叫，那总是一件愉悦的事情。即使在用水泥打造起来的广场上有一只喜鹊，不能奢望，但仅一只，那也绝对会改变你的情绪，不是吗？

记得阳春三月，山风呼号。我沿着一座山的山谷的一条石阶攀上高峰，当下山的时候则是沿着一条崎岖的柏油山路放纵，忽觉一身轻松。路两边的槐树，曲虬的枝条上面连一片干枯的树叶也不曾留下，只有一些已经干瘪的像豆角一样的果实挂在枝间。正欣赏之时，忽地一群喜鹊出现在眼前，有的叫着飞翔着落在树枝上，有的振翅飞舞起来，飞过山路，落到对面的树上。我也情不自禁地张开双臂，做出欲飞的姿势。这便更惊扰了它们，群起而舞。我深深地被感染。我感到在这树林中，在这鸟的世界里无限的愉悦，心随它们一起飞，一起落，一起鸣啼。三月的山里，虽没有颜色，但有光彩；虽然宁静，但不寂寥。因为有喜鹊黑白色的羽翼，因为有喜鹊美丽的舞姿，因为有喜鹊安稳的巢穴。

又一次是秋高气爽的时节，我也曾沿着另一座山的盘山路散步。路两边高高的树林，以黑松为主，间或杨槐树，颇为宁静。路回峰转处，忽然一群喜鹊从树林中飞起，振落一片槐树叶。黄色的叶子像雨一样纷纷落下，喜鹊的黑白色的翅膀纷纷飞上，形成了一幅美丽的图景。我先是吃了一惊，后才顿过神来。都说天堂美，天堂是什么样子？这静美的环境，飞旋着这自由的天使，使秋天中这一片肃穆变得活跃起来，使这一片沉静泰然的山飘逸起来。我敢说：“这胜过天堂，因为有喜鹊的存在。”

二零零九年七月

《竹叶集》序

人们形容某一事物发展得快，常常用“雨后春笋”这一词语。我想每次经历的一些事情，或感动或悲愤或喜悦，这些事情和情绪就像是“雨”一样，而这些文章则就是雨后的“竹笋”，有点速成的意味。

一片一片的竹叶，积累多了便成为一大片的竹林，每一篇文章就像是竹叶，积累多了，也便成了一本集子。同时，竹叶的纹路和形态可谓之美丽。以“竹叶集”命名这本集子，也是文章追求的境界。竹叶也很令人欣赏。竹叶青青若琴键，风儿轻轻如指纤，总会送来美妙的声音，也会送来摇曳的竹影，使人赏心悦目。

唐朝诗人王维有一首诗：“独坐幽篁里，弹琴复长啸。深林人不知，明月来相照。”前两句写诗人独自一人坐在幽静的竹林之中，一边弹着琴弦，一边又发出长啸声，体现出诗人自由自在、无拘无束的高雅情趣。后两句说诗人僻居深林之中，却有一轮明月来访，显示出诗人高洁孤傲的性情和超凡脱俗的气质。这也是我写这些文章时所追求的意境。

文章追求一种美是文章写作的第一要求素。任何一篇文章，美永远是人们所欣赏的。文章以美感人，我认为这是散文应该首先做到的，然后才是其他要素的具备。当然这审美观是不一样的，写作的手法也是不一样的，但是追求美是一个作者应该始终坚守的文学品格。美是多个方位的，语言的美，还有形式上的美、结构上的美，开头、结尾、上下承和，都应该表现出美来，这样整篇的文章就是完美的。当然，美是没有止境的，文学的美学是我们不断地攀登的高峰，不断地探索的奥秘，不断地追求的境界。

写美文心情是美的，正与王维弹琴复长啸的心境一样。其实写作时很大的成分是一种爱好和愉悦，享受一种独自的世界，是为了表达一种情感或思想。情之所至，必有动人之处，思之所达，必有感人之点。王维的山居生活的惬意，也只是明月知道，当其写成文章以记之，他人读后的心情也是美的，是愉悦的。

咏竹的诗是很多的，郑板桥的咏竹诗别具一格，其中一篇“衙斋卧听萧萧竹，疑是民间疾苦声；些小吾曹州县吏，一枝一叶总关情。”把风竹的声音当作民间的疾苦声，时刻保持勤政为民的情怀。这便是文章的社会责任，也是一篇文章应追求的境界，有时文章确实不是为了自娱自乐，有时也是为了针砭时弊，倡导一种正义感，树立一种公众意识。通过一些人物的表现，一些事情的表达，让人们认识和鉴别什么是真、善、美、假、恶、丑。这又是我们应该不断追求的文学品质，毕竟我们的社会是复杂的，兰草兼生，有时良莠不分。

郑板桥就是通过这首竹的诗篇，描写了当时社会底层百姓的疾苦。同时，又表现出“为官一任，造福一方”和“当官不为民做主，不如回家卖红薯”这样一种朴素的为政理念。板桥这种正义的、公众的理念，触动了当时社会政界的一些弊端。郑板桥到潍县任县令，进了县衙做的第一件事情，就是把县衙的院墙凿上无数个洞。县吏们问：这是为何？郑板桥回答道：出一出污浊之气。板桥之前的县令是一个贪赃枉法的腐败官吏，所以板桥认为县衙里充满着腐败的臭味。郑板桥的一生写竹画竹咏竹赏竹，就是在赞美竹的品格，不仅是为了洁身自好，也在倡导一种正义的社会美德。有一句诗写得好，恰切地赞美了竹的品格：未出土时先有节，千尺争高亦虚心。

许多艺术家把竹子搬到了文学、艺术的殿堂。这既是竹子的风格和魅力所致，亦是艺术家们对竹子的欣赏之故。竹子既是自然的也是人文的。它本有一种风雅的姿态，被人们誉为“岁寒四君子”。

文章正与这竹子一样，既是主观的，更是客观的，既是自我的，更是公众的。

我也在追求每一篇文章能像竹子一样得到大家的欣赏。这也是这本集子命名为《竹叶集》的原由。

二零二零年十二月

《竹叶集》跋

我经常说一段绕口令似的话，关于发挥好作用的：只要想发挥作用，就一定能发挥作用，不发挥作用，一定没有作用，只要发挥了作用，就一定有作用。

人们写的一些文字，只要出版了，就会有人读。有人读了，就会产生影响，也就发挥了文字的作用。文字出版的过程也是一个链条。每一个链条都发挥着作用。尤其是设计、编辑、校审、印刷环节，都在出版中发挥着重要作用。

从我的文章来说，有许多不确切的数字、时间、标点符号，都会经过这些环节而得到修正。修正过的文章，以什么样的字体，什么样的版面出现，也很关键。这决定形式上的吸引力。作为读者在没有读文章之前，首先是随便翻翻，觉得这书的设计悦目，便会深入到文字中去。这时文章中的内容或许会使其有所收获，文章的内容中作者的观点和倡导的思想，就会发挥作用了。

所以在这里作为作者，首先要感谢为书的出版付出心血的设计者、编辑者、校审者、印刷者及各位朋友。他们是揭幕者。他们是拭尘者。他们是照亮别人燃烧自己的奉献者。莫容设计此书，多次与我沟通。林小燕在编辑的过程中，多次与我讨论。佳慧校审也多次征求意见。她们的建设性意见使得文章得到了完善。文章就像被擦去尘埃的镜子，就像打磨过的雕刻物件，更加的明净和圆润。这也正弥补了我在时间上和功夫上的不足，会使文章更好地发挥作用。

由此我也在思考，经济上我们将产业链条，其实每一件工作都有链条可言，每一个链条都是相互支持配合的，缺少哪一个链条都会失去一些色彩，都不能发挥最大的作用，甚至有可能因小失大，或破坏了整体的力量，发挥不了应有的作用。在链条中，设计也好，编辑也好，校审也好，印刷也好，都是重要的链条。如何打扮每一篇文章，如何打扮《竹叶集》这本书，以怎样的面目与读者见面，经所谓的“粉墨登场”。

我和读者们期待着《竹叶集》的出版，以悦其容。在此再次感谢为出版此书发挥了作用的各位老师和朋友。

《梅花辞》序

中国的古诗词是很有魅力的，就像一幅美丽的卷轴。那韵律又像曼妙优美的舞蹈，步履轻盈有力。

古诗词是否包括诗、词、歌、赋？皆已成为国粹。我们应该把这种国粹传承下去，并发扬光大。现代的诗歌和散文是大众化的，但古诗词要大众化是不太可能的了。

但是现代人是要了解这些古诗词的，尤其是喜欢写诗的人。一个时代有一个时代的文学形式，对于诗也有其流行的表现。我们学习古诗词，但也不要拘泥于古诗词，要在此基础上有所创新。创新了也不要把母体舍弃，都要共同存在着，使诗词的形式更加多样化，共同灿烂着、繁荣着、进步着。

在古诗词中，最具有代表性的是唐诗宋词。平平仄仄的韵律读着朗朗上口。在中国文化的历史银河中，是一颗璀璨的明星，犹若北辰。

古诗词在文学中的存在，犹如“花落红尘”，颇有仙女下凡人间的优越。

唐诗之盛，是我国唐代强大、繁荣的放歌。宋词之美，也便是我国宋朝人们生活自由的吟诵。在当今时代，生活方式、生产方式，已经天翻地覆，已经沧海桑田。语言的表达方式也与时俱进了，自由散漫是当今语言的风格。因而，古诗词的使用，则像一股清流，也有一股凝聚的力量。当然，这里的表述不是苛求那些刻板的形式，而是要以创新的形式，蕴含古诗词的灵魂。

我爱古诗常吟读，
意来字出成韵句。
长长短短任其书，
只求意随古诗赋。

当今的诗人已把五言七绝融合在一起，把诗与词融会在一起，创造出具有古诗词影子和灵魂的新诗词来。可谓是文化杂交的优良品种。是我们今人与时俱进的精神体现和当今时代精神与创造力的体现。

唐代诗人徐凝的《喜雪》：“长爱谢家能咏雪，今朝见雪亦狂歌。杨花道即偷人句，不那杨花似雪何。”其以古诗词表达了继承和创新，寓意深刻。

古诗词蕴含着丰富的思想和能量，一句诗词中可释放出许多现代的话语来，意义深邃。

我们在读古诗词时，有时感到晦涩难懂，那是因为时过境迁的缘故。也与当时的历史、与当时的人物、与当时的地理位置、与当时发生的事情有关。只要了解了当时的一些相关的元素，也便不难理解其意。古诗中有许多的人名、地名及事件的名字，都在时间中化作美的文字。如果我们不知其一，那就很难知其二。但一旦知道其是一个名字，便会恍然大悟。《水龙吟 · 西湖怀古》一词：“东南第一名州，西湖自古多佳丽。临堤台榭，画船楼阁，游人歌吹。十里荷花，三秋桂子，四山晴翠。使百年南渡，一时豪杰，都忘却、平生志。可惜天旋时异，藉何人、雪当年耻。登临形胜，感伤今古，发挥英气。力士推山，天吴移水，作农桑地。借钱塘潮汐，为君洗尽，岳将军泪。”词中力士和天吴都是传说中的神人，词中意是：借力士和天吴两神来移山填平西湖而造田，以作农桑之地。知力士和天吴为神人，也便不难理解诗意了。诗里面还有“雪当年耻”“岳将军泪”都是指当年岳飞抗金的一些事情，了解了也就理解了。

像那些句子“黄河之水天上来，奔流到海不复回”“自别钱塘山水后，不多饮酒懒吟诗”都是押韵的白话而已。简单而明快的语言才有魅力。

此诗集以《梅花辞》为名，也因梅花的品格，开在寒雪之中。并在古诗词中有许多咏梅的诗句。我也有许多的诗是咏梅的。梅花亦有古诗词之韵。古诗词亦有梅花之美。二者有相得益彰之力，故取其名。

棉槐

“棉槐”是一种灌木，一般在河的两岸及大堤上都是这种灌木。它们是一簇簇地生长，从根部生出的枝条从不分叉，一直是一根棍条地向上长，长成的条子柔软而有韧性，可以用以编织各种用具。这就决定了它们的命运：只能是每年秋季落叶后就被从根部割命了，所以对于这里的棉槐条子每年都是新的生命的再生。有些根部被砍得很粗很大，到了初冬，又会有人刨出它们的根用于烧火。到此，这棉槐条子就被彻底地斩草除根了。

小的时候，生活在这里，上小学、初中，自己都被评为红卫兵，常常是拿着红缨枪到大堤上去站岗放哨的。什么都管，尤其是坏人坏事。是红缨枪保护着这一片绿色的棉槐条子，也巩固着河堤。

每年春天时节，棉槐条子就发出新的芽子。芽子是褐红色的，很脆，扭断后可淌出鲜红的“血液”。生长后从根部直到梢头都是一串串的叶子，一根叶筋，两边全是椭圆形的叶片，相错而生，并在同一个平面内。我的伙伴经常摘一串叶子对我说：“哪一片叶子代表你？”起初我不解，就指着一片说：“这一片吧。”这时小伙伴就从第一片叶子数，并嘴里说着：“一二三四五，上山打老虎。老虎不在家，碰上小松鼠。松鼠有几个？一二三四五。”最后数到“五”的那一片叶子就被摘掉，重复数来，许多叶子被摘掉，而我指定的那一片会永远地留到最后，故自己便感到很幸运，自然弹冠相庆，踌躇满志。有时遇到不好决策之事，也便用这种游戏来推算、预测，虽荒唐，但快乐，许多的信心就来自这种荒唐之举。

棉槐条子在夏天是很茂密的，我们也常常到里面去捉迷藏。那怎么找得到呢？所以藏的永远会成功，寻者永远会失败。不过，在捉迷藏之时常常会发现鹌鹑，机遇好还可以抓到它们，因为鹌鹑行动较迟缓。有时也可以捡到满壳是雀斑的鹌鹑蛋，可以抓到蝈蝈、螳螂、蝉等。捉不到玩迷藏的小伙伴，倒也常常有小的意外收获。

有时我们也会折断它们，编成草帽，像志愿军那样戴在头上以遮阴隔阳。但这棉槐条子丛中也常常藏有杀机，像黄蜂窝，像扒已毛子，像蛇，也常常被我们打扰，而奋起自卫，在不经意中我们也会受到伤害。但到了深秋，叶子一落，又一目了然，一切都归于寂静，它们都藏在哪里了呢？这又是一个最大的迷藏，人们必定是这场迷藏的失败者，即使把棉槐条子割掉，只留下茬子，也无处寻觅了。

棉槐条子被割下来后大有用途，最小的日常用具就是篓子和筐子，各种形状、有大有小，好手编出的篓子或筐子都是很结实、很匠式的。每年到一定季节，我们就背上篓子或筐子去收获，篓子或筐子带给我许多有趣的记忆，装下了我许多的喜悦和欢乐，也装下了童年许多的眼泪。童年就是用这些篓子或筐子背过去的，生活是父辈用这些篓子或筐子背出来的。这些篓子或筐子装下了人生的酸甜苦辣、坎坎坷坷，装下了岁月的春夏秋冬、风风雨雨。它装着三年自然灾害，它装着集体大生产，它装着文化大革命，也装着人民微薄的希望。

这篓子或筐子是沉甸甸的，是非常的贵重的。所以篓子或筐子一旦被丢掉，如果是孩子丢掉的，那么必然会被父母痛骂，有时还会挨打。有些孩子休假日去割草、搂草，都没有篓子和筐子，只好到邻里去借用。调皮的孩子们，尤其在瓜果飘香的季节，到坡里去割草，常常去伸手摘食瓜果栗子枣，一旦被看见，就会被看护人“攒掉篓子”，那就是奇耻大辱，不仅是丢了篓子，还丢了面子，弄不好还会被扣上投机倒把或“地富反坏右”的帽子。

有一位贫农的孩子，家里很穷，一天学校劳动，到坡里去割草，就从邻家借来一个篓子，在一片果林旁割草时，突然见到草丛中有一个滚落下来的苹果，捡来吃的当口，被一个看守人看见，就夺了他的篓子。当时，他坚决不给，被硬夺了去。他就跟着不离开，一定要把篓子要回来，篓子不要回来他不走。一般看果园的人都是当时村子里的上层人物，有话语权者，当他看到是一个贫农家的子弟，也就会变本加厉了。看守人拿着那个用棉槐条子编制的篓子，反复地看，仿佛要看出个花来。他终于开口说话，问那个孩子说:

“你这篓子是棉槐条子编的，这棉槐条子一定是偷的。偷苹果是一罪，偷割棉槐条子是一大罪！”这可把孩子吓坏了，便把实情说出：是借的某某家的。那看守人并不信，便说：“不可能！他们家不会偷，也不会有这棉槐条子的篓子。”无奈，孩子也只有放弃，不知等待自己的是什么？是痛骂，还是毒打？后来篓子是被那位看守人留去，这只篓子一直就装着那位看守人的面孔和德行。

事隔几月，大家在一起收地瓜，那位看守人正在地瓜地里挎着一只篓子运地瓜，那篓子就是那位割草的孩子的，突然，那位孩子的父亲上前抢了过去，说：“这是我家的篓子！你怎么拿去就不还了？”当时两人就打了起来。大队里出面调解，因为那位看守人的哥哥在大队里任干部，于是就判给了那位看守人。那位孩子的父亲一肚子苦水无处诉，满腔的怒火填在胸，但暂无办法。又一次在劳动，那位看守人又在使用那个篓子，那位孩子的父亲就冲上前把篓子夺下，径直回到家，把它永远地藏了起来，再也没有使用过。这个篓子就又装下一口气。同是也一直装着那个时代。

俗语云：“竹篓子打水一场空”。我希望，这棉槐条子编成的篓子也不要盛下那么多的故事，无论是好是坏。然而，它却盛着那么多沉重的东西。这棉槐条子丛中藏着许多趣味和杀机，而棉槐篓子里也盛着许多的快乐和无奈。这都像捉迷藏一样忽隐忽现。自然像棉槐条子一样一岁一枯荣，历史像篓子里的东西，看不见却忆得起。

梦游铁力士峰

一个非常奇特的梦，梦中游览了铁力士山峰，像现实一样。依稀可以忆起梦中的情节。我努力地回忆着，尽量不遗漏每一个细节。

驱车沿着一条路奔驰。路两边的景色时常令人激动、赞美。连绵的山丘，碧绿的泓水，静谧的树木，还有那飘着白云的蓝色天空等自然的东西和一小簇一小簇的人们住的房子融合在一起，小的动物、小的鸟儿也活泼其中，构成了大自然美丽的环境。

坐在车上疾驰向那一座高山进发，从西向东迎着明媚的朝阳。天地之间山丘在起伏，并渐渐地变得高大。公路也趋于山麓，沿着山的山脚而行。山上的植被也看得越来越清楚。青青的草坪从山坡的高处慢慢地铺来，直到车轮下的柏油马路边。山上的树木也绿得特别，很像刚刚下过一场小雨似的。温润的空气中像是飘游着若干的水分子。山脚下的居宅被大山映衬得小如玩具，一切都那么美好，没有半点的尘埃侵入你的视野。眼神在这梦中的原野上游弋。

路随山而起伏，随河而蜿蜒。不断增高的山，终于把一边的天挡在另一面。一条河流出现在公路旁，水流逐步在增大，直到最高峰的山下，水势变得很大，滚滚地向下游流淌。空气中的温润变得浓重，已形成了雨，下了车不得已打上了一把伞。

车子在一簇并不很高的房屋前的广场上停了下来。广场在山与河之间。河边有几棵参天大树，盘绕的树根一部分露出土地，旁边有几块自由的石头。河外有几幢别墅，使这自然的山的空间又点缀了几处人文的痕迹。一幅西方油画般的图案就这样布局着。那种空旷的、美好的、向往的、崭新的心绪悠然地散发着。心情像脚下的水一样翻腾，情绪像眼前的山一样高涨。

由于山高，人们不得不坐好上山的准备。穿上了御寒的棉衣，站在山下仰望山峰，高入云端。先乘索道，来到海拔一千八百多米的高山，坐在索道车中俯视着山下，一览众山，高山湖水澄碧，牧场青草离离，山路飘然如带。那婷婷的树木，仿佛要高过山峰，一探看山的另一边的风光。树木一方方一片片，颜色明暗相间。然后换乘空中客车再向上前进。这一段已经没有了植物，灰黄色的山峰矗立着，阳光下折出巨大的阴影。

空中客车又到站了，这次可是到达了顶峰，但就在这儿，仅设了一个空中驿站，要到达山峰又需换成吊篮。这使许多人没有想到。人们拥挤着上了吊篮，才知道如此的一个运输工具，必然充满浪漫与挑战。吊篮上半部是明净的环形玻璃，里面没有座位，像装东西一样把人塞了进去。人们都尽量地向边上靠，以便通过玻璃向外观光。吊篮开始运行，向上吊去，并自己转动着，使人们不断转换着角度，望向四野的山峰与山谷，看得非常分明。山色、山势夺人魂魄，突然人们喧哗惊呼着，一座雪峰与天上白云一般飘来，逐渐地清晰，背面镶嵌着太阳的光边。这就是 TITILS 雪峰。激动，兴奋。走出吊篮，踏着厚厚的积雪，长年累月的雪一层一层地积累在这里，使山的高度增加，只看到雪看不到雪层下面的岩峰了，这里完全是雪的世界、寒冷的世界。迫不及待地张望。意识中清楚地画了几个问号：这里不是人间？这里不是天堂？这里是哪里？

雪层中开凿出的一条隧道里挤满了人。隧道上下左右都是冰冷的雪，四壁闪着寒光，偶尔有彩灯把冰壁照出彩色来，仍然带着寒光。这真是奇迹，一片一片的雪花怎么积成这样厚的一座山峰。集腋成裘，如此之理。山下那滔滔之水也来自这厚厚的雪峰，这高而厚的雪峰，是几条著名河流的发源地，多瑙河、波河、罗纳河，还有莱茵河。它们日夜流淌的都是从这山脉雪峰上流下来的雪水，日夜的流淌也未曾完全流尽融化的雪水。这是一片瑞雪，是一座神峰，是一座神奇的雪峰。

我们从雪层中出来，踏着积雪，向雪峰顶走去。吊篮把我送到了离雪峰不远的地方。但最高的雪峰还要用双脚攀上去。雪峰四周就是悬崖峭壁，雪峰上有栏杆，以防人们滑落。但是游人们还是在这片雪峰上肆意地滚爬，有的孩子从峰上沿雪道一直滚到平坦处，红红的脸上沾着雪粒。这里是孩子们的天堂，也是大人们的天堂。但大人的表现形式是放眼天外，是另外一种意义的天堂。

终于来到了峰顶，站在白皑皑的雪峰之上远望四周雪峰如刃，在蓝天下威武起舞，无限壮观，仿佛来到了世界的屋脊。就在这座山下有好几个国家，西起有法国、瑞士、德国、意大利和奥地利。我为之大悦。一个神奇的梦，梦见一座神奇的山，并来到了这座山的TITILS峰。

梦醒时分，激动不已。我忙翻阅了关于TITILS山峰的有关资料：

TITILS山峰是阿尔卑斯山山脉。阿尔卑斯山是一座位于欧洲的著名山脉，它覆盖了意大利北部边界，法国东南部，瑞士，列支敦士登，奥地利，德国南部及斯洛文尼亚。阿尔卑斯山脉平均海拔三千米左右，最高峰勃朗峰海拔四千八百多米。山势雄伟，风景幽美，许多高峰终年积雪。晶莹的雪峰、浓密的树林和清澈的山间流水共同组成了阿尔卑斯山脉迷人的风光。

阿尔卑斯山脉的气候成为中欧温带大陆性气候和南欧亚热带气候的分界线。山地气候冬凉夏暖。大致每升高二百米，温度下降一摄氏度，在海拔两千米处年平均气温为零摄氏度。整个阿尔卑斯山湿度很大。年降水量一般为一千二百毫米到两千毫米。海拔三千米左右为最大降水带。边缘地区年降水量和山脉内部年降水量差异很大。海拔三千二百米以上为终年积雪区。阿尔卑斯山区常有焚风出现，引起冰雪迅速融化或雪崩而造成灾害。阿尔卑斯山脉是欧洲许多河流的发源地和分水岭。

TITILS峰竟然海拔三千多米，并且这座峰就是世界著名的阿尔卑斯山的一座高峰！由于阿尔卑斯山是一座名山，所以能到那座山中观览一游，是快乐的，是幸运的，但是在梦中游览一座名山那就更令人欣喜和福祉无边。李白说：“且放白鹿青崖间，须行即骑访名山”。我没有青崖间的白鹿，但我有暗夜中的黑驹，可在梦中去访名山大川里的白峰黑水。白鹿与青崖，黑驹与白峰都是同样的美丽，同样有着李白诗篇中的闲志情怀，同样是浪漫主义的化身。

这座世界著名的山，是以往梦想的，也是自己早就知道的一座山。经常听说登山运动员登上了这座山的山顶。读《拿破仑传》时，知道斯德哥尔摩市的冬天天气很冷，就是受到这座山的影响。每次听到这座山的名字，每次听到与这座山相关的传说与消息，都如在梦中一样，充满了一种梦幻的神秘。

这座山，仿佛在天涯海角，离我们很遥远，虽有一种强烈的向往，但不可及。今在梦中骑黑驹飘入阿尔卑斯山的TITILS山峰，然而却更觉这座山的遥远和神秘。

美丽的葡萄酒

如果说浓烈的白酒带有豪情之气，啤酒具有激情文化的话，那么葡萄酒一定是罗曼蒂克的象征。

单说它那种色调，就让人感觉到一种柔情和浪漫。把它包装起来，装入一个美丽的玻璃瓶中，它又变成了一位带有墨色眼镜的亭亭玉立的姑娘。瓶子上贴着的标识，就是它们参选葡萄酒公主比赛的序号。

这使我想起了一个美丽的传说，波斯国王詹姆希德的妻子，时常头疼难忍，想以当时被称为“毒药”的发酵了的葡萄汁结束自己的生命时，反而使自己更加妩媚，从此葡萄酒诞生了；想起了秋天葡萄熟了的时候，一篮子一篮子的葡萄倒入池中，少女们赤着脚，挽起长裙，舞着跳着踏酒的欢乐的场面；想起了希腊女人们喝醉了酒躺在战场上，用浪漫文化反抗残酷战争的场面；想起那些翩翩起舞的洋溢着葡萄酒芳香的party。

当你打开瓶塞，把那葡萄酒倒进一个水晶般的醒酒器中，它那种琼浆玉液般的特质，会使你为之陶醉。然后再将其倒进夜光杯里，轻轻地晃动，静观那葡萄酒挂在杯壁上，而后像泪一样悄悄地流下。埃及人不就把葡萄酒看作“太阳神的汗水”和“何露斯的眼泪”吗？这泪一定是幸福的，苏格拉底说：“葡萄酒能滋润和抚慰灵魂，使人忘记忧愁，得到放松。”故当你失意的时候，一定不要喝白酒或啤酒，俗语说“借酒浇愁愁更愁”。然而，当你品葡萄酒的时候，那都化作了一种凄美，像葡萄酒一样涩中带着酸带着甜，带着一种梦幻，也像诗一样“沧浪欲有诗味”了。

在这温馨的环境中，一切都变得如此美好。举起杯，与客人轻轻相碰，你会听到美妙的声音，在这琴弦般的乐曲中，把酒送到舌边，你一定会想起你的初恋，使你脸颊绯红。

是什么使葡萄酒变得如此带有色彩？其实，葡萄酒从一开始就充满了神奇。最先吸引人类祖先注意力的就是葡萄酒，并不是紫罗兰散发的芬芳，也不是覆盆子的馨香。远古时代被称为世界尽头的高加索山脉的南麓，这就是亚美尼亚，有着与葡萄酒同样绚烂的名字。从高加索山上流下来的泉水，欢唱着汇成了亚美尼亚峡谷中的里奥尼河，它哺育了两岸的葡萄树。雾霭时常笼罩着这里，保护着晶莹剔透的葡萄不被阳光灼伤，因而造就了葡萄的特殊品质，这就是“Vitis vinifera”。它无论从糖度还是从酸度都是最适宜于作高品质葡萄酒的。植物学家把这种野生的叫做“Sylvestris”，人工栽培的称为“Sativa”。古希腊历史学家修西得底斯在公元前五世纪末写了这样一段话：“当他们学会种植葡萄和橄榄的时候，居住在地中海地区的人们才开始脱离蒙昧。”而当人们酿造出第一杯葡萄酒的时候，就进入了一个文明的时代。透视这一历史，距今大约已有七千多年或更早一些时间。正是欧洲和近东地区的先进文明从游牧转为定居的时期。人们已开始农耕和狩猎。技术已从石器发展到青铜器。里海附近地区的人们也已造出了最早的陶器。

亚美尼亚的葡萄酒，通过幼发拉底河运到了马里、亚述、巴比伦、启什、乌尔，后又蔓延到了叙利亚、迦南及埃及，后时自然还有地中海里的克里特岛和塞浦路斯岛，地中海沿岸的迈锡尼和希腊，使这一地区成为了紫红色的海洋。那时的亚美尼亚还包括格鲁吉亚南部的整个地区，就是现在的东安纳托利亚，属于土耳其领土的一部分。这里有神圣的高加索山脉和阿勒山脉，东面是里海，西边有黑海与地中海，南面是红海，其间还有几条著名的河流，底格里斯河和幼发拉底河，两条河流在巴士拉汇流，流入波斯湾。还有人类的母亲河尼罗河也流经这片古老的土地。这里充满着神秘的色彩，是世界文明的发源地。这一切也许都是缘于树上结着的红色玛瑙，以及用它酿造出来的具有玫瑰之魂的葡萄酒。

这一带的人们是世界上最具独立精神和创造才能的人，他们酿造出的葡萄酒，几乎是世界上最美的。中世纪的提尔和西顿，今黎巴嫩境内，生产的葡萄酒是当时最昂贵和最吃香的葡萄酒之一，甚至今天，黎巴嫩山省东部的贝卡谷地是著名的缪萨尔红酒的故乡，几乎是世界顶级红葡萄酒的代名词。

当然，随着文明的不断演进，葡萄酒也变得五光十色，不仅仅有玫瑰色的干红，也有淡黄色的干白，还有那金黄色的冰葡萄，更有那褐黄色的XO白兰地等。多么响亮的名字，它们都毫不例外的浪漫奢华，都统统是土地的精华，又被称为“液体黄金”。这就要求你只能细品，不能像白酒一样“吃”，也不像啤酒一样“喝”。葡萄酒是不宜如此的。如果用“吃”和“喝”来享用葡萄酒，虽然没有“酗”的嫌疑，但也不合葡萄酒的身份。

葡萄酒是神圣的。埃及人把掌管葡萄酒的权力赋予一个特别的神——奥西里斯。奥西里斯掌管着植物的生命，被称为“灌溉之神”和“宴会中的狂欢之神”。这完全可以从古埃及的绘画中得以明证。虽然埃及不是世界上最早种植葡萄和酿造葡萄酒的地方，但是埃及是历史上最早记载和庆祝葡萄酒酿造的地方。那一幅一幅充满着无限生命力的图画，表达着人们从葡萄酒中取得的欢愉。那盛宴的场景时而宁静、优雅，时而又喧闹、放肆，但始终洋溢着一种明快的醉人的色彩。只有葡萄酒在宗教仪式上，用作为对神的供品，可见葡萄酒地位之显赫。

中国有句古诗“劝君更尽一杯酒，西出阳关无故人”，这是古人的白酒情怀，如果古人有葡萄酒的福分，一定会改诗为“西出阳关无美酒”。

如果说一杯白酒是一部唐诗，一杯啤酒是一部散文，那么一杯葡萄酒就是一部荷马史诗，是一幅美丽的油画。

梦的前行

一

我常常做一些奇怪的梦，不知所至，至处无名，事多怪异。要过去进而到达一个目标，常常需要爬过一个悬崖，虽有时不是悬崖，但也如一堵墙一样，需要攀援而上，方可以继续前行。

但有时可以攀上去，有时也担心会掉入崖下，故不得不放弃而去另觅途径。

但我常常是量力而行，不能攀援而上的便会偃旗息鼓。也从没有去想象如果攀上去，是否会有坦途，是否会有捷径，是否会有鲜花，是否会有鸟的翔舞。

我不曾想过，虽然是梦境，但在梦境中也从没有想过。

退回来，突然发现另一条路就在你的身后或左右。这一条路是平坦的，也是通向高处的，只是有一个大的弧度或拐了一个弯子，通向了与悬崖过后的同一个目标。这便容易得多了，平步可达。这叫绝处逢生，另辟蹊径。

“他山之石可以攻玉”啊，这新的路子或用石头铺就，或用木头铺就，或桥或阶，是前人早已铺好了的路子。没有风险可言，后没有深渊，前没有不测，既不必顾虑后方，又不必顾虑前途。

走在这路上，也不会寂寞，这路上有许多的人。虽多数是陌生的，互不相识，只是匆匆而过。路的旁边也有许多为生计而做着小买卖的人们，饿时可以买吃的，渴时可以买喝的，还可以买到各种的用品，大有保障。

而通向高处时，并不知道目的地在何处，仿佛目标就是向前，目标就是要攀上台阶去，目标就是走路，目标就是看路上的行人。

很具体的，很局限的路的两边的山、水、村都叫不上名字来，大半是新鲜的，大半是似曾相识，不知道是何处。

即使那陡峭的墙壁上去了，有时也没有了目的，遇到了什么，什么就是目的。

二

有时会遇到山，山里有路，也有院子，院子往往是四合院，全是旧时的建筑风格，院子套院子，门道一道又一道，走廊曲折，花草树木别有样式。但里面并不见人，当迈入其间时，草长莺飞，一片美好静谧。忽然一条蛇盘曲着，并高高昂起头来，想拦住去路，我顺手取了一把铁叉，很轻松而快速地插了过去，不偏不斜插在那条蛇的脖颈处，叉子深深地镶入了蛇体，并透过蛇体插入了草地，像伏妖神针一样，把蛇牢牢地钉在了地上，蛇的嘴巴张得很大，几乎一百八十度。是狰狞还是愤怒？是痛苦还是呻吟？身子在不停地扭动。此时我想起一则常识，打蛇要打头。于是把头彻底地打烂了，把身子切成几块，用石头全都铲成了肉泥。

仿佛山里有捕蛇者，蛇跑掉时，便进入了周边捕蛇者设的口袋。那口袋并非是布制的，也不是铁卡子，而是一种先进的如蛇洞一样。只要蛇进入，便像紧身衣一样，把蛇紧紧地套住。这个工具很像一根带凹凸纹的水管子一样，蛇钻进去之后，只容其身，无回旋余地，一开始蛇会摆动身子，那工具套管也会随着摆动，但在摆动的过程中越套越紧，直至僵硬。蛇是善于藏在草丛里的，像暗箭一样，随时会伤害你的，要谨慎之，打草惊蛇，亦有其生动的意义的。

三

有时是水，或是河，或是海，或是湖。水中有鱼，亦有临渊羡鱼者，亦有下水捕之者。徒手捕鱼者，我还是第一次见于梦中，一条大鱼在黑水之中，鱼脊骨在水面上现出一条黑线，便知是一条鱼在游动。一个青年人入水与之搏斗，鱼边斗边退入深水，青年人则跟着鱼不断划向深处。岸上的人都喊着年轻人上来，不可受其引诱，但那年轻人哪里顾得上听你喊什么，也逐渐地由浅入深。最后年轻人得胜，掐着大鱼的头游向了岸边。岸边的一位观众用一把镰刀狠狠地插入鱼的头部，帮助那个年轻人把大鱼拽上了岸边。众人围观，年轻人说，你帮了我，把鱼头你拿去炖着吃吧。年轻人把鱼头用镰刀砍了下来，立即引来了几只苍蝇，瞬间鱼头干瘪了，一切都化为乌有。

反过头来向回走时，大水向山口涌来，碧绿色的洪水扬着白色的浪花，像一头猛兽一样向人们扑来，把人们汇于急流中。我奋斗搏击着，最终游上了岸边，岸边有一条路，外面则是高高的山，可依然是黑色的，只有这片水的周围是明亮的，像是夜晚的灯光。我走在岸边，只见山坡上，有着许多的奇形怪状的石头，像精美的工艺品一样，我便捡了几块，像在海边捡到了漂亮的贝壳，十分满足。当沿岸边走时，看到了那些被卷入洪流的人们也已安然无恙地聚集在岸边的一个广阔的地方，并逐渐离开了水边，像演完了戏的演员离开了舞台。

梦境醒来，窗帘间已透来晨曦。

名字

人都有一个名字，每一个人的名字都各不相同。但人口的众多，难免有类同或重名者。

人生下来为了有一个称号，便先起一个乳名。这就比较随意，往往是长辈拍一拍脑袋而留下的，如爷爷或奶奶，爸爸或妈妈，或是家族中有点学问的长辈。这乳名，有叫“狗子”的，有叫“河”的，有叫“国”的，仿佛没有什么意义。其实并不然，大多起名者都有点含义或什么寄托。如有的叫“花”，希望自己的孩子长得像花一样美丽，一般女孩子会起这样的名字；有的叫“龙”，是希望自己的孩子长大后能成大器，一般用于男孩子的名字。但也有希望女孩成大器者，故有的女孩起名叫“凤”。这都是起名时的美好的愿望。

的确，乳名不仅是符号，也是一种希望，或是生时的背景或环境。有的孩子生在战乱时期，父母总希望和平，那就起名为“和平”。有的孩子出生时，恰在一个地方，如上海，便起一个名字叫“上海”；如若连续生了几个女孩为了生上一个儿子，便给女孩起名叫“招弟”。总之，意义是不一样的，但都或多或少有点含义。像“狗子”“芽子”等或许也有意义，因为狗有九条命，好养、命硬，这可能就是用意。芽子总是新生，破土而出，具有很强的生命力，可长成大树，故这或是叫芽子的意义。再说那“河”是财富，长流不息；那“国”字中间有块玉，或许希望一生能括几块玉在家中。都包含着长辈对下一代的希望和寄托啊。

孩童长大了上了小学时，又会起上一个大名，把祖先们的姓氏加上，变成了大名，或二字，或三字，或四字，或更多字。这大名则会更加的有美感了。经过再三地琢磨，反复地修改，广泛地询问，各方征求，最后敲定。但用一段时间后不满意，又改名字者，也大有人在。

这样的名字很精很美，如：大业，幸福，瑞，斌等，都是很好的名字。

希望成名成大业，希望幸福吉祥、文武双全，希望人生成功。但这都是冠了一个名分，名分很难代表内容，很难表达人的内涵、人的素质、人的品德，这就出现了外内不一、名不副实的现象。但法律没有规定一个坏人，不能叫一个好名字。一个叫仁慈的人，可能一生丧尽天良，打着仁慈的名分专干伤天害理之事。但他名字叫仁慈，人人见之都叫他“仁慈”，自己也到处宣扬自己是“仁慈”，虽然大家都知道他不“仁慈”，但却承认他就是“仁慈”，好不滑稽。还有一个人名字叫富贵的，从小家里就穷，家徒四壁，总希望下一代能大富大贵，但一生又是一贫如洗，既没有钱也没有社会地位，只是名字里面有富也有贵。我不富贵谁富贵，苍天不公啊，人间无道啊，这是他本人的悲鸣。但大众则说他不应该叫这个名字，但如果不叫这个名字，甘于贫穷、不求进取、不敢期求，就更不可能有希望了。总是渴望富贵，就会为之行动，如果这追求的希望都没有，彻底就没有富贵了。

每个人都把名字看得很重，即使名实不符。其实也不仅仅是人与其名是这样，以此延展至做事，也有如此之情形。俗语云“挂着羊头卖狗肉”。如是者有之，并大行其道，以谋他人之利为名，而图一己之私为实，并道貌岸然，以君子之态为小人之事。

故自古以来，名实不符者不胜枚举。叫什么不重要，做什么重要，是这样吗？叫什么重要，做什么不重要，是这样吗？叫什么重要，做什么也重要，是这样吗？叫什么重要，做什么更重要，是这样吗？人们自有选择吧？我选择的是“叫什么重要，做什么更重要”。

事业成功了，做的事情成功了，这就说明人生的成功，所以做什么能成功是非常重要的。人已成功了，便会更加爱惜自己的名字，会为名字加字加号，以相互支持，互相贯通，相得益彰。这也是自古以来人们智慧，细究起来是很有历史文脉的。如张林这个名字，可以“森之”为号，以“茂盛”为字，可形成繁荣一体之脉。至此，人的名字便丰盈起来，形成了乳名、大名、笔名或号或字，一个整体。所以无论哪一个名字，在做事时，则会出师有名，人皆赞之顺之。没有名分是不行的，做不了事，也做不成事，无人承认，也无人顺从。曹操为什么要挟天子以令诸侯。即使其挟天子，也没有逃脱世人的骂名“奸臣”，因曹操没有名分，不姓刘，非刘氏后裔，非皇家裔胄。而刘备为何能拥有张飞和关羽，成了历史上“桃园三结义”的美谈，拥刘备为兄。刘备是刘氏皇家之后，可号令天下。此类例子比比皆是。古之征战有帅者，挂上帅便可统领三军。无帅印无帅旗，无法号令。但人虽为一人，无帅印不帅，无帅印为卒，有帅印则卒变帅。名分不同，做事之力霄地之差。即使做坏事者，也会冠以美名以掩人耳目，扰人思想，乱人判断，都是为了让所做之事得以成功。

故有一个好名字，干一个好的事情是人心向往的，是人之称快称道的。而只有好名，干一件坏的事情，是人痛之、唾之的，是天道不容的。好的名字和好的事业是相互辅助的，缺一便不可。原世人求名做事，做事留名，此天之经地之义，必昌之。

名字是人生起步之号，故无人不重视。也有一大产业围绕名字而作。取名者、算命者、测字者大有用武之地，而从投以足，取其利者也从不穷尽。古之有人在寺庙之中，坐而论道，从此道而趋利，后则有人挑旗于公众之所，猎取好之者。再后来便大行其道，成立网络公司，大行其道。

可见汇细流以成河，汇百川以成海。此变化足观名字的重要和人们的重视。故，世人大都为名所累。

拿来主义之说

鲁迅有一段论“拿来主义”的文章，说得很精辟。仅拿来主义而言，我想有一种主要的含义，是适合自己的东西或自己喜欢的东西或自己需要的东西都可以拿来。这个“拿”字，没有别的意思，拿者就是拿，你只管拿就是了。关键是拥有者的态度，其让不让拿的问题。如果其愿意你拿，那就是地地道道的“拿”字，毫无嫌疑。如果是对方不愿意你拿，你偏要拿，那就是“抢”，这种拿是有代价的，能否拿走，要看你的力量。还有一种拿就是，当对方不在的时候去拿，这种拿通常人们称之为“偷”，避人耳目，或伺机而盗，或顺手牵羊。这后两种被称之为“强盗”，所以这拿来主义含义广泛。但鲁迅文章中的拿来主义，则是有一定的语境的。不管如何“拿来主义”是一种势力。

鲁迅的这种拿来主义精神，在一些国家被发扬光大。其中一个国家是日本，另一个国家是韩国。只要有利于国家利益有利于民族文化，他们都无一例外地统统地拿来，不管是东方的或者是西方的，不管是原始的还是现代的，他们都会拿来包装成民族的东西以用之。如果你到日本，你就会知道，不谈别的就谈语言吧，许多都是汉字，那就是拿来主义，拿来了就是捷径，省了自己的事，以便有更多的精力去干别的事情。但他们也不是生搬硬套，而是有所创新，用你的文字做符号，但发言时，就变成了本民族的东西，当你打开一本书或一页广告，许多字你一定会熟悉。有时，望文可以生义。但听他们发音时，你会有耳听不懂，有嘴也不会说了。而韩国也如日本有相似之处，也拿文字来对比，韩国则与日本正好相反，韩国是发音时，偶尔我们可以辩其意。如高尔夫球场，就像中国一些“土舌子”的人说话口齿不清一样，仔细听可知其说。再如“平方公里”，他们发音是英文之调“kilometer”，但当他们写成文字，那完全就是窗棱和月亮式的字样。据说韩国原来也没有自己的文字，其祖先李成桂躺在床上睡不着觉时，就在思考这个问题，这样一个国家没有自己的文字哪成，他望着木制窗棱和窗外的圆圆的月亮，突发奇想，创造了现在韩国的文字。

他们的文字是拿来主义，他们的文化也是拿来主义，并且范围更加宽泛。到了日本和韩国，都能看到一些中国传统式的文化，甚至有一些在中国平日不用，或失传了，但在日本和韩国却发扬得很好。日本礼节是中国式的，许多中国式的文字语言，到处都体现在日常生活中。像"徐行"就是中国的书面语言，而在日本成为一种日常用语，若在中国用，就会感觉酸溜溜的了。或许会有人说你是"书呆子"。日韩把茶道，把酒的酿造，把纸的原始作坊式制作等一些中国发祥的东西，都变成了民族文化，包装发扬竟成为休闲观光的民俗资源。

而西方那种自由的生活方式和生态环境保护主义的精神，资源保护精神，也被他拿来了。看一看他们的生态环境植被很好，建筑也有西方的风格。包括日本和韩国的高尔夫球文化，那可是自然与人文的结合，完全是西方化的大片的草坪。但是其高尔夫里面的度假房间，却是充满了东方文化，像屏风，像玄关。每一个餐厅都用屏风相隔，温馨而静雅，每一个房间里一进门都是小玄关，是用一个很高很宽长方形方格隔成的玄关，大方，有东方文化的风格、神韵。

产业发展方面，管理的理念也是拿来主义，像他们的汽车制造业也是拿来主义的产物，把国外的技术或设备拿来，加以民族化的创新，从而形成了民族化的品牌，像丰田现代等都是具有民族色彩的大品牌。他们曾经引进技术，消化吸收再创新，他们曾经把各种优秀的东西集成而创新，他们还曾经在一张白纸上发明，做原始性的创新，既注重保护自己的知识产权，又注重把世界级品牌本土化，根植于民族之土壤。他们的管理模式和思维打破了东方的管理模式和思维方式，大有西方的倾向。

他们只引进技术或设备，但很少要别人的产品，这就是典型的拿来主义。在韩国有些地方写着"只坐纳税人的车"，所以在韩国很少见到国外的车子。他们把国外那些先进的、无形的东西，好技术、理念、管理模式、设计理念融入民族文化为我所用，优化振兴经济环境，推动社会发展。包括他们的一些规则和法律，都深得美国等欧亚大陆的影响，拿来一些经济法融入本国的上层建筑，为自己民族的经济基础服务。

所以“拿来主义”对一个人一个国家一个民族的发展生存至关重要。拿来主义的涵义较丰富，学习、借鉴、模仿皆在拿来之列。在此基础上加以创新就是拿来主义的范畴了。所以在改革开放中要善于拿来，要拿一些贵重的、有价值的、升值的东西。多拿一些凡人看不见的无形的东西。但也不要做像“皇帝的新装”里的傻子。如果一个民族没有了拿来的能力，只等待别人给予那也就失去了生存的能力。

别人送来的东西不一定是自己需要的，不一定是适合国情民族的东西。许多的国家不是在给另一些国家送大炮吗？并美其名曰“送民主”，以炮弹送民主真是独出心裁。但是当你拿来以后不创新，就变成了爬行。站不起来，一定会有人认为你是一个动物，不属于人类了。那也许有一天别人也会把所谓的民主送到你的眼前，站在你的背后扬鞭，以驱前进。所以拿来主义一定要与创新意识结合起来，才会收到事半功倍之效。也就是说拿来固然重要，把拿来的东西放在哪里，是否融入了民族的东西，如果放在一个位置突兀的，立在那里，与周边的东西格格不入，自然会分化瓦解民族的东西。所以拿来主义中有一张王牌就是创新，只有有了创新的拿来主义才是真正意义的拿来主义，才会成为赢家。

南京随笔

一

南京这个城市，承载了许多的历史、文化、兴衰、血泪、恩仇。因为其有六千多年的历史，其曾经是六朝之都。

走进那些历史街区，是颇有感觉的。不仅有历史的沧桑感，还有传统的文化的浓郁的气息。这一切都化为一种私密，一种人文的沉积。走在其间，更有那么一种适意，仿佛走在历史的画图间，可以欣赏，可以嗅闻，也可以触摸，总感到是很享用的。

高大的城墙，人走在其下，如若巨龙身下的蚁虫。尤其在晚间，那城墙划着弧伸向远方，高高的，厚厚的，稳稳的立在天地之间。掐指一算，六百多年岁了，仍那么牢固，除人为的破坏以外，不曾有半点的岁月的损伤，可见砖泥的坚实，匠工的精巧。

这墙的建设之目的是为了固防，不被外夷入侵，也许曾发挥了一些作用，阻碍过外侵的行动，但终于没有发挥得好，一朝又一朝地反复被推翻。朝代在更迭，而墙却仍然存在着。而现代则仅仅成为了历史文物，成为了历史更迭的见证。

走在那些旧时民居，或者说大户人家的宅院之间的小胡同里，也如走在历史间。胡同是两边有高墙或高层建筑，且道路较窄。两边的高墙大都用砖头一砖砖地砌垒起来的，颇有城墙的风格，高大的墙上没有一处窗门或凹凸，都是漫漫的一色的砖墙，这也是安全的，不给盗贼一点儿抓手、一处的踏脚之处，只能使那些飞檐走壁之客望而兴叹。整个房子很像一个城堡一样，把主人牢牢地包围着。这样不管有多少金银财宝，不管有多少人觊觎，主人都可以高枕而眠。这些建筑总有头轻足重之感，像一个人不太成比例，但看上去都很美，不仅居者安心，观者也舒心。

而另一个区域的商业建筑，则是一层居多，二层也有，都面向街道，开着一扇扇的大门，好向街上的行人招揽生意。行人一挪步，便会迈入门槛。可以购，可以食，可以观看，可以享受到很多的服务。晚上时分看到的都是灯光，透过栅栏式的格子门窗把灯光射向街道。

那些商铺建得都很有风格，金字式的屋顶，漫坡式的瓦田，展翅式的檐角，形成了一片真实的错落的古建筑画图。店铺的大门口大都有一个廊檐，并有两个红色的梁柱撑在其间，人们可以在廊檐下行走，避雨，避风。店店相连，形成了一条十分壮观的十里长街。街上走着的行人，熙攘着形成了一路风景，杳杳而去，如若浮动的星河，那两边的商品铺如若堤岸，被人潮不断地拍打着，撞击着。街上的石板，都被抹去了棱角，反着亮光，人走得多的地方都凹陷入地面，路两边的水渠有水在清清地流。

这街上曾经走过那些梳着一条辫子，戴着瓜皮帽或礼帽的平民百姓，曾经走过那些带着官帽、穿着官服的达官贵人，也曾经走过那些豪华的高头大马及木轮轿车，也曾经有鸣锣开道的人，他们嘴里喊着："靠边靠边，后面有大官！"或喊着："大人到！"后面便是坐轿的，跟轿的随从兵队。这些都成为过去了，而现在代之而来的则是绝然不同的风格的招摇。已不再是旗袍大褂，不再等级分明，而是穿着西装或夹克等五颜六色，多姿多样的现代化的人们。大板车换成了铁壳轿车，鸣锣换成了按喇叭，从传统到现代，再到后现代，这种变化像化学反应一样，变幻中形成了不同颜色，甚至冒出烟气来产生热量，或由液体变出固体来。这岁月的变迁是很有催化力的，也有一些魔力。人们也被岁月洗涤得聪明绝顶。原来的诸葛亮、刘伯温、孙悟空则已不足为怪了，便捷的信息使人人成为了诸葛亮、刘伯温、孙悟空。原来百里加急已成为了瞬间可达，几月相见之遥，已无距离，举起手机便可以相约，相见，相互交流。即使是在天边海角，都可以监视彼此的活动，这是多么大的威力。

在南京，除了陆地上的那些古迹以外，更有那些流水也流淌着古时的颜色。只那秦淮河就很耐人寻味，金陵十二钗都曾居于河边，她们的粉黛有多少溶入水中，她们的香泪有多少挥洒在水中。她们依栏或凭栏的适意或叹息，在顺畅的流水或水流的喧哗之中依稀可见。因她们的美貌才艺，引来无数风流人物，有多少才子佳人，有多少达官贵人，在这里被征服，度过多少个风花雪月的日子，饮酒赋诗，品茶观艺，戏逐嬉俏。有多少的风流人物误事、误国、误终身，忘记初心，丧失使命。有的忘记了赶考，有的忘记了赴任，有的忘记了理政。但那些美人们只是为了生存，在此卖身卖艺，别无所图。故也就有了“商女不知亡国恨，隔江犹唱后庭花”。

谁之错？国之兴与国之亡，大概与这些妓人们没有多大的关系，那些美人的香气是挡不住铁蹄的，属于她们的只有愁苦，卑微，低贱，属于她们的，只是强颜作欢，迎合那些四面八方而来的不速之客，或相约之宾。我们大唐盛世，有她的缩影，大宋有她的缩影，大明和大清也有她们的缩影。秦淮河边一场欢，铭心刻骨信誓旦。水性柔柔扬花岸，筝琴依旧鸣古轩。在这些被称之为“大”的时代，何时改变过她们的命运。

古之宿命，如水之东流。

今非昔比，多年农奴翻了身，妇女顶起了半边天。

南京这古城墙、秦淮河，是南京历史文化的典型代表，记忆着许多的民族悲壮。

城墙挡不住朝代的变换，水流洗不去铅华的陈迹。

二

南京的美食也是可以费些笔墨的，其他不论，只说那个鸡、那个鸭，就可以罄竹。叫花鸡，盐水鸭，都是南京有名的美食。这可与北京的烧鸡、烤鸭有对仗之意。有共同的生活特点，都是把鸡和鸭作为主要的肉食品。但不同之处是北京的鸭子是旱鸭子吧？而南京的鸭子应该是水鸭子吧？因为南京多鸡鸭在水中长大，随其习性，用盐水腌制，而北京的旱鸭子也顺其特性，而用火烤之。但都各有风味，各有特点，成为民族的传统美食。

南京叫花鸡的来历，还有许多传说。其一，相传在明末清初，常熟虞山麓有一个叫化子，偶得一鸡，却苦无炊具也无调料，无奈之中，便将鸡宰杀带毛涂上泥巴，取枯枝树叶堆成火堆，将鸡放入火中煨烤，待泥干成熟，敲去泥壳，鸡毛随壳而脱，香气四溢，叫化子大喜过望，遂抱鸡狼吞虎咽。这种做法被菜馆中的人学去，对其制法亦精益求精，并增添了多种调味辅料，因此赢得了众多食客的赞赏，名声远扬。慕名品尝者，常年络绎不绝。

南京盐水鸭早在六朝时期，就有了鸭馔的制作，而且盐水鸭当时已是南京颇具盛名的食品。金陵盐水鸭被誉为“六朝风味，白门佳品”。最早记有南京鸭肴的有六朝时期的《陈书》、《南史》、《齐春秋》。据《陈书》记载，陈军与北齐军在金陵北郊外覆舟山一带交锋，陈军“人人裹饭，媲以鸭肉”、“炊米煮鸭”，使得士气大振，终于以少击众，大胜而归。此为金陵鸭馔最早见于正史之记载。另据《齐春秋》记载：陈、齐两军在南京幕府山地区对战时，陈“会文帝遣送米三千石，鸭千头。帝即炊米煮鸭……人人裹饭，媲以鸭肉，帝命众军蓐食，攻之，齐军大溃。”

宋代，南京城盛行用鸭配菜，并有“无鸭不成席”之说。明代初年，南京流传一首民谣“古书院，琉璃塔，玄色缎子，咸板鸭”。同时，金陵烤鸭也已闻名遐迩，成为明代宫中宴席上不可缺少的名菜。

明代，吏部左侍郎顾元起所著《客座赘语》中写道：购觅取肥者，用微暖老汁浸润之，火炙色极嫩，秋冬尤妙，俗称为板鸭，其汁陈数十年者，且有子孙收贮，以为恒业，每一锅有值百余金，洵江宁特品也。

清代，美食家袁枚，在其所著《随园食单》中有板鸭、挂炉烤鸭的制作方法，介绍了三百二十六种名菜名点。清代南京方志学家陈作霖《金陵琐志》载称：“鸭非金陵所产也，率于邵伯、高邮间取之。么凫稚鹜千百成群，渡江而南，阑池塘以畜之。约以十旬肥美可食。……而皆不及‘盐水鸭’之为无上品也，淡而旨，肥而不浓。”盐水鸭一年四季均可制作，尤以农历八月至九月底，稻谷飘香、桂花盛开时制作者为上品，习呼为桂花鸭，以其“肉内有桂花香也”。

民国政府定都南京后，除大小菜馆烹制鸭馔外，还形成了鸭铺行业，最盛时全市有一百五十六家，鸭馔的年销量高达五十一万只，出现了濮恒兴、刘天兴、马恒兴、韩复兴等新的盐水鸭八大家。特别是马恒兴菜馆的鸭馔美人肝和韩复兴板鸭店的板鸭尤为出名。民国时期，记述南京鸭肴的有《冶城话旧》、《白门食谱》、《岁华忆语》、《新京备乘》和《乡饮脍谈》等。《白门食谱》载："金陵八月时期，盐水鸭最著名，人人以为肉内有桂花香也。"《冶城话旧》云："南京以善制鸭著，盐水鸭、板鸭、酱鸭，名目繁多。沙湾濮恒兴，武定桥刘天兴，皆各鸭子铺，然予犹取宴乐兴，买一鸭可以成全席。"

二十世纪九十年代以来的南京鸭馔，超过了历史最好记录，南京全市一年鸭子销量三千万只以上。烹饪鸭馔的技艺，达到了精湛的程度，鸭子身上的东西几乎都被用来烹制鸭馔。名店有韩复兴、魏洪兴、江苏酒家、金陵饭店等几十家，还有大大小小许多专门制作盐水鸭的熟食店遍布南京的大街小巷。

南京盐水鸭是中国历史上唯一一种低温畜禽产品，和传统的腌腊制品完全不一样。盐水鸭咸甜清香，口感滑嫩。肉玉白，油润光亮，皮肥骨香，鲜嫩异常，咸鲜可口。盐水鸭是低温熟煮，经过一个小时左右的煮制，使得盐水鸭的嫩度达到一定程度。低温熟煮盐水鸭肌肉储水性好，保持了鸭肉的多汁性。桂花鸭制作考究，除用料好外，而且工艺精，"炒盐腌，清卤复"，增加鸭的香醇，"炒得干"减少鸭脂肪，此薄且收得紧，"煮得足"，食之有嫩香口感。

有了鸭的加工，便有了鸭下水的制食，鸭血粉丝汤便是，那也是许多年轻人和游人最青睐的美食。它已经成为人们到南京必食的一道汤菜，不喝鸭血粉丝汤，就是没来南京。他们对这道菜的评价之高，喜爱的热情，成为来南京的一个很重要的目的，或是来到南京就是为了吃上一碗鸭血粉丝汤。

还有许多的传统美食。这些传统的东西都是人们生活的良好媒介，故而南京是一个才子佳人相聚相会相交之地，是有名的江南市井的代表。

三

岁月也不能洗去历史的记忆，更平添了许多神秘的传说和故事。曾在中国大地列国并存，多国相争时，传说中某位皇帝来到南京后，见此地山荣水繁，气势容貌是出帝王之地，于是便断其水源，切其气脉，后来南京便成了一个短命朝代的都城。说到这里，人们会不会联想到“金陵”二字中的“陵”字。会不会联想到“钟山”二字中的“钟”字。这些想法都契合了那些封建传说。金陵埋葬着多少封建士大夫的春梦。雨花台吹过多少仁人志士的腥风。钟山经历过多少时代变迁的苦雨。长江流淌着多少民族抗争的血泪。

历史造就了南京这座城市，使其成为一座古城，有着厚重的文化底蕴。她始终处于维新的前沿，追逐着时代的潮流。

不破不立，有死亡才会有新生。

那些新芽的萌发都在传统资源的本体上。

宁静

那里有一片宁静，阳光清澈地倾泻在宁静之中。

鸟儿飞来了，鸣叫声在宁静中穿行，阳光映亮了声音，像一道金色的电磁波。

一只猫走进了那片宁静，躺在没有树荫的一块石头的旁边，沐浴在阳光里，眯缝起那双发着蓝光的眼睛，四只脚舒展开来。身下那绿色的草地，草儿软绵绵的像一床柔软的被褥。一会儿，猫的鼾声便在宁静中蔓延开来了。

一只小鹿走了过来。它仿佛知道这里是宁静的天下，这里充满了阳光，故也就迈着轻轻的步履。但一块调皮的石头碰在小鹿的脚蹄上，正巧打在了躺在草地上面的猫的身上，猫很警疑地猛然抬起头来看了看，但又很坦然地躺了下来。

几只老鼠贼头贼脑地跑了进来。但这里的宁静和阳光使得它们大方起来，甚至抬起了前面的两条腿，翘起了长长的尾巴。但它的耳朵却张开得很大，它一定是听到猫的鼾声，猫也一定闻到了老鼠的脚步声，但猫只是睁开了眼望了望，好像并没有在意。老鼠们也并未躲避猫的存在，而都纷纷爬到那块石头上，享受那份宁静和阳光。猫的鼾声犹如催眠曲一样，使得老鼠们也昏昏欲睡。

一头雄狮和一头母狮走进了这片宁静，后面紧跟两头小狮仔。它们从猫和老鼠身边走过，和小鹿走在了一起，在一颗大树下停了下来，半卧在草地上。小鹿悄悄地说：“今天我是使节，我们请求狮子不再吃动物的肉，不要再残害其它动物朋友，共同吃这大树上掉下来的果实。”狮子没有回答，也没有怒吼，只是共享着那片宁静和阳光。

一只鸟儿站在了小鹿的角上，并用嘴巴啄着鹿角上的什么东西。一条蛇缠在了狮子的前腿上，头出入在腋窝当中，偶尔狮子还低下头嗅一下这条柔软的动物的味道。小狮仔在草地上打着滚儿，小小的野花微笑着从小狮仔的身下滚过，仍然很鲜艳、很自然地绽放在宁静中、在阳光里。

这宁静和阳光带着和谐、带着和平、带着友好，没有残杀、没有恐惧、没有侵犯、没有戒备、没有距离。宁静中有阳光，阳光中有宁静，这里渗透着和谐。如若大地上的“诺亚方舟”，各类动物和谐相处。

但是，终于有一天一个猎人走进了这片宁静，看到了沐浴着阳光的动物们，于是把手中的猎枪举了起来，首先，对准了那头雄狮，雄狮倒在了血泊中，于是所有的动物都跑掉了，而那个猎人则穿上了皮衣御寒，母狮失去了伙伴，狮仔失去了父亲，它们在一个角落里哀嚎。

一个种地人走进了这片宁静，看到了那片充满阳光的草地，于是把肩上的镢头拿在手里，开始在草地上耕地了，草坪被毁了，微笑的花儿被埋入土中，草地上的灌木被刨出根。草在哭泣，花在呻吟，灌木在流泪。地被翻了一个格，种上了自己的菜，并把开采的园子周边扎起了篱笆。

一个砍柴人走进了宁静，看到了那片充满阳光的树林，把腰里的砍刀拔出来了，把那些大树砍掉，并砍成了一段一段的，用绳子捆成一卷一卷的，作为柴火背回家。树上鸟儿飞走了，以非常的鸣啼抗议着，鸟巢也被倾覆了，鸟蛋被摔破了，柴被添到火炉里了，在烈火中抽泣着，怒吼着。

这一片地域，从此失去了宁静，已成为了人们掠夺利益的地方，阳光从此也失去了温暖，为此苍天哭了，下起了雨，苍天怒了，刮起了风，飘起了雪，使这里变得无常了。有时冷得凌冽，有时热得如火。后来这里变了，连人也不再来，没有树木、花草、虫鱼、鸟兽，只剩下了那一片光秃的土地。宁静倒是回归了，但永远失去了阳光，失去了生命。

在这片光秃的地方，不长草木了，也没有走兽飞禽，农夫死了，柴樵死了，猎人也死了。春夏秋冬轮番过去不知多少年。阳光的温暖再次回归了。

鸟儿来了，猫鼠来了，狮子、蛇、狼、虫、虎、豹等都来了，它们在这里又过上了安逸的生活，盖起了自己的洞穴庙宇。它们没有弱肉强食，当应该吃饭时，都凑在了一起，从房梁上取下一个铜锣，敲三下，心中念到“酒肉菜肴都来吧”，于是一个空空的桌子上便摆满了热气腾腾的菜肴，还有酒。

它们尽兴地吃喝，吃喝结束后又各自分散，故过上了无忧无虑的自由生活。

但又有这么一天，一个贫穷的人，破衣褴褛，手中拿着一根要饭棍走进了这片宁静而又充满阳光的地方，走进它们的庙宇。就在这个当儿，它们来了。要饭的人听到风声便慌忙藏了起来，躲在一个隐蔽的角落。它们开始吃饭，取出了铜锣，一桌子美味佳肴显现在眼前。躲在角落里的那个要饭的人，肚子饥肠辘辘地叫着，看着满桌的菜肴，看着那香气十足的美酒，已忘乎所以，情不自禁地从角落里走上来胆怯地伸出手来抓着就吃，它们骇然，之后让他入座，共同享用。从此那位贫苦的人便成为了它们当中的一员。后又把他年迈多病的老母亲请了过来，过上了美好的生活。

那位贫穷的人的哥哥和嫂子过着很富裕的生活，不养老母，但听说弟弟找了一个好地方过上了衣食无忧的生活，便寻踪而至，以看老母为由，来到这片宁静的地方，阳光明媚，一切安好，青山绿水尽带笑颜，飞禽走兽人类和谐相处，各司其职，心中惊喜，留下住了几天。第一次与大家共餐，便发现那个小铜锣，心想如果得到它将会不劳而获，永无劳苦之日，于是产生了坏心。一天都不在庙宇之中，哥哥便取出铜锣，怀揣而去。回到家中告诉自己的妻子说："得到了一个宝贝，敲打三下，心想什么来什么。"妻子也凑上前来，喜不自已。哥哥演示说："好吃的好喝的都来吧。"话音刚落，忽狂风大作，电闪雷鸣，一头雄狮怒吼着冲了上来，把哥哥和嫂子给咬死了。

原来，猎人打死的那头雄狮复活了。雄狮回到那片宁静的地方，阳光充满了每一个角落，把那个哥哥和嫂子的血洒在草地上，把他们的尸体埋在了一棵大树下。

草地上的绿草和野花充满着生机，大树长得很茂盛，沐浴着阳光。这里又有一片令人向往的宁静，又充满了和煦的阳光。

宁夏具有古意

提起宁夏，人们就会联系到古国西夏，西夏是我国历史上的一个国家，后被蒙古国所灭。一提到宁夏，人们也会想到我们中国被称之为华夏，我想这也与西夏古国有关，我们经常说华夏民族，这说明西夏古国在我国历史上的地位。

西夏这个地方位于大西北，这个地方是人类较早的发祥地，故处处都透露着古风、处处都有古迹、处处都带有一点荒凉的古韵。

这些荒凉的符号，是因为这里的地理结构、地容地貌决定的。在这里有丹霞地貌、有大沙漠、有黄河；又有不毛之山、之地，这就是荒凉；而这里也有那么多的水，那么多的湿地，有那么多的白云、蓝天，这就是绿水。还有那善良的人们，那美丽的牛羊群，还有特色的美食，这一切构成了美丽的宁夏。

在宁夏这一带都是一些古都，陕西的西安、甘肃的兰州、河南的洛阳等都是历史久远、文化源远流长的地方。我经常会思考这个问题，为什么中国最早的历史在大西北部？为什么在那些边远的地方有那么多的人文古迹？须弥山石窟、敦煌莫高石窟、云岗石窟、龙门石窟，无不在那些人烟稀少较为荒凉的地方。这说明了一些问题，古时，这里就是最繁华的地方，是人们崇尚的地方。这里有天然的屏障，祁连山、贺兰山、六盘山、秦岭。

这里的人们一直守护者这片荒凉的美丽。而内地人们则大搞大跃进、大开发、大招商、大建设，有些无序扩张，使得内地的传统资源优势逐渐衰竭。而这里荒凉的美丽却逐渐成为生态的美丽。在这里没有急功近利，没有对大自然的过度掠夺和破坏，许多地方都保持着原来的状态，甚至过着牧民的悠闲生活，吃着牛羊肉而并无专猎杀野生的。餐桌上，最好的菜肴就是手抓羊肉，朴素而简单，这些现象都表明着宁夏人的生活、生态、生产的理念。

从宁夏的银川市向东北行四十分钟的路，便可到达贺兰山。贺兰山，是一座石沙堆起来的山，远看一片灰暗，可谓不毛之地，但看上去荒凉而美丽。山际线一览无余，白云在山峰上飘飞，偶有白云落在山腰间，悠然地舒卷。山下野草丛生，乱石散落，颇为自然，有一种广阔的美，像是被拉伸了的长镜头里的景象。

当走进去后方知山里有许多历史故事和文化，其中岩画便是这座山里的古文化的代表。岩画出自旧石器时代晚期，在没有文字记载的时间，先人们便在这里的岩石上刻画，不过这岩画也较简单，并无很多的艺术性，但其对考古是有着一定价值的，现在已多被风化。有岩画的山形成了一个葫芦形，中间是一个河道，从山上泻下来的瀑布形成河水。说起来也挺神奇的，山上几乎不长草，岩石突出，偶尔有一些耐旱的矮小植物生长在岩缝中，像人们栽培的盆景。像这样的山本留不住水，为何山顶上有源源的水形成了美丽的瀑布呢？就在这个山谷里，从入口走进去，走到头再沿环形木栈道回来的时候的那个转折处，仿佛山被凿开了一个缺口，这就使我浮想联翩了。其中想到的就是岳飞写的《满江红·怒发冲冠》其中的一句“驾长车，踏破贺兰山缺”。岳飞驾长车而迎击的英雄气概跃然眼前。但岳飞写此诗时，贺兰山已被金兵占领。岳飞主张抗击金兵，收复中原，但是与主张议和、偏安江南、苟延残喘的投降派形成了对立。最后以不附和议，被秦桧诬陷，被害于大理寺狱中。但是贺兰山还是被踏破了，是被金兵踏破，以至于宋朝的二位皇帝被掳走。

贺兰山下的旷野里乱石遍地，像是征战的士兵，战死沙场。有些地方山上塌方下来的石头也就那样散落在那里，只要不挡住路的畅通，便没有人去理它们，这样也便有一种自然的美。

从银川出发到贺兰山，路两边尽是大片的葡萄园和葡萄酒庄。这些地方原本都是沙石地，经改造后而变为了葡萄园。路边与葡萄园中间便是丛生的野草和一些散落的乱石，再加上人工种植的长得不太高的树木。越接近贺兰山，乱石也就越多，最后也就没有了葡萄园，只有漫无边际的野草地和乱石堆。高低不同的原野，没有更多的人文修饰，只是从中修了一条路，供车辆和人通行而已。

即使在那些平川里，也有被水冲洗而成的小峡谷，这样的峡谷地貌随处可见，点缀着广袤无垠的宁夏大地。

从平川到山体，到沙漠，再到黄河，无不带有土的气息，那里的建筑也便故意地做成了土色，可谓是一片和谐的黄土高坡。再说那须弥山石窟景区，也颇令人赞叹，石窟是北周时期凿成的，其中有一个大佛楼，是一巨型坐佛，用一个山顶凿成。原本就觉得古人之伟大，在那样险峰上开凿一尊或数尊诺大的佛像，不要说当时，就是现在也是一件不容易的事情。群山中有许多的石窟，有些还在险要之处，那陡峭的石阶，令人望而生畏，多亏了那石阶边栏杆上的铁链，否则没有手的帮助，两腿都发软，无法攀登。这些石窟佛像有些也已风化了，我们去时正在开发修缮，有许多石窟并不开放。这些石窟与其说是石窟，倒不如说是土窟，看不到石头的坚硬，而就像是红色的泥土。有些山峰光秃秃，有些山峰像铺了一层草坪，有些山峰坡度很大，有些很陡，有些感觉就像被切开的蛋糕，直上直下露着红红的胸膛，但也有山峰起伏不断。从山上泻下来一条河，河岸也是直上直下的红色岸边。这一路高高低低、错落有致的山峰，一段是一片的绿山峰，一段是一片的荒凉的山体，一段是一片的漂浮的白云，秀水蜿蜒其间如从天上飘来，很是壮观。

贺兰山和须弥山，都是一座有人文气息的山脉，一座山上有早期的岩画，须弥山上则有北周时期的石窟，石窟中都是一些佛像。这些佛像有的在山峰之上，有的佛体顶天立地。我看后便叹：古人啊，怎么有如此的雅兴？他们是如何克服攀援和阻隔的困难而做出这些杰作的呢？甚至我会想到那些简单的问题，金钱、搬运、工具。

贺兰山一片灰色。须弥山则是多彩的，绿峰、红谷，灰色的岗。但是两者皆有水从山上流下来，形成了清澈的河水和水湾。水湾上则漂着小船，上边的白云倒影入水，使得水如此的深远，望去令人生畏。抬头望一下天上的云，忽高忽低，美丽幻变，也成了宁夏的一道风光。山峰上的白云仿佛是永恒的，峰顶上的那朵白云总是吸引着人们的目光。路沿着水边就在那朵白云处便到了尽头。这也使我想起了孟浩然的一句诗句“江山留胜迹，我辈复登临”，“道由白云尽，春与青溪长，时有落花至，远随流水香”。

我们留恋不忍离去，但去银川还有很长的距离，我们也只好匆匆上路了，把一切美景抛在身后。

车窗外的景物依然令你张望。满目的云显得天似穹庐，当地低矮的房屋，在云下像一幅一幅西洋画从车窗流走。

宁夏的风光处处有，一座山、一座丘、一道沟、一块湿地、一段峡谷，在白云飘飞的天空之下尽显风光。宁夏的傍晚是美丽的，以至于夕阳也流连忘返。晚上八点多才落下帷幕，所以我坐在车上长时间地等着夕阳落下的情景。

终于来了，夕阳映红了半个山，红云当头。其仿佛也深解人意，故也不忍离去。在山峦后，在树林边，在山顶之上徘徊着，不断地创造着辉煌。有古诗词“夕阳无限好，只是近黄昏”、“莫道桑榆晚，为霞尚满天”、“大漠孤烟直，长河落日圆”，多么美好的意境，或许就是在这里写成的。原来白色的云，变成了红色的云。太阳终于落山了，云也变成黯淡了，车还在路上奔跑，远处是点点的灯光闪烁着，凸显了这西域的辽阔。那远处起伏的山丘，如驼峰一般，像是在沙漠里走了一天的骆驼，终于卧了下来，休养生息，为明天的奔走养精蓄锐似的，也给了我许多安慰。

品茶闲论

在一个大雪纷飞的冬天，腊梅花开放的时节，在一个山野的草舍里，点燃一把炭火，再煮上一壶茶。聚上几位友人，一边品茶，一边观看着开放在寒雪中的腊梅花，以及伴有腊梅花的清清的竹叶。那是怎样的一种意境？那是怎样的一种惬意？这是一位友人在一个高楼的茶舍里“正和茶语”品茶时的一种向往。

这使我想起了一句诗：“半壁山房待明月，一盏清茗酬知音”。作者已经佚名。但这诗句却一直流传至今。有关书籍解析说作者是寂寞的，是孤独的。我想：秋看叶红，冬赏雪飞，春嗅花香，夏享绿荫，有何孤独？四季鸟啼瀑鸣，与日月共徘徊，有何寂寞？我则从诗中读得诗人淡定闲适的生活，清高自得的情怀，禅意般的境界。诗中的半壁、明月、清茗、知音，多么静雅的几个词，像一幅淡墨画卷似的展现在读者的面前。简单明快，轻描淡写，却大有深意，令人回味，犹如一股淡淡的清香气萦绕在读者的身心。月光来访时，一窗枝叶作墨赏。友人茶语后，君去空山留语馨。作者又复日常，独自四运享荣锦。

这也使我想起唐代诗人陆羽：字“鸿渐”，又字“季疵”，号“竟陵子”、“桑苎翁”、“东冈子”，又号“茶山御史”。是唐代著名的茶学家，被誉为茶仙，尊为茶圣，祀为茶神。留世作品集有《茶经》、《陆羽自传》、《谑谈》。代表诗词作品有《六羡歌》、《会稽东小山》、《句》。其隐居苕溪，过着与自然为伴的生活。煮茶吟诗啜英，多么的浪漫闲雅。现在的人们浮躁得连名字都没有时间起了，找一个符号作罢。古人的情调怎是今人可以企及的呢？朱熹的“问渠哪得清如许，为有源头活水来”。现在的人怎能提出这样的问题？又如何答出这样的句子来？况且已没有了“清如许”，也已没有了“活水来”，更是缺少了朱熹这样的人物。是时代之故，怪乎何人？

能与山野、泉瀑、古松、劲竹、溪流、风雨、飞雪为邻的人，能与茶语、与诗悟、与梅妻、与鹤伴的人，确有神仙的风骨和意气。我赞叹那些自然与红尘相去甚远的年代，赞叹那些原始的生产生活方式盛存的时代，它可以隐居，真的可以像一粒尘埃一样安居任何一个角落，而无人关注和打搅。

而现时代的高楼，柏油马路已比比皆是，有自然的地方便有人文。你无论身处何地何方，都会有许多的眼睛在盯着你呢，哪里还有隐居之处？智慧云的眼睛居高临下，就是一个鸟巢，也能看得清清楚楚，数出有几棵柴草垒成。虽然现在的人们讲什么"人间天堂"、"天上人间"、"空中别墅"之类，但都是建造在了高楼之上的，与田园山川相去甚远，可谓天壤之别。

这也使我想起了"大隐隐朝市"。李白的《玉壶吟》有一诗句："世人不识东方朔，大隐金门是谪仙"。《史记 · 滑稽列传》中记载：东方朔曾作哥曰："陆沉于俗，避世金马门，宫殿中可以避世全身，何必深山之中，蒿庐之下"。后来便有了晋王康琚《反招隐诗》之语："小隐隐陵薮，大隐隐朝市"。这"大隐隐朝市"说的是另一种意义的隐居。对于现代化时代的人们，这样一种方式也已名存而实亡。

陶渊明式的隐士，庄子式的论者，已不可复来。诗意般的隐居生活，只是古人的，在现代化的时代里已不可复觅。故隐居的生活已成为一种文化和美谈。在现时代而能为隐居者，已成为一种修炼，一种感觉，一种心境。有句话说得好：心静便是桃源境。

虽然不能作一位隐居者，但却可以常常有隐居者的心情。静下心来，赏一赏开放的腊梅，飞舞的雪花，清冷的竹叶。那是怎样一种意境？颇有禅意。

这也使我禁不住写下了这几首田园的诗，以祀隐居生活之去往。

（一）

草舍门接黄花田，
篱笆墙临清溪边。
鸟啼枝头愈春明，
虫吟草丛伴君眠。

哪日友人来问访，
忙敲炉火煮清闲。
桂花粒、青松籽，
倾囊倒出作茶点。
主人执手指南山，
说与来客个中甜。

（二）

出门脚踩桂花莲，
归来露沾旧衣衫。
柴木火焰烧白鲢，
土陶清酒独把盏。

葡萄酒之旅

到达新南威尔士州的纽卡斯尔市时已是当地时间一点三十分，纽卡斯尔市的市长、新南威尔士州的议员等六人已在等候我们，其中市长携带夫人。

午餐是在一个不太大的中餐馆里吃的，餐馆在一个海港的边上。一张长条桌子，对方坐一边，我们坐一边，桌子上塞得很满，但倍感温馨。议员和市长分别发表了简单的祝酒词。

午餐非常丰盛，吃的是海鲜，喝的是当地一种白葡萄酒。酒的味道很美，他们也说了许多酒的好话，的确如此，他们说得对，味觉告诉了我们。第三个是我敬酒，我介绍：莱山属于烟台，烟台属于山东，并介绍了山东曾有一个故事《水浒传》，是中国四大名著之一，故事中一百零八个英雄就是在山东，山东人好客，为朋友两肋插刀，他们不解，大为好奇。另山东还有一人是孔子也是古代名人，这个人他们很了解，因在国外有孔子学院。烟台是山海仙境，葡萄酒城，有八仙过海的故事，八仙中其中一位漂亮的女子，是何仙姑，今天在座的市长夫人，就是一位仙女，引来大笑。并说明了烟台的葡萄酒之旅、温泉之旅、黄金之旅、高尔夫之旅等城市资源。说到葡萄酒，他们很自豪地介绍了他们的葡萄酒，我说葡萄酒好，是我们的好伴侣，比我们的妻子关系都密切，一日三餐陪伴我们。

品完酒后我们去了猎人山谷。猎人山谷是纽卡斯尔市葡萄酒酿造的一个地方，在通往猎人谷的路上，越走越让人感到澳洲的美丽。脚下的大地上，大森林草木茂盛，上边天空白云飘飞，像草原上的牧羊群。

走进酒庄，酒庄自不必说，他们那种管理方式和创新精神，令人惊讶，看到他们酿造的葡萄酒，很是令人感到放心，喝多了也不醉。主人很热心，给我们介绍了葡萄酒的管理。水的处理，不用雨水浇灌，而是把河水收集起来用于浇灌，用于浇葡萄树的水都要经过十八个小时的处理方可被输送到各地去浇灌葡萄树。主人说这里的水无毒无害，他们都有标志。但许多地方有毒或有害则也并不标示出来。他说六十升水才能酿一升的葡萄酒，他们的水完全是生态的，对植物和人体都有益无害，并且说了那些得病的葡萄枝都被剪下后烧掉，以灭菌，并做成有机肥。

每年葡萄的皮籽等都那么自然地放在菜地上，自然地腐败，自然地净化，他指着一堆黑色的土堆说，这就是有机肥的基土，并用手捧起一把，看见全是些变了色的黑色葡萄籽，很黑像沙粒一样。他说这是上层，下层就是湿的葡萄籽皮等沃成的黑色土壤，他从中挖出一捧，里面成长着许多蚯蚓，而他一点不怕，捧在手里给我们看，并说这是钓鱼最好的诱饵，并张开嘴学着鱼的样子大吃。介绍完之后，把这些小虫们又放回原处，用上层再次盖好。这些肥料基土处理后用作肥料撒在葡萄地里。还有一种肥料是液体的，就是杂物腐败后，里面有许多的寄生虫，每月用水淋浴一次，渗透下来的水，用于喂葡萄树。主人把那种液体用一个杯子盛了上来，像是可乐的颜色，他开玩笑地说，这就像孩子们喝的可口可乐，但不好喝。他们这些方法非常的简单，就这种简单的方法是非常科学的，也是科学生态的，这就是他们葡萄酒的现代文化和葡萄酒的品质。用他们的话说是打造 big market。

他说葡萄的酿酒很简单，不需高级的设备。他指着所用的二台拖拉机说，这就是工具，已用了五十多年，他们用的油是豆油和柴油一起炼成的一种燃烧很充分，没有 CO_2 的燃料，并让我们看，看后我也惊奇像水一样清。他们说：“我们在脑子里永远记着 reuse reuse 二个字，并用于行动。”所以每年他们的创造管理省下许多钱，就这一个酒庄每年得省十二万澳元。他说葡萄酒酿造的工艺都差不多，但生态和葡萄的种植是学问，这是葡萄酒品质的关键所在。

他们的葡萄园中除了葡萄以外，中间长满了有序的杂草，当雨季过后，葡萄树下的草就被杀死以防止杂草汲取了树下的有机肥料。除草剂用的就是一种植物油，无任何副作用，无论对人对葡萄树，但当雨季来临时则又会让草长出来，以免有机肥料被雨水洗去。

通过主人介绍，方知道葡萄酒的品质来自于葡萄树的品质，葡萄的品质来自于自然条件，更多的来自于管理手段和葡萄树种植的方法，越是自然越好。主人介绍那种有机肥料，滋长许多虫如蚯蚓，本身便说明是生态的、无害的、无毒的，而那种有机肥则来自葡萄树枝、皮籽，也正说明葡萄生长从不用有害药物，否则小虫不可以生存。

这个地方就叫猎人谷，葡萄酒庄就叫猎人谷葡萄酒庄，周边是山峦，中间便是树林和葡萄园，有水藏在野草丛中，如世外一般，美如天堂桃园。

最后主人带我们去看了他的酒窖，并把当年酿造的红葡萄酒从樟木桶中用吸管吸出来，让我们品尝。在尝之前，一到酒庄那种酒香已使我们陶醉了。从酒窖中出来，我们又被好客的酒庄主人领到了品酒室，几款酒都尝了尝，最后我们认为他在给我们推荐他的酒，是让我们买。我们也感觉到主人如此热情，不买几瓶太过意不去，但当我们掏腰包时，主人说 no,no，我要每人送两瓶酒给你们，我们更觉得一种不好意思的热情，把他发给我们像麻袋一样的酒袋收起，带了一二瓶上路了。这时整个山谷都已经被夜幕笼罩。

主人在门口放着一个用铁做的人似的勇士，他说这是维护大自然的勇士，大自然、环境都需要保护。

到达墨尔本又看了一个酒庄，也是在一个山谷里面。此酒庄没有预约，我们在路上时，才临时约定，恰巧主人在，但到达时，主人要参加一个婚礼，只有十五分钟的时间来陪我们。酒庄是一座用青砖理成的大房子，看上去很普通，但与环境很协调，有一种自然的、古朴的形象与周边的山和树木相融而成为一体，初春的花蕾刚刚绽放，在绿色中抹上淡淡的颜色，像一位淡妆的青春少女，而在房前边的一片葡萄园则一片棕褐色，没有什么反应，只有些枝干上的上年长出的长须枝。

主人很热情地让我们品了酒庄的酒，领我们简单地参观了酒庄，并让我们品尝了二款酒庄里的干白与干红酒，我们便离开沿着山谷一条小路顺河水而去，到处是草地，美丽的树木，穿过小河后，便是许多的别墅，为了更好地理解葡萄树种植和酒的酿造，我们拜访了墨尔本大学的一位教授，进行了交谈。

澳洲的酒，是新世界的酒，有良好的教育，良好的经验和技术。从英国学到很多技术，但由于各种条件与英国不同，澳洲进行了许多改良。

澳洲，有一个新起点，有许多科学的成分，不仅是种好葡萄树，而是在用水肥等技术来管理，实现最好的葡萄。关于质量方面，气候和温度都不一样，但最重要每天都一样地用技术来克服自然，使葡萄生长得最好。

葡萄酒庄，所有酒都平衡品质和价格，品质高但价格要相对不能太贵，那么就要用大型机械化来降低葡萄管理人工成本。

但高品质的酒还是人工为主。

你们是幸运的，找到我，我在理论和实践中都有经验，如何防止病虫害。我工作在大学，与葡萄酒学院有密切合作关系，教育体系较好，酿酒师都是本科大学毕业，经过专科专业学习后，都可以非常专长酿酒。这是专业智谷，避免把酒酿坏。

葡萄酒行业有很好的服务来支持酒业发展，如教育，不仅有酿造师、品尝师，还有销售专家，已经形成一个教育体系。有一个倾向，选一些比较好的地区来发展酒的产业，但气候的变化使我们选择难度增大。但人们正在研究气候和区域选择问题，气候变化是区域选择的挑战因素。

酒的品质与价格。

市场划分，从种植葡萄树开始，人为地操纵，要达到什么市场价值，葡萄在剪枝上操作，可留多少葡萄来实现市场价格。还有保持多少叶子，都会对酒产生影响。葡萄树和酒都有关系，关于生产一吨葡萄需花多少钱，差异太大，有的需二百元，有的可以达到八百元。这样出的酒就是不一样的。如黑皮诺就可以达到八千元钱，一般大致可以说酒产量越少酒就越贵，但要排除虫害因素影响。

墨尔本周围产生的酒都是高品质的。有些地方温度高生长快，但大量浇灌的葡萄酒一般不超过十元钱，而墨尔本这里不是这样。种植分为：一．低品质的种植用化学的东西多。二．高品质的种植人工介入多。

所以在条件一样的情况下人工越多，酿出的酒就越贵，价格是有人工费的成分。

教授在回答问题，翻译人员在翻译的过程中，教授总是把眼镜的一个腿含在嘴里面，眼睛朝向天花板。

我也不断地提问一些问题，如对于本土的葡萄酒庄从原始到现在，他们酿酒的目的，是否就是为了挣钱？是否原始的时候不光是为了钱，或根本不为了钱，或原始为了钱，现在已经成为一种文化，成为一种旅游？

这些葡萄庄园一般都在一个山谷中，是非常美丽的环境。这并不是人们一开始就意识到要找一个美丽的地方去种植葡萄园的，而是人们知道葡萄树需要这样的环境，只有这样的环境才有利于葡萄树的生长，这种环境的水、气、阳光、湿度、温度等都有利于结出适合葡萄酒酿造品质的葡萄，起初是为了这个目的。根本目的在于生活生存。而现在人们在追求城市生活之后，又开始把目光放在了休闲生活，城市的生活方式在悄悄地发生着变化，这也是现代主义中理想的追求。这种适宜葡萄树生长的地方同样也有利于人类的生存和健康。葡萄酒和高尔夫及温泉，都是现代主义的产物，而又成为后现代主义奢侈品。像葡萄酒庄园这些东西在前现代主义时期就已存在，但那个时期仅是一种劳动，仅是一种生存方式，但现在不同了，它成为一种文化，成为一种生活方式，在某种程度上成为一种时尚和浪漫。像世间的其他事情一样，都在发生着变化。许多葡萄酒庄都有着许多年的历史，墨尔本看过的那个酒庄是一九一六年建起来的，像大拉菲的历史就更长了，始于一三五四年，所以葡萄酒庄对于现在人来说是古老的新生事物，这种古老到新生，是人们意识思想的变化，是人们生活方式的变化，而酒庄仍是沿袭着自己的历史。

在新西兰也看了一个酒庄，同样在一个山谷中，这里从葡萄树种植到葡萄酒酿造、销售都是一条龙。这里的初春，还有些冷，但是玉兰花已经开得非常烂漫，还有一些不知名字的树，花儿已经满枝头，一串串的挂满了树枝。远处是高大松柏树，高低错落自由散漫的在丘坡之上，很美很美。参观时，是该酒庄的一位酿酒师给我们介绍了环境、车间、酒庄的基本情况。

我用英文与他交流几句，他很幽默。我说：“It's like cold, but the environment is very beautiful.（今天天气有点冷，但环境很美丽。）”他说：“Spring must come, but not today.（温暖的天气会来的，但不是今天。）”在介绍环境的时候他说，原来五千多亩的葡萄园，现在已被城市占去了大部分土地，对面山坡上的房子原来都是生长着葡萄树。现在那些被拔掉的葡萄树已被搬到了更远的郊外。来到车间里之后他详细介绍了葡萄的酿造工艺，其中我认为一道工序很重要，就是葡萄被破碎后在发酵的过程中产生了酒精，酒精浸泡着葡萄皮会产生更好的味道，也会使皮中营养成分进入酒中。当进入酒窖中看到那些樟木桶，闻到了一种酒香，很令人兴奋。盛红酒的桶都已透出了殷红色，而那些白酒的桶则像是长出了白色的霜或毛毛。回到酒庄品了酒像回到了第一个创始人的时代，顿时被历史文化所浸染。品着酒方知酒就是历史，就是文化，就是传承，每一顿酒的背后都有许多家族故事，故事的酸甜香都在酒中。品酒师说，如果不想喝可以在嘴中搅拌一下再吐出来，这样也可以品到酒的滋味。他说品白酒一定先降温，先把酒放在冰中，这样喝起来才能品到白酒的芳香，感到很爽。红酒需要醒，醒后的酒才芳味宜人。品后我们很高兴地夸奖酒好，并说酿酒师是一位很好很优秀的酿酒师，可是那位满脸胡须的酿酒师则表现出一种踌躇满志的神态。

清晰与模糊

某君说：“近期总有那么一个镜头在脑海中浮现，有时挺模糊，有时却很清晰。清晰时，感到像是一个蛇头，尤其是那双眼，像是蛇的眼睛。到模糊时，却又怀疑那不是一条蛇，而是像蛇一样的怪物，但又分辨不出到底是什么东西。总感到可怕。”

清晰时是可怕的。蛇往往被人们说得很玄，是不可侵犯的。但有时，人们把蛇喻为忘恩负义，那个《农夫与蛇》的故事，便告诉了人们，农夫为了救一条被冻僵的蛇，把蛇放在胸口，蛇变暖后渐渐地醒过来，却狠狠地咬了农夫一口，农夫因此而死。

想到这里便觉得可怕。蛇忘恩负义，却又被人们尊为神圣，那就是说蛇可以侵犯其他人，而他人不可侵犯蛇，这怎么不可怕呢？

模糊时也是可怕的，那不是一般的可怕。模糊，那是一个烟幕，你看不清楚，不知道是什么，不知道幕后在做什么，那不可怕吗？模糊有时又是一种埋伏，埋伏是蓄谋的，是蓄力的，更有杀伤力。动物世界里有这样的镜头，老虎和狮子围捕时，往往潜伏在草丛中，等待着猎物的靠近，然后一跃而起，衔其咽喉。其不可怕吗？模糊有时又是一种伪装。俗语有云：明枪易躲，暗箭难防。故这种不明其然的模糊，岂不是更可怕？

清晰与模糊，当其结合在一起时，那就更可怕了，清晰是明枪吧，模糊是暗箭吧。有时强者清晰，仿佛是他的势力并不需要模糊，他认为势力强大，对付对手可以单刀直入，拳头在眼前晃一晃，便可以吓倒对方，然后置之于死地。有时弱者是模糊的，因其力量不够。故其会把自己隐蔽起来，在暗处以造势，往往给人猝不及防，也是非常致命的，当你走过去时，在你的背后抡起大棒向后脑勺打上去，你可能都不知是谁，是怎么一回事，岂不是更可怕？

但当强者把清晰和模糊糅在一起时，那就是可怕之可怕，可怕之更可怕了，眼前拳头一晃，而后面大棒打来，你早就死掉了。

故而，当模糊时，总想看清楚，但当你很努力很清醒地要弄清楚时，有时却是徒劳的。

人的特点

人是有感情的，也是有思维的。但，人也是动物。动物也该有感情，有思维，也许思维的方式和程度与人不同。但人不但有感情有思维，而且有改造自然的能力。这是人与一般动物的区别。

人是高级动物的标准就是因为人有创造力。而其他一般动物是不曾有的。先前有人说："人与一般动物的区别在于人是感情动物。"我认为标准太低，不很确切，人是感情动物，是对的，但不能作为人与其他一般动物的区别点。人是有感情的，但有感情的动物不全都是人，有人，也就是高级动物，也有一般性的动物，如老虎，狮子等。

一般的动物也是有感情的，比如说老虎，它在寻找配偶时，并非是所有的异性皆可，而是有选择的，当老虎生了子之后，老虎极力地保护小崽子，当遭受敌人进攻之时，它会不遗余力地反击，保护其幼子不受侵害，有时会用嘴含着小崽逃跑到一个安全而隐蔽的地方躲起来，既使自己受了伤。你说动物能没有感情吗？能不懂得感情吗？

你看当其饥饿时，它要捕抓食物，它会到那些动物出没的地方去，那它为什么不到沙漠里去捕食呢？当它到了目的地，它会躲在草丛中等待观望，伺机而动，当食物到达近处，它会突然发力，奋起直追，难道它没有思维吗？没有思维会这样做吗？当其追上食物，它为什么不去咬食物的尾巴呢？它为什么会或者说懂得扼其咽喉呢？这难道说它没有思维吗？

活着的东西都是有感知、感情和思维的。人之所以与一般动物不一样，关键点在于人有创造力。人可以造枪、造炮，即使在原始时期，人也会用石器，人也会钻木取火，人也会把草木披在身上以取暖。人的创造力是可以改变自然的，原始的自然是什么？是青山绿水，是蓬蒿满山，是动物出没，鸟雀鸣飞。你再看现在的世界多少有些壮观，高楼大厦林立，高速公路纵横，劈山填海，伐木除草。这是何等的创造力啊！这哪里是一般动物所能及。动物之能不及人之百分之一者也。但人有一般动物之功能，如互相残杀。在这一点上，人的这种残酷的兽性比一般动物有过之而无不及焉。动物的互相残杀都是平等的，用爪子去揉，用嘴去撕，用头去撞，从来不会借身外之物去杀害对方，这种厮杀也就并不可怕。因为那是一个生物圈，生物链条。然而人类却比动物凶残得多。他们不但会用嘴用手用脚用心，还会用自己创造出的刀剑去砍、去捅、去刺，还会用自己创造出的枪去打去杀，还会用自己创造出的机关枪去扫射，霎时会杀掉一大片一大群，这还远远不够，在人们的创造力之中还有原子弹，一旦发出去，会使一个地区，一个区域的人在痛苦中慢慢地变形、变尘灰而在空中漂浮。原子弹的残留物会影响人类一百年的健康。你说人类残不残忍？这太不公平了，用武器对付两手空空或赤手空拳的人们，这难道公平吗？人类之所以有创造力，就是因为人类之愚蠢，他们用武力去自相残杀，到底是为了什么？为了什么人？如果是真正为了人，就应该放弃武力，和睦相处。只要拿起武器就一定不是为了人，而是为了欲望，而那些拿起武器冲锋陷阵的人，只有牺牲生命。

人类经历了上千年的厮杀磨难，才思考用他们那高程度的思维，悟出了一个道理，返璞归真。俗话说：聪明反被聪明误。人的聪明误了人的几生了。人活得太累太复杂。没有一般动物活得那么简单，那么自然，它们不需要去创造，不需要去改变环境，只是去适应自然，享受自然。

世界上最可笑的是人类，人类最看不起的是自己，自己却又把自己奉为神灵，奉为佛，又把佛的法力奉为无边。这就是不自信，看不起自己的表现，用佛的慈悲去弥补自己的可怜和渺小，用佛的微笑去弥补自己的苦楚。

可怜的人类。当你诞生的时候，那么的痛苦地呱呱坠地，而又那么痛苦地活着，活着而已，但当要离开这个世界时，又那么的留恋，痛苦得不愿意离去。你说能不可怜吗？即使死去了还不甘心，还标榜自己有灵魂，修行修炼好的人又会托生为人，修行修炼不好的则成为其他动物，如牛马，不停地劳作。我看应该倒过来，让那些修行好的人去托生为一般动物，让那些修炼不好、在人间时作恶多端的人再次托生为人，让他再好好地修行，修行好以后再托生为动物。

人总是找不到自我，总是向左一撇，再向右一撇，所以找不到正中，人不应该用“人”来表示，应该用“1”来标识，顶天立地，不偏不倚，简单纯正。这才应该是人的本质。人用自己创造出的武器去杀人，这有时也不算不公平，因为人都可以造武器，都可以使用武器，而不拿武器的人，不能怨别人，要怨自己不拿武器，而当人用武器对付一般动物的时候才是不公正的、不公平的。

人类不仅对动物不公正，不公平，对付自己也是如此。自古至今造成了许多的悲剧。战争从来就没有胜方，总是两败俱伤，是最大的悲剧；婚姻的破裂，也没有胜方，总是两败俱伤，是小小的悲剧；火灾、交通事故、踩踏事件、飞机失联、失事、暴力事件、恐怖事件等都是大小不等的人类的悲剧。人类的悲剧不仅体现在肉体上，更体现在精神上。许多的文学家、艺术家、编剧，不断地增加和渲染着战争的婚姻的多种不幸和悲剧的色彩。把一个家庭搞得四分五裂，夫妻之间各有信仰，各为其主，互相保密、互相提防、互相欺骗，包括父子、母子之间，弄得一个家庭几个派别，甚至，一方败露，另一方变成了迫害、杀戮的刽子手，破坏了传统的伦理，破坏了人类道德，破坏了家庭和谐。这都不应该是文学作品中出现的剧情。现实是现实，但艺术总是教人们向上，教人们有正义感的，教人们有亲情，教人们有爱的。但那些所谓的艺术家不仅仅破坏了一个个美好的家庭形象，也破坏了国家的形象，只是为了吸引人们的眼球，才用那些不乏糟粕的手段去刻画一个家庭中的几分子。这是一般动物做不出来的事情。现实有一些事不能在大庭广众之下去艺术化的，艺术要揭露现实，但有时也要粉饰太平的。现实像一个真实的人，但总是要给人穿上一件像样子的、得体的衣裳，该露出的要露出，该藏在衣裳中的要藏好。如果没有衣裳，那又回到了远古不文明的野蛮的时代。人要脸，树要皮，动物还要毛和皮。这些传统的文明为什么在那些艺术家、编剧那里就找不到了呢？他们用现代文明的阴影隐藏着那些野蛮和非人性化的粗鲁。

他们一会儿讲修养，一会儿讲正义，与此同时，使人类丢掉了连一般动物都应具备的情感。细微之处见精神，家园之处见国家，一个家庭的成员都互不信任，互相猜疑，那一个国家还能和谐吗？无论什么时期，和平之时一个家庭要和谐、团结；患难之时，一个家庭更要互相团结，相互理解，同舟共济。国家也是如此。有国有家才称其为国家。本来战争就是残酷的，即使家庭是和谐的、团结的，充满爱的，但是，如果家庭再蒙上阴影，那不是在伤口上撒盐了吗？

动物有动物的王国，动物家族也有它们的领地，当受到外敌侵入时，它们也会团结起来抵御，仅此而已。它们不会拍成电影来呈现那些悲伤或悲惨的场面，这是人与动物最大的不同点。

现实的东西要成为艺术，是需要去粗取精，去伪存真，去消极取积极，是需要过滤的，过滤的现实才可以装进艺术的篮子里的。现实是需要提炼的，提炼的现实才成为艺术，才可以用以示人，而反复之。

雀舌

铲一勺青茶，放入白色的瓷杯或玻璃杯中，然后把热水倒入。茶的叶子会像鱼儿一样在水上游着向一起聚拢。一会儿鱼儿会在水中分布开去，有的沉入水底，有的仍浮在水面，有的在水中间，形成了一个立体游动的画面。

水也会由白至淡黄色，但仍清澈见底，给人以淡泊宁静。你这时可以轻轻地吹去飘浮上的茶叶，茶会像鱼儿一样游去，喝一口茶水，沁人心脾，如此清香。一会儿茶叶又像鱼儿一样慢慢地游来，让你观赏。如果你再喝一口，仍须轻轻地吐气以驱鱼儿远去。这时的鱼儿又从上到下，从左到右地沉落在水中。当你轻轻地深沉地吸去杯中的水，那鱼儿则沉入杯底，像船儿归来，满仓的鱼儿堆在一起。

当再次把水倒入，鱼儿则像张开了翅膀，飞在水中了。那状态如朱雀从四面八方而至，又如百鸟朝凤。如果你想再喝一口茶的话，仍须嘘一下，百鸟又会飞去，漫布天空，又一壮观的场面出现。

有时，突然一鹤翩然飞来，紧跟着百鹤束翼而至；有时沉鱼落雁双至，有的如沉鱼，有的如落雁；有时，突然鲲鹏舒翼群至，遮天蔽日，天地之间浑然一片。这时，已使你不能望见红尘，只是满目的茶道与禅意。

人正则路平

忙完了一切，闲下来的时候，会突然发现目及的一切都变了，不像从前了。或感私密，或感开朗。

有一天傍晚，一出门，忽感有些寒凉。雨水洒在地上，映着窗口的光。原来天上正下着小雨。于是，我又折了回去取了一把雨伞。

我撑起雨伞走在小路上，这才发现树上的叶子已全部落光了，从前遮天蔽日的郁郁葱葱的树林忽然只剩下稀疏的枝条。

小雨淅沥着落到伞上，我倾听并欣赏着雨点落在伞上那不规则而又仿佛有旋律似的雨声。

在黄昏里，路上并没有人，只有被雨淋着的车和楼上窗子里射来的光。这雨的世界里只有我一个人，雨景像一个舞台，窗子上射来的灯光，像是舞台的灯光，那雨的声音便是舞台的音乐。我像舞台上的独角演员，但仿佛又是一个观赏者，观赏舞台上的灯光，倾听舞台上的音乐，欣赏着舞台上的道具。

我独自漫步在雨天里，常常踏进积在路上的雨水中。深的地方，雨水便会溅进我的鞋子里。我便想，平日里也常走这几条路，从来也没有感到不平，尤其在阳光下，也看不出路的不平坦，而那些不平坦的路却在风雨的日子里体现出来，也只有在风雨中才会感到路之不平。

人们总是说人生的路不可能总是平坦的，而且每一个人都要走好。一失足成千古恨，是古人总结出来的，也的确是这样的，一着不慎，全盘皆输。故走路时，要看清楚，当看不见时，要有所判断，如果一脚迈入深渊，那一定会万劫不复。一定要小心谨慎，走好每一段路，路上有不平，有水湾，那么就绕过去，不要去趟那湾浑水，更不能落入陷阱。

归根结底，其实不在路而在人的本身。人是有主观能动性的，可以改造和改变一些事情，有时人正则路正，人正则路平。

人们办事都在追求着水准。水是最公平的。但哪里去寻求水准。路是人铺的，标准是人定的，有的只是人准。人准就不能像水准一样只是平的。人卧、坐、立的高度都不一样，卧着想问题和坐着想问题不一样，坐着想问题和站着想问题也不一样，直言之，人本身就是不平的。人不用人准怎能用水准呢？所以，人用的是人准，也就是人说了算的吧。

但总之水准是好的，人达到境界时才会摒弃人准而采用水准。

正想着，扑哧一声又一脚踩进水里，水溅到我的鞋子里。但我并没有在意，继续前行。

望着一扇扇窗子里透出来的柔和的光，我便想到那些创业的年轻人，看到万家灯火时的感觉：什么时候才会拥有自己的房子，在这灯火通明的扇扇窗子当中，有一扇是属于自己的，那将是怎样的幸福！

然而，那一扇扇的灯光透过的窗子里的主人是否会是幸福的？这不得而知。但窗子里透出来的灯光却是一样的柔和明亮。

在这雨天里，柔和明亮而又温暖的光洒在地上，却被地上的雨水反映出冰凉的光来。我虽然穿了很厚的衣服，但我感觉心里发凉，于是也便停下脚步，回到家中，尽享温暖了。

这时的夜幕已经降临，雨仍在下着。

人与草木

什么可以带给人快乐和开心？不一定仅仅是金钱，草木可以，人也可以，山水也可以。其实可以带给人们快乐和开心者不胜枚举，当然，也可能因人而异。

而草木则是人们都喜欢而且又离不开的。俗语说“草木之人”，首先是看不起人的一种说法，其次是看不起草木。“看不起”对草木是绝对的，对人有时是一种谦辞。当然，人可以辩之，草木无言。虽无言但也有时“下自成蹊”。如果“草木之人”是一种人生的境界。那么又有几人可以称得起“草木之人”乎？

人是不会离开草木的，不毛之地决无人烟。人需要与草木一般自由生长，冬去春来，即使在深山无人迹的地方也长得碧绿，花开得也毫不逊色。人需要像草木一样枯荣有时，反复有常。但这仅是需要，有几人能为？

多种多样的草木，各有性情品格，有的常绿，有的落叶，有的开花，有的结果，但绿也不同，花也不同，叶也不同，果也不同。人与草木的性情本是可以相通的，草木为天之使，老子有云“天人合一”，此乃一证。草木也有情怀，“人非草木孰能无情”之语，大失偏颇，草木也有生命，有生命者必有情感，只是草木之情无人关注，也无人理解，也无人知晓。不知草木之性情，何以拥有草木之情怀。故，人又少不得草木之灵性，少不得草木之命观，少不得草木之哲学。

草木胜人，不求山川，不求江河，无处不藏身，无处不繁荣。草木享受的是自由、自然，故看去馨逸、灿烂。人也享受自然，更多的是享受社会。故，人的形态活跃，脑子则复杂之极。

自然与社会自有定义之别，但现实之别更有天壤。自然，在道教教义中是指“道”的存在、运动、变化的一种特性。“自然”所描述的就是“道”的不加任何强制、不依靠任何外在原因，自己发生、自己存在、自己演化、自己消灭的一种性质和状态。即自然是道的最重要的特性，道生万物都是不假外力自然而然的，而且是不得不然的。自然被赋予了这样复杂的定义，其实也违背了自然两字的本义。自然乃非人为者也，简单、客观、规律等几个词，就足以诠释自然两字的内涵。什么是社会当然也自有定义，社会是人类生活的共同体。构成社会的基本要素是自然环境、人和文化。又通过生产关系派生了各种社会关系，构成社会。社会太复杂、空间小，这是当然。所以自然和社会之别，这也是草木与人不同之处。

人们若希望自己是草木之人，也确属人类的一大进化。作为草木之人才是脱离世俗的，有了草木之情怀才是活得透彻自由的。草木者不是无忧无虑，只是超凡脱俗罢了。

当人们看不起草木之时，就注定人是断然不如草木的。历史上有一个叫陶渊明的，是东晋末期南朝宋初期诗人，曾写过一首诗 ：“采菊东篱下，悠然见南山”的田园诗句。他悟到了菊的情怀，菊可使陶渊明情悦神明，最终发出“误落尘网中，一去三十年”的感叹。宋朝的林逋隐居西湖孤山，植梅养鹤，终生未娶，人谓“梅妻鹤子”，梅乃草木，也说明梅是有性情的，否则如何为妻？

你是否曾经翻越一座山，忽然一片黄花向你招手，在微风中，在蜜蜂飞鸣中向你微笑颔首，那么一片，那么明艳，你的心旌是否被撼动？你是否认为那是自然的天使在向你致意？你是否浸染着天使的灵性？当你驱车穿越一片平原，看到一片天然的五颜六色的草木在那里迎接你，从它中间流过的细流水湾，像草木的眼神，闪着灵光，你是否会停下来赞叹，流连忘返，像唐朝的大诗人杜牧“停车坐爱枫林晚，霜叶红于二月花”呢？你那点情怀是否都被它们激活，忽然感到豪情满怀，生活如此美好呢？

如果你回答都是的话，那么那就是草木与人的灵性相通。人有了草木之情，那才是健康的，快乐的。在我们中国古代开始就有用草木治病，历史悠长，被称之为中药。草木生之有灵性，死之有如灵丹，皆因其胸怀阔达、自然使然。

中药骨子里的那种天性在微火中吐出，浇到人体中，又会使人获得天性、灵性。物之不灭定律是经科学研究和实践证实的，物质决定精神，物质不灭，精神自然也不会灭。当人获得草木之天性，则又会使病体再次复原，物质和精神回归，又统一于一体。而现在的草木经人工的养殖，使其少了天性、灵性，多了复杂的社会性，所以使中药的药用价值大打折扣，用药而不愈，反而使社会性内外夹击，也就病而不愈，成为疑难杂症。就是那些真的中药也曾被国人忽视，只是注重那些“头疼医头，脚疼医脚”的西药。而中药的药用价值则跑到了日韩的食品当中去了。

当然，这并不可怕，我们少用死亡的草木，而要多与活着的草木交流，要平等的交流，尊重草木，保护它们生长的环境，草木或中药一定会不计前嫌与人为善。否则，草木多了一些社会性，价值趋向或许是利益取向，一定会使世界多了些妖魔鬼怪。

荣宝斋

荣宝斋，其坐落在北京的南新华街和琉璃厂西街交叉之处的西北角上，已有三百余年的历史了。其周边是一片传统的古建筑，很有点文化的味道。高槛黛瓦红窗棱，飞檐画梁彩门匾。

荣宝斋的建筑是二层楼高，大门宽敞，拾三石阶而入，与周边的屋房相比，则有鹤立鸡群之势。荣宝斋是中国文化的殿堂，深受文人墨客的爱戴。一提起荣宝斋这三个字，大家都会增加一些信任感和真实感。

踏入其中，面前一幅巨画，内容是一位老者和一位童子在芭蕉树下读书诵经。题字是《蕉荫读骚》。是当代范曾先生所作。巨幅画前，有一块黑色的巨石，这不是一块一般的石头，而是出自我国广东肇庆的砚石，是著名的端砚。这块巨砚堪称是中国第一砚，具有很大的冲击力。仅此，便有一股浓烈的中华文化气息扑面而来。以此分二边，分别陈列着中华的传统的文房四宝。

右边是各种砚石。砚石也已几经变化，不仅是一块砚石，而且已经变成一块艺术品，其已与中国传统文化因素和符号紧密地结合在了一起，具备了实用性和观赏性的多重属性。写书法者需要用以研墨，而不写书法者则可以收藏，作为工艺品摆放。一些是很端正的，方方正正，团团圆圆；一些是很象形的，像竹，像树叶，像梅花；一些又是很自然的，因其势，随其型；一些则是很有寓意的，龙凤呈祥，喜鹊登枝，福禄寿喜；一些很有诗意，竹林七贤、赤壁赋、嫦娥奔月、独钓寒江雪、鹤梅相伴、月洒江面。于柜中陈展，观之则愉悦，赏之则忘机。有些则放在了高窗之下，边旁又放上一盆兰草，艺术气息昂然而至。花好月圆，瑞气盈门，吉祥如意的概念，纷至沓来。

左边则是笔墨纸及一些与书法有关的文具，笔筒、墨海、印泥、水滴、笔架等多种衍生产品。有艺术品，有工艺品，有实用品，应有尽有，各尽极致。

二楼则是书画展厅，有当代的，有近代的，也偶有古代的一些作品。荣宝斋完全是开放式的，街上的人们都可以进入观赏或购买字画，不过每幅都价格不菲。许多人仅是来这里学习、观摩、观赏，受些熏陶，站在那里出神。这时，一定会有一位人士打断你的神情，而使你回过神来。“你要名家字画吗？”“我不要，我只是在参观”“你要不要到那边参观参观”“哪边呢？”“在附近”。

就在这荣宝斋的附近，到处都是一个个小门面，各具特色，就从荣宝斋门前的这条步行街，向东西两边延伸，以东西街为轴线，向南向北有许多枝节，可称为小胡同，七折八拐，都是一些小店。有的巷子很深，像一条大河的无数支流，孕育着这片土地，恩泽着多方的人们。

当你随他们而去的时候会发现越走越深。当你对他们抱怨：“怎么这么远？”他们会很热情而又很紧张地告诉你：“前面就是，到了，到了。”唯恐你半途而废。继续前行，当你再次问道：“怎么还没到呢？”他们又会笑着手指向前方说：“就这儿，就这儿。”但依然还要走上一段路，拐上几个弯。

东西向的步行街被南新华街所截断，故在路上架起一座天桥，可方便东西往来之客。站在高桥之上环视，一片青砖黛瓦，都是水墨画，都是传统的水墨作品，怡人心神。有的屋顶，坡漫漫，一片波纹，像是微风中的河面。有的屋顶，在瓦砾间长出青苔来，在微风中摇曳，也颇有艺术之力。放眼，放眼，再放眼，一眼望不到边的淡墨色，好大一幅水墨画图。

在这里可谓是有形有神，有势有容，这就是老北京的美的神韵。

檐压檐，顶接顶，山靠山，廊通廊，互相紧抱，上上下下，左左右右，如波浪起伏，又如鸟雀欲飞之势，让人欣然。

站在高处，只见飞檐而不见院落，更不见胡同纵横，一切都被那些传统的带有艺术色彩的瓦片所覆盖。那些神秘的交易都在那些隐蔽的院落和那些深远的胡同里进行着。那就是被称之为的市场，其实就是市场，是自由交易的市场。

荣宝斋可谓是大雅之堂。这些旧的民居可以称之为市井之居。但都挂着一块牌匾，写有什么“堂”、“轩”、“斋”、“居”等的字样，无论是否是大雅之堂，文化艺术毕竟是文化艺术，但一样东西在大雅之堂和市井之居，价格可能是天壤之别的。

当你走进去一看，不像俯视的那样舒缓，胡同只容一人行，不容二人并肩，只有房子和房子，连一棵树都很少去和它们争地方，许多胡同里不曾看见一棵树的影子。偶有古树参天，高出瓦面，像一条纽带连接天地，特有艺术之风格。

有些地方也确曾经是十分洁净而又传统和秘密的四合院子，或是几进院。但在这里，也已经找不到昔日的模样，已被分隔成无数块小间，以便更多的人分享。因是寸土寸金，也便有了这拥挤之态。

我很难想象他们的生活，然而他们却乐此不疲，像荣宝斋这棵大树寄生的虫子一样，只要没有人清除他们，他们一定会永远这样地生活下去。

其实，说真的，这也无可厚非。市场就是周瑜打黄盖，一个愿打一个愿挨。只是很难分清谁是周瑜，谁是黄盖，但也有既不是周瑜，也不是黄盖，而仅是旁观者，好奇者。观之笑之，感慨之，红尘之中，观人生百态，正是皆为利来，皆为利往。

现实中临摹范曾的画，启功的字等书画大家的作品的大有人在，并都在这灰色的瓦片下，进行着灰色的交易，这片灰色的瓦片，具有历史文化传统的色彩，这种临摹的传统，也有其历史文化的传承性。

北宋艺术行业的泰斗米芾，是巧取豪夺的大家。他拿到真迹一夜之间便可以临摹成功，使人难以甄别。米芾经常临摹一些当代的大书画家的作品。现今我们看到的二王的一些作品，都是米芾的仿制品，少有真迹。米芾作书笔笔率意，但却从不大意，由于他的临摹技艺达到以假乱真的地步，故大多时候，有人拿了一幅真迹，米芾一夜之间便造出摹本，当主人来取书画时，往往拿走的是摹本，根本察觉不到自己拿走的书画有何异样。现在有些流传二王的古代作品大都是米芾所作，如王羲之的《行穰帖》，王献之的《中秋帖》等。

再说明代四大家之一的沈周，是被人临摹的典范。他的假画比他本人当时更有名气。有时候沈周早上刚画出一幅画，中午市井就能见到仿品，连印鉴、署款都仿得无可挑剔。有时候，有的人竟拿着没有落款的仿品，去找沈周落款、补印。沈周明知是仿品，但还是按照索印、索款者的心愿补上。祝枝山曾问沈周："老师，这些造的假画，还找上门来补款落印，真是恬不知耻，你怎么还给予署款呢？"

还有清代著名大画家张大千，也身怀临摹绝技。他的一生，临摹过许多大家的字画。尤其是石涛的字画，张大千像是入魔一样地临摹，并签上石涛的大名，盖上石涛的印章，以假乱真。一九六八年密歇根大学曾经举办过一场石涛作品，张大千被邀请参观展览，走到一幅画前说："这张是我画的。"走到另一幅画前说："这张也是我画的。"当时上海有一个人叫陈霖生，可算是收藏大家，专收石涛的画作，据说可达三百多幅，居所号称"石涛堂"，张大千观后曾透露：陈霖生收藏石涛的画，十之七八是张大千的作品。十分滑稽。包括黄宾虹大师对张大千临摹的石涛作品，也不辨真伪，每每认为是石涛的手卷，爱不释手。时至今日，不少张大千的仿石涛画作，流传于世。

还有更早时期的初唐的四大名家，冯承素、褚遂良、虞世南、欧阳询等都曾经临摹过《兰亭序》。我们现在能看到的基本上是这四大名家的临摹作品。

虽是临摹本，但是历史已赋予其很多的内涵，沉淀了许多的故事，都已成为价值连城的艺术珍品。

历史就是一个谜团，我们了解得还太少。在仿制的行业里也是很深奥的。我们只是知道点点而已。像葡萄酒一样，我们只知道那昂贵而著名的几款，虽然没有品尝过，但却可以呼出其名。而那些普通的干红葡萄酒可能喝了不少，但却不知其名。米芾、沈周、张大千、冯承素、褚遂良、虞世南、欧阳询等大家无人不晓，而那些众卒我们就知之甚少了。但他们可能身怀绝技。

历史自有相似之处，荣宝斋周边这一片瓦房里，是否也孕育着一种力量，孕育着一些大家，是否会在未来的时光里被挖掘出来，这都是完全可能的。这一片瓦房像一个牡蛎一样，正孕育着一颗颗美丽而洁白的珍珠，一旦被挖掘出来见到光明，必定会熠熠生出光泽来。

荣宝斋的存在，带动了周边市井之居的书画市场的繁荣，或许这些作品有朝一日会成为像荣宝斋这样的大雅之堂里的珍品。

赏西域随笔

西域，这是多么神奇的名字。其神奇来自于其神秘。自古以来西域就有许多历史故事，因为汉人与西域少数民族的争斗，因为少数民族迥异的文化，因为西域地理环境和人们的生活方式。

到了宁夏会发现那里的黄土高坡，你到了陕西会发现那里的窑洞，但是到了贵州又会发现这里的苗寨坐落在山上，又会发现布衣族人近水而居的文化，各有不同点。你到了那里都有探讨个究竟的想法，逛不够、看不透，总觉着时间太仓促，也就只好走马观花。因而也就只是去那些不负盛名的名山大川或历史文化名胜去看上一眼，很难走进历史、走进文化、走进民俗中，也只是带着感性的印象，遗憾地离开了。

想象着有机会再来，一定住下来探讨个究竟。但很多时候很多人都会遗憾再也没有回去，即使回去也很难有时间或条件深入到那些具有文化精髓的角落去研究那些原始的因素或文化习俗。

其实那些所谓的著名的景区或古文化区域已被现代人们修缮或商业的活动所破坏，只留下了一个躯壳。但是，虽然是这样，那些旅游的人们也在不断地慨叹古人的智慧和历史文化的神奇。可见古人之讲究、传统之精细，也可见今人之回归。今人对古时的向往与羡慕，也是对当今社会或生活方式、生产方式的厌倦。

今天的东部和西域也完全不同，东部的大开发大发展，已经把那些神秘的角落全部挖掘出来而暴露在所有人的视觉里，那还有什么神秘，秘密也早已没有了。坐在家中尽观世界，尤其是电子产品的发明已使人们自己失去了秘密。而我们本色生存的客观环境，也被我们改造成广场、大道、灯光秀。海边成了观光大道，山路成了防火通道。而西域也受到不同的现代主义或后现代主义的生活方式的冲击，失去了许多的神秘，但是现在的潮流并未完全冲刷掉历经千年的文化符号。当我们从现代化洗劫的区域一到了西域，仍会有许多神秘的感觉，仍兴趣浓郁、兴致盎然地追逐着。

但在经历许多的日新月异的发现之后，也感到了身心疲惫，停下来反思后，把残留下来的那些古物、古建筑、古生活方式也决定留下来。幸亏了人精力是有限的，幸亏人会有伤痛、会有思考，否则会无一幸免。

那么这些留下来的东西也便成了人们争相一睹为快的人类遗产，山上那些古镇，一条石阶胡同，两边的房屋，檐翘、石墙及上面长着草木，飞架的门楼，都令人留连忘返。甚至只有一条胡同，脚下的石板已被历史的脚步磨出了光，人们也欣赏不已。穿过一次又穿过一次，不断地来回地寻觅着、体验着、享受着古时候的时光，用手机拍下来，揣在兜里，不时地观摩着、体味着、欣赏着。而那些从街面上看上去只是一座古楼，从大门而入后，则会发现有几进院，有深深的空间，使人们感到一种秘密与旷达，左右上下无不有精雕细刻的文化艺术神物。再看那些小平民房，受到大户建筑的挤压而产生了曲廊通幽的不意效果，一进门便是照碑，拐弯处便是天井，连廊有时是三叉胡同，就在拐弯处，便是一个巧妙的设计，或是一棵树，或是一个盆景，或是一块奇石。看是平民的小房子也有风水之匠心，也有挤砌之精功，不禁令人赏赞古人之精神，人穷也活出历史时代的精彩。正如古人云“苔花如米小，也学牡丹开”，就是这些最小平民古建筑也成为了文化品、艺术品，使前来鉴赏的人们来来往往络绎不绝。

在那些古镇、古城、古村落里，不仅有住的地方，而且有许多公众建筑，像城墙、城楼、大牌坊、大戏楼、大教堂，也都是有艺术感染力的。在这些地方，高低起伏，因势而建，自然与人文衔接如此的人文，又如此的自然。那些山头，那些水泊也与那些建筑和谐相处，相得益彰，充满着灵气，也不得不令令人自叹不如，就是如今西域的生活方式也还有古之韵意。

那漫山遍野的村落，依山傍水，如梦如幻。到了这里，恍惚间如到了另一个世界。

十里大集

过一个清气的春节，淡化人情往来被大量地提倡，尤其是在城里。但春节却不因人们的意志而转移，像往常一样，随着雪花的飘零，和寒风的凛冽，如期而至。但无论如何的清气，亲情却不曾淡。所以许多的游子在春节来临之际，从各地各方以不同的方式涌回到家乡过大年。

回家过年已是一种文化，是一种归宿，也是一种亲情。

我也不曾游离于这一潮涌。今天也乘车回到了家乡，看到县城里那熟悉而又陌生的景象，不免也有感叹。但最令我感叹的就是那条十里大集，是在一条很长的大街上分为两边，全是过年的用品，可谓一街两行，琳琅满目。

那是我小时候一开始记事的时候就曾赶过的大集。那是童年的记忆，是自己最亲切、最熟悉、最代表乡情的记忆。这是时光和历史挥之不去的记忆，给童年带来的那种喜悦和幻想是所有有同样经历的人所难以忘怀的。

今年驱车回家经过县城，与十里大集不期而遇，送给了我一个大礼，一个故旧。

车走在大集上被熙往攘来的行人困着走得十分缓慢。我也将计就计在车上观看着两边繁多的年货用品。

卖鞭炮的自然是有的，卖家堂的也是必然要有的，卖布料、卖外衣、卖内衣裤、卖羊毛衫、卖帽子、卖鞋子、卖袜子、卖手套、卖围脖等一应皆全。卖食品的也比往年要齐全得多，鱼、虾、蟹、海带、猪肉、牛肉、羊肉、鸡肉、狗肉、驴肉、鸡、鸡蛋。各种蔬菜如韭菜、菠菜、白菜、藕、莴苣、土豆、香菜、芹菜、大萝卜、茭瓜、西葫芦、番瓜、冬瓜、西红柿等，卖的各种蔬菜大都是反季节的，看上去很新鲜。卖各种水果的，梨、苹果、葡萄、桔子、西瓜、猕猴桃等都是用三轮车成车地卖。还有卖各种食品用具的，如用于做各种食品的模子，以及锅盖、壁梁。还有卖蜡烛、卖香的，卖烛台的，卖灶炉的，卖对联、卖福字的等等。这些都是传统的，只是花样的多少，及花样的变化。而较往常不同的是有了卖鲜花的，各种绿色的花卉，都在冬日的阳光下被摆放在大街上，为大街的红红火火增强柔情蜜意和生机活力，有了一些现代生活的意识和气息。开满枝头的鲜花也在风中悄然而莞笑。人们用车互相搬运着，显得很忙碌，但都快乐地相互寒暄。

与往年不同的还有卖年画的，这里的年画除传统的外就是那些文人墨客们的字画，一幅一轴地展着、卷着。卖者用话筒宣传着，引诱着顾客，还有两人唱双簧，相互配合，出高价而又不买，以便让真正顾客上当。但真正要买的顾客却全然不知道那是骗局，也有上当的。但我想那些字画大多为赝品，许多人并无鉴别力，也只好以不菲的价格买下。这十里长集我看着并不比清明上河图逊色多少，其繁荣的程度有过之而无不及。

记得童年的时候有两个大集可以赶，一个是腊月二十二那天在城里的大集，一个是腊月二十七那天在城里的大集，都是年末，盛况空前。在这个集上人们可以买到所要的年货，也可以买到那些一年来日常用到的东西。而作为童年逛集市那只是一个玩，看热闹。对那么一个庞大的集市大多部分并不感兴趣，而只是那么一个小部分令自己流连忘返。其中最感兴趣的是那些大大小小会叫的泥老虎，头和尾都是用泥做出来的，中间用一块布连接着，可以收也可以缩，收缩之时，老虎发出叫声，这叫声是虎头中的一个哨子，以尾促头时，气流吹动哨子发出的声音。乡村的手工艺还是蛮让人们惊叹的，泥老虎头和尾都是中空的，重量不那么重，再小的孩子也可以拿得起，并在外表面上涂有色彩，有点老虎的形象，狰狞得让人喜爱。

再就是那些年画也是自己喜欢的，但那也是走走看看而已，并无钱购买，仅有的几毛钱攥在手中，不肯放手，当打开时，那几毛钱已不再那么平展，最后出手时，钱已被握得浑身是皱，但并没有贬值，然而也只能换回几本小人书。当时小人书能买得起得人不多，经常有人带一本小人书到学校或公共场所翻着看，往往会形成一个人群凑在一起，这就使得手捧小人书的人要读出声音来，因为近的人可以看到，外圈的人是看不见的，只能凑近用耳朵去听了，很有趣。这种现象在我上小学时是常常可以看到的场面。但我却从来没有去凑合过，我也曾羡慕他们，也曾不理解他们那么高的兴趣和好奇心。但这种现象使我一直想有一本小人书，想一睹里面的童心和童趣。所以春节前的大集是一个很好的机会去完成自己的想法。因为春节方可以从大人那里要点钱花，也有时间去逛街。买回的小人书自己爱不释手，先要自己看完它，所以回家的路上一边走就一边读，等到了家，书就读完了。当时还有一种现象是在地上画上一个棋盘，用石子或木块当棋子，下棋也可以和看小人书一样有同样的效果，引来许多的围观者。还有一种娱乐活动就是打牌，道具是扑克牌，这就是比较奢侈的娱乐活动，一般买不起扑克牌，如能买得起也不会把钱花在这上面，所以有几个人围起来打牌会有许多人围观的。只是与看小人书围观不同点是，下棋和打牌都不很有声音，而围观的人们都急下棋人之急，急打牌人之急，反而在大叫大喊，欲指挥当事人的行动，故就引来许多的叹息和喝彩。自己也曾觊觎过扑克牌，但是从来没有拥有过，后来可以拥有的时候，自己也不太感兴趣了。但在大街的集市上那些像扑克牌一样的东西曾有过无比的诱惑力。对于一个两手空空的孩子来说，现在看起来是很可怜的，但当时自己认为是正常的。赶大集就是去看热闹，热闹是我们赶大集的热点，虽不能得到物质的好处，但一睹为快的精神享受还是足够有吸引力的。所以当时那种感受很难以忘记。

今天看到这十里大集，已经过去了三十多年了，不但没有萎缩，反而壮大了许多。虽然现在商业的发展很发达，百货商店、大型超市、电子购物等，但是这种传统的买卖方式仍没有被取代。这不仅是一种商业方式，更是一种生活方式和传统观念，也更是一种风俗，一种文化，这才是十里大集生生不息的缘由。

三十年前的集市东西没有那么丰富，比较单一，人们去赶大集都是步行，小推车或自行车，而现在则都拥有汽车、三轮车、摩托车等机动车辆去运货，故货物来得多，占地也多，运输的工具也庞大，交通的方便，人来的也多，故便形成了这么大得令人叹之的如此大集市。也可以看出社会在发展，人们的生活也好了，物质也丰实了。大集上的物质丰实，赶大集的方式，大集的规模就可以见得经济和社会的繁荣。

小时候赶大集，大约有十里地的距离，要到县城的中心去，途中要经过一条大河，那就是潍河。这条河水势还较大，有两种过法，大河上有一个水坝，也就是闸门，把水蓄住，下游有一个用石头砌成的水池，池边的水较深，故人们一般要从坝上过去，也有的需蹚水过去，都有一定的危险性。若要安全则需跑一个大弯子去走位于离村子较远的一座大桥，但一般的人都不去转那个弯。现在的大集从城中心从北向南然后又转了一个弯一直到了潍河边，现在那个水坝边也建起一个又高又宽的大桥，人们也方便得多了。

过去无桥常有人落水溺死，我的一个小学同学就是在这条河里溺水的，是为去城里造成的，水坝的下游有一个河中水湾，很深很深的，据说有一只千年的乌龟，已成精，开始吃人了，故常有人溺死，并且它也经常变化为鱼、蛤等在水面上，以诱人上当。有一次一个生意人把秤砣掉到水里，而那一个铁疙瘩却浮在水面上，激得那人用扁担把秤砣击落到水里，那只乌龟引诱的办法也有时失去了常理，不好用，会让人怀疑。赶大集经过的这条河有许多的故事，所以赶大集时大人都不放心的是这条河。但那时我却很喜欢这条河，这也是我的一个乐园。水坝上的闸门是木板的，从缝中喷出来的水也是一道风景，像瀑水一样美，迸发出的声音也有潮水的音乐。

河两边是防洪大堤，上面植物，对农村的小孩子，那简直就是很好的植物园，上面有许多的童趣，所以去赶大集要经过几道我们童年时希望去的所谓乐园。但到了冬天春节之际已被寒气所裂，失去了以往的生机和趣味，自然不会在路上耽误了时间，不会起了个早五更赶了个晚大集。我们会直取县城大集之处。在那里直逛到中午时分，肚子被饿得咕咕叫时，方知该返回家了。那时没有车船，只是徒步，如果集市上有收获方可有点精神走路，否则会感到人困马乏，无力回府。

大集已许多年不赶的了，但不期而遇则又是那么熟悉和亲切，近四十年过去了，社会发展了，人们交往方式、交流方式都有了天壤之别，电子商务的迅速发展也并没有替代传统的集市交易。这也是中国人的习俗，从古之清明上河图看当时的商业交易，也就是集市，到现在人们仍然不能放弃的各种市场来看，一时是很难被其他方式所替代，就像电话电视一样，可以远距离地视讯通话，但其永远代替不了促膝谈心一样，并且这些现代化的东西盛行之时，会得到人们自身的一些抵制。故人们所担心的商业综合体是否会被看不见的网上交易所代替。不会的，社会的发展任何一种东西或领域只能被丰富多彩，绝不会趋于单一化，社会的全面发展是人全面发展的基础，人全面发展重要的一条是自由的追求，自由是各取所需，所求也是多元化，喜欢玩篮球的人，不能强迫其去玩橄榄球；愿意吃小麦的人，不能强求其吃稻米。就是这样的简单，但简单不一定易懂。尤其让那些善于把问题复杂化的专家、学者、哲学家们去诠释，那就完全进入了迷魂阵。

人们的生活方式和生产方式就这么简单。像我眼前的这个大集一样，在大街上摆上物品，从生产商那里拿来展示给买方。在大街上除了产品和生产者就是买卖双方，所需所取看得见摸得着。任何东西都是一个发展过程，像抛物线由低到高再由高到低，由简单到复杂，再由复杂回到简单，必然是这样一个路径。尤其是生活，谁简单谁会幸福，谁简单谁会健康，供以生，求以生，供求其生。供促求，求促供，循环往复，供之不过求之不多，此供求平衡，此生活之生息。劝君无多求，劝君取所需，此乃集市之道，市井生活。

十里大街的未来，可能还会延长至十五里，二十里，三十里。我也会像孩童一样喜欢它的存在，并饶有兴趣地逛一逛，买一点自己所需的东西，或喜欢的东西。我祝福十里大集繁荣昌盛，祝家乡的人们健康幸福。

说佛

据说佛是救世济民的、是有求必应的，佛法是无边的。这么说，佛的确是了不得。

在现实中，佛的确备受人们推崇。许许多多的人，可谓是众生，数不清的人们在佛前驻足、躬身、作揖、烧香，或五体投地地叩拜。这佛也确实可信、可拜、可求，不仅因为其佛法无边，可以求之而应验，更是因为人们有时也无处求之，有时呼天之时天不应，叫地之时地不灵，也就只好回转身来信佛、拜佛、求佛。

只要是人们想要的而又达不到的要求，都统统拜佛去了。无后拜佛求子；无钱拜佛求财；无官拜佛求爵；有灾难时拜佛求平安；有疾病时拜佛求健康。拜佛之目的不一而足。

有病不就医，无财不务工，有难不求官，有事不诉法，却向一尊佛像叩头求援。这是人们的无奈之举？还是人们的希望之举？人们无助之时不此而能何彼？故人们为拜佛之便，便请艺人画佛、刻佛、塑佛。以挂或摆于堂前，常年烧香跪拜。有的人家中设有佛堂，常年烟雾缭绕，确有点佛门胜处之景。

这却真能使佛感动，以顾人间，也便使拜求之事大多灵验。于是人之心更诚，也便更多地行善。在意念和行为上努力争取避灾趋吉，遇难成祥。

无论是立佛、坐佛、卧佛或者画在宣纸上的佛，看上去那么平静，那么慈祥，那么威仪。纵然是狂风暴雨，电闪雷鸣，纵然是惊涛骇浪，乌云翻滚，也是镇定自若。而仅这一种形象以及艺术效果，便足以令人信服。至于其是否像人们所信奉的那样法力无边，其实并不重要。其实人们把佛作为推崇的上帝神仙也是不无意义的。这精神上的支柱，要比金钱重要得多，意念就是愉悦、健康和幸福。

常常令人思考的是：佛为什么那么平静？那么多人在佛的面前乞求，诉说自己许多的磨难，诉说人间许多的不平，佛为什么从不恼怒？佛为什么依然那么宁静？佛为什么依然那么淡泊？佛为什么不拍案而起？佛为什么不怒不可遏？

佛不怒、不言、不喜、不悲，是因为佛不想吓着拜佛者。想想看，如果佛大怒而跳起，拜佛人岂不是魂魄俱丧。如果佛大笑而抚人面颊安慰跪拜者，那拜佛人岂不被吓破了胆。

这也是佛之大度。无论何事，从不动容，而是使用佛法，以法济世，以法度人，依法罚虐，依法治妖。

愿佛法是无边的，疏而不漏；愿佛法是公正的，大慈大悲。

台湾快乐的旅途

一、槟榔树

从台北市沿着一条高速公路南下，经过许多山脉，到达南投市。

在靠近南投市的路途中稀稀拉拉的就看见那些长得只有一根干，不会分杈的槟榔树，直通通地插入天空。我略有所识，仿佛在哪里见过，只知道此木长得很美，但并不知道它的名字，今天才知道这就是槟榔树。

其实，槟榔的名字，早有所闻，从很早以前，确切的时间已记不起来，就会唱那首歌："高高的树上结槟榔，谁先爬上谁先尝"。的确是高高的，要抢先爬上去需要速度和勇气，此歌很有点意境。

随着车辆离南投市越近，槟榔树也逐渐多了起来，一开始是成行，后来干脆就一片一片的，很有点规模。树干细细的，几乎相差无几，不但像人工修剪过似的，还像是人工挑选出来的一样，显得非常的精明和高傲。也的确如此，每一个人都得仰视槟榔。

据说，槟榔是很难吃的。但是一旦吃了还会使你上瘾、兴奋。我倒是没有吃过此果，听人们这么一说，在自己的心目中，槟榔果就好像是禁果一样了。

在途中休息站，下车时，看到一个中年妇女在卖槟榔果，还有含苞欲放的玉兰花骨朵，我仔细地看了看槟榔果，像两粒花生米一样大小，用一种可吃的青叶裹着，甚是漂亮。装在一个小塑料袋中，约有二十粒，要一百台币。当时一群学生从大巴上一拥而下，围了上来，冲了我的兴致。

与槟榔树比邻的是芭蕉树，树干矮矮的，叶子大大的，长得很粗壮，像美人蕉的样子，不过看上去这芭蕉树可比美人蕉憨厚得多。芭蕉树总是很谦逊的，与槟榔树相比朴素得多，总是与人平等地对视着。

在这里除了这一高一低的槟榔和芭蕉，还有一种知名的植物，名为甘蔗，高矮与芭蕉相同，但却密密的，不透风气，不像槟榔树林一样，宽可跑马。甘蔗产量很高，且台湾气候宜于甘蔗生长，所以台湾盛产甘庶，久负盛名。说来很巧，中午吃饭时，还有一道用甘蔗与槟榔做的菜。

这三种植物把这个地方装扮得非常美丽。

二、日月潭

观赏中不觉经过崇山峻岭，来到了日月潭。那可是日月思念的湖潭，今有幸一睹，并游上一游，看那碧波卧石，十分地快乐。日月潭，就是一湖水被一大山掐成细腰，一边是圆形，一边是长形，故形象地称为日和月。日月潭是名闻世界的，被誉为世外桃园。日月潭是一位邵族猎人追赶白鹿时发现的，位于七百六十公尺的山间，是高山之湖。山色湖光十分迷人，站在北岸或南岸隔水遥望，重峦叠嶂，由明到暗，由青到墨色，由墨色再到淡灰色，一峰比一峰高，最远处的那一座山峰直挂在了天际，有一种不可跨越的高远。水如碧玉一样细腻、圆润、油滑。

三、耐斯（nice）

从日月潭回来约一个半小时的路程，到了嘉义市的耐斯王子大酒店，已是晚上七点多钟。耐斯王子大酒店里灯火辉煌，一片圣诞气氛，圣诞小屋、树、老人、礼物、雪花和各种松枝做成的标志物，把这里装扮得像是西方某国，洋溢着西洋文化的色彩。我们一走进餐厅，两边的工作人员和服务员在两边列队欢迎，气氛非常热烈。工作人员身着西服，服务人员则穿民族盛装，这种礼遇使人耳目一新，感到一种亲切和愉悦。

这个大厅很大很高，特别宽敞，梁顶上挂有电子设施、灯光、喇叭等，一看就知道是一个音乐大厅或歌舞厅。果不然，吃饭开始了，同时演出也相伴而来。吃的是阿里山上的野味，听着阿里山上的歌曲："阿里山的姑娘美如水，阿里山的少年壮如山"、"高山长青涧水长蓝"，充满诗味一样的歌和音乐，使我们无比快乐，度过一个美好的夜晚，令人难忘。

当台湾演员邀请大陆的旅客上台表演时，大家也都欣然登台，唱得很好，一位唱了《祖国，母亲》，一位唱的是现代歌曲，两岸互动，掌声如雷，这是情与血的交融，使晚宴氛围到达了峰顶。大厅内变成了欢乐的海洋。

为英雄歌唱

二零二零年的冬天，下过一场雪，小小的雪花，像盐粒一样撒向大地。于是大地便被一层浅浅的白色覆盖着。往年会有许多的人欣赏这雪的美丽。但今年的疫情却雪上加霜，使中华大地为之疼痛。

人们知道，再寒冷的冬天也会过去，春天依旧会如期而至。万物之所以能够度过严寒，就是因为它们有着春天的梦。

但是在春天还没有来临之时，就有英雄的花儿凌寒绽放了。你看那腊梅花，黄金色的，像蜡做的似的，就开放在飘飞的寒雪中，开放在冷冷的铁一般的枝头上，像一个个高举起的酒杯，等待着胜利的人们凯旋归来。

腊梅花给人的不仅仅是一种美丽，更是一种希望，一种坚毅。你很难想象，薄如蝉翼的鲜嫩的花瓣，怎能承受得住这恶劣的天气。它不是一时的在这寒冷的境地里，而是长期开放在循环往复的白天和黑夜。这样的品格，这样的意志，可谓万物之精英。赞美之辞不能不令人为之切，感怀之心不能不让人为之动。

你看那些抗击疫情的英雄们，不就是这朵朵勇敢的腊梅花吗？在新冠肺炎全国蔓延的紧要关头，他们义无反顾地走向一线。

冬天的寒冷，瘟疫的无情，怎挡得住人们那温暖的双手，怎挡得住人们那滚烫的爱心。

武汉是肺炎的重发区，全国各地的志愿者，纷纷向武汉挺进。面对着风雪，面对着疫情的威胁，他们没有畏缩，没有犹豫。每一个志愿者，都挺着胸膛，毅然决然地奔赴一线。“明知山有虎，偏向虎山行”。他们被人们称之为“逆行者”，这就是我们的英雄。

疫情面前，涌现出多少的英雄，钟南山、李兰娟、李文亮，还有那些默默无闻的无名者。你看他们，奋不顾身地抢救病人，日夜奋斗在一线，与时间赛跑，与死神较量，夺回了一个个生命，使多少人，多少个家庭，回归团聚，回归幸福，回归平静的生活。

看到那么多的人们染上了新冠肺炎，他们的心在流血。他们悲伤着逝去的，抢救着感染的，喜悦着治愈的。但他们无暇顾及自己的安危，为抗击疫情奉献着自己的智慧甚至生命。

他们当中有的真的倒下了，但没有留下姓名，留下的只是许多站起来的患者和一些可歌可泣的故事。他们戴着口罩，穿着防护服，人们都没有看清他们的容貌。但他们全副武装的身影却是那样的伟岸，那样的英俊，那样的无敌。这使人们的心中有了希望，有了温暖，有了信心，有了力量。这就是我们的英雄。

我想起了林则徐的一句话：“苟利国家生死以，岂因祸福避趋之”。他们就是这句名言的践行者。

他们，临大道，而无私；临大难，而无畏；临大义，而慷慨。他们书写志愿书，申请奔赴一线；她们剪去了长发，以便于奋战昼夜。牺牲是英雄的选择，是英雄的光荣。战斗在一线上的英雄，在行动中表现出来的勇敢，已经充分宣布了他们是光荣的。没有人可逃避这个危难的日子，英雄们担当了这个冒险，愿意去击溃疫情，保护大众，而放弃其他的一切。这又是何等的高尚。

战斗在一线的英雄们，战斗吧！有祖国的支持。你看那些防疫物资紧张的省份，还大力援助武汉，宁可自己短缺，也不能让武汉短缺。你看那些广大的民营企业家们踊跃捐赠着钱和物。你看那些普通而平凡的人们也不甘落后，纷纷尽力所能及。你看那些海外的华人们，正忙着采购防疫物资，急切地运回祖国，甚至，买一张回国的机票，把防疫的物资放在自己的座位上，送给亲人，自己却未能回来，虽然归心似箭。你看还有世界上那些不同肤色的善良的人们也在支持着。写到这里，大家便知道了，大爱已汇聚成了浩瀚的海洋。

但我还想把镜头多一会留给后方。你再看那井然的街道，洁净的马路；你再看那有序的社区，洁净的垃圾箱；你再看那些普普通通的人们，也没有避难，也在各自的岗位上勤勤恳恳，任劳任怨，默默无闻地劳作着。正是这无数的人们履行着责任，捍卫着这一切，才形成了合力，汇成了众势，必无往而不胜。战斗在一线的英雄们，战斗吧！有人民的支持。

为抗击疫情牺牲的英雄们以及正紧张工作在一线的英雄们，是值得我们永远为之歌唱的。就是那些平凡的助力抗击疫情的人们，也是值得我们永远为之歌唱的。还有那些罹难者，也是值得我们永远的哀念的。我们应该把最美的赞歌送给他们，但是“长歌当哭，是必须在痛定之后的”。

最广泛的抗疫统一战线已经形成。森然壁垒，何难而不能克？众志成城，何坚而不可摧？

什么也撼动不了我们战胜疫情的信念！什么也挡不住春回中华大地的脚步！霜雪一定会被热情所消融，美丽而又芬芳的花朵必定会继腊梅花而绽放！

天堂里的见闻

在一个冬季，我曾走进天堂。

天堂在一条林荫道的旁边。冬季下过的几场雪，层层铺积起来，使天堂一片白色。

天堂的后面是连绵不断的山，也被雪所覆盖。山上的树木也本应该有雪，但可能已被风儿吹落。

天堂里有许多弯弯曲曲的树径或花径。从道旁的入口到天堂的顶部，也有一些石阶可以青云直上，但都被雪覆盖着。雪地上有车轮的轨迹，也有人散步的脚印。

我沿着轨迹和脚印向前，脚下的积雪在咯吱咯吱地响，头顶上的喜鹊在叽叽喳喳地叫。放眼望去，这时的夕阳像一个殷红的球体，透露在山林之间，有一种不可言喻的壮观。

走在一棵大树下，在天幕的映照下树枝清清，几只喜鹊在树枝上跳着叫着。这喜鹊只是黑白两色。我驻足观望，喜鹊叫喳喳。

走在一片竹林边，便听到一群麻雀在竹林中嬉闹。这里是它们的天堂。记得小时候是经常伤害它们的，这些可怜的小生灵，冬天常常藏在树丛里，到了晚上，我们便布下罗网，它们无计逃“神矢”。

天堂的西边是一片飞檐的小楼。远望那一片低矮的房子，已炊烟袅袅了。这便是天堂的人们居住的地方。

我走在檐下，听到了天堂人们的对话。

有的说：“我感谢主，祂让我们来到了天堂。但我问心有愧，在人间时，我做了许多对不起人们的事情。”

向前走，又听到有的说：“我感谢主，让我来到天堂，但我在人间是有罪的。”问：“如果是这样，为什么上帝还让你到天堂，我为什么不知道你的事情。”男主人说：“为了上天堂，我贿赂了上帝，上帝就在我平生记录中抹掉了我的罪过。”

我听着，心里想：“原来天堂也染了红尘了”。

再往前走，又听见说：“我在人间也是有罪的，现在来到天堂一切都可以公开了。”问：“那你如何来了天堂？”答：“我和上帝的儿子是好友，所以我来了。”

我听到这里，心想：“上帝也是有私心的”。

我拐了弯，离开了天堂人们的住地。还是看一看这些悠闲的喜鹊，听一听这些欢快的麻雀，踏一踏这些洁白的雪地吧。

我在那一片平静的雪地上走了许多圈，直到把雪地摆满了脚印，方才凝视了一下天堂的上空。

殷红的夕阳已经隐退，整个天堂不再有红色，只有黑与白两种颜色。

那是我们中国的颜色。中国的书法，纸是白的，字是黑的；中国的山水图画，水是白的，山是黑的；中国的传统民居，墙是白的，瓦是黑的。中国五千年的历史文化，影响了整个世界，也影响到了天堂。

这黑色与白色是永远不褪色的。

我喜欢天堂，但不认识上帝，我只是作为一位游客而来，又作为游客而去。但我想告诉上帝：“可不能黑白不分或黑白颠倒！”

当我离开天堂时，暮霭已降临到人间。

私密

我非常喜欢那些私密的院落，里面种着许多的树，各种各类，种得满满的，只留下几条曲折的小径，供人们散步、休闲、观赏。

院子中长满了多种花草，还有许多的虫鸟。院子里不要有许多人，只供一两人来访。

冬天里也可以来散散心，看看枝丫，踩踩落叶，踏踏冰雪。假如在这个院子里种一片青竹，栽几棵参天的银杏树和梧桐树，种一片木瓜树，栽几棵海棠，再栽几棵石榴，其他的那就随意吧，栽满它，但一定要有园林的味道。

当冬天来了时，其他的花儿和树木虽已凋败，但竹子是绿色的；木瓜树下黄色的叶子虽已干枯，但木瓜落在叶子上，叶子像被子一样保护着它们，也不免是一种景致和心情。有时还会有人把它们拾在一起，堆成一小堆，在树林中，在草坪上，在黄色的树叶间，你可以走过去捡起一个来嗅一嗅它的味道，香气依然。那严寒的温度没有扼住木瓜的香气，那木瓜树虽然落了叶子和果子，但树木却也透着生机，蕴含着活力。不畏严寒，蓄势待发，等到春来，依然花枝招展，夏来绿荫浓密，秋来瓜果满枝的。

冬天的冷，扼杀了很多的美，使冬天失去许多的光彩。许多的动物禽鸟也都退避三舍。冬天的冷漠也使得冬天如此寂寞。但如果不冷又何谓冬天。在冬天里在这样一个小院子中散散步，那也是独有洞天的。

天有三宝，日、月、星，地有三宝，风、火、水，在这个小院子里可以享受风的爱抚，也可以享受水的宁静。火嘛，就到屋子里去享受吧，在屋子里临窗暖和和地望着这私密的院子。

当阳光明媚地照到院子之中时，你便享受到天上的三宝之一了，那种私密添上那种阳光那就是一种健康、快乐的私密，令人身心都会得到放松。放一把椅子在院子中，坐下来晒着太阳也不比散步的愉乐逊色。

当月明星稀，夜光洒在院子中的树林中的花径上时，是颇有深邃的意境和诗意的。

正是这天地三宝养就了人的三宝：精、气、神。这天地人的三宝有这么一个私密的小院子便可以在这里荟萃的了，在这里融合的了。人有了天地之气才能有精气神的，人吸纳天地之精气才能吐故纳新的。人要吐故纳新也要与天地相通，那么这个私密的院落就是与天地相通的绝好之处。

在这样一个院子里，你可以享受到你美好的心情，可以享受漫步的自由。在这里你可以领悟古语所云“大道本无我，青春长与君”的生活境界。

这个院子与自然相通，人文气息相通，纳四面来风，聚四季雨雪，可望八方，可仰天空，此小院之优势也，但其关键是私密。故而有许多的人们在自家小院子的外面有一个大的公园，虽然也会感到满意，但比起这小小的院子来那种满足感便逊色得多了。这区分自然在一个是公园，一个是私园，一个公开，一个私密，公众的东西公开得越多越好，私密的东西越私密越好的。私密使人自由自在，放松休憩，那不是一个公众的敞开的大公园所能代替的。但私密与公开为邻，那才是最私密的，如若无公开之地那不叫私密，那只能称之为洞穴，这个私密的小院子一定是走进去私密，走出来又是那么广阔公开。

世上没有一个人可以避开私密，私密是一个人焕发活力的最好方式，公开是一个人再生的最好方法。私密需之，公开需之，两者不能偏倚。但在光天化日之下，私密越来越少了，像一个私密的小院子就更少了。人类应多营造一些私密，但也决不能把公众公开的场合占为私有，改为私密的地方。当私密与私密为邻时，也必失掉了私密，随之而来就是封闭。

再回到私密小院子里来吧，如果园中缺少什么你可以随意添加，你可以随时摆布。

如果你喜欢牡丹，可以种上几株，或种上一小片，如果缺少几块石头，你可以摆上几块奇石，或放在石榴树下，或放在牡丹花旁，或放在幽径边，或放在水湾中。如果你想引来凤凰，那么也很简单，就在院子里种上几棵梧桐树，并在夏日里下雨时，在屋子里听雨打梧桐的声音，有时急，有时缓，岂不美妙吗？兴来可以诗咏之：

“私密院子小天井，拥有一个大天空。
深呼吸，放眼望，私密其实接开放。
伸伸腰，抬抬脚，放松其实养度量。”

“分开枝条低头迈，踏下石径踏草阶。
蝴蝶恋香在花外，鸟雀觅食伴闲来。
一尺石径走晌午，一株花树赏天暮。
垂腿闭目汲华气，抚石折枝拥太极。”

蔚山的炫动

晚上的宴会十分简单，几人祝酒后，便是几个拉着二胡和小提琴的韩国姑娘，穿着十分膨胀的韩国传统长裙，在台上舞了几步，同时上了三道颇有美国风格的饭菜便匆匆结束了。

我走出所住的Lotte Hotel酒店沿着一条大街跑步锻炼，以解除一天商务的紧张和疲劳。蔚山的晚上，楼上尽是透着光的窗子和广告牌，不断变化着颜色，街上的车辆亮着灯，从身边隆隆地走过，给人一种炫动之感。我特意看了看楼上的标志和周围的标志性建筑，以免迷路。楼的后面有一个大的摩天轮，上面的灯光不停地四射，旁边有一座圆形的尖顶楼，灯光也像线条一样，不同颜色交替着从上到下地运动。于是便放心地跑去，刚起步，便是一条人行道，红灯亮着不灭。等绿灯来，穿过后刚一起步又一条人行道，红灯像一只怪兽的眼睛盯着你不让你通行。我只好按原路返回，改弦易辙，沿着楼周围的马路迈开脚步划圈。

等我绕着楼周围这条路跑了几圈后，有一点夜阑人静，那摩天轮和圆形尖顶楼上的灯光已经消失，这时我才意识到以灯光为标志物是不可靠的，它们永远是变幻的，不是永恒之物。

在蔚山灯光炫动的鞭策下，我决计要绕这个圈子跑上十圈。前五圈我深感沉重，但等到后五圈的时候则感到了轻松。或许是因十圈数字太大，跑了一圈还会剩九圈，跑了两圈还会剩八圈，总感到目标很远。但当跑到第六圈，也就是后五圈第一圈的时候，便感到一个堡垒被攻破了，已跑了六圈，还剩下四圈，再跑一圈就已完成了七圈，还剩下三圈了，成就越来越大，困难越来越小，目标就要完成，故有前半场畏难，后半场则看到了曙光，其实前五圈后五圈在距离上是没有差别的，那只是一种“朝三暮四”的情绪。我则理解了猴子们不满于“朝四暮三”，而满于“朝三暮四”的理论。虽然是同一种东西，但是可以从不同角度去体验，或换一种思维方式，会取得意料之外的效果。因此，在剩下两圈之时，我便逆向而行了，于是脚步由右向转向了左向。视野中的汽车红色的尾灯变成了迎面而来的车头白光，一切仿佛焕然一新，但在改变方向逆时针而动的时候，时常飘来路边行人吐出的烟，感到那淡淡而来的烟云呛入喉咙，但却不曾感受到汽车的尾气。这黑的夜，把各种光明的色调彰显得很尽致，而光的色彩又把夜烘托得清清凉凉。

无论是顺时针还是逆时针跑步的时候，都不曾有大的障碍。偶尔也有人似乎与你要撞个满怀，但都躲闪而过。有时，车辆进出宾馆，你不得不停住脚步，耐心等待车辆的出入，因车辆出入是非常缓慢的，只有弄清楚行人或路上来去的车辆的方向，它才会上路或转弯入内。在路上奔驰如飞的车辆，一到这时便慢腾腾的令人不可思议。

夜色已经到了阑珊的时候，月亮把光撒在了路边停泊的车上，撒在了Lotte Hotel上及附近标志性的建筑物摩天轮和那座圆形尖顶的大楼上，它们又从夜色中显出了轮廓。我踩着月光走进Lotte Hotel，并把窗帘拉上，把夜光隔在房外，自己躺在床上也拉上了眼帘，想把一切的光明都抛在脑外，尽情享受暗夜的宁静，然而脑子里仍然是炫动的光的景象。

我的幻变

我的胸膛几乎被他们砍得到处是鳞伤。我已喘不过气来了。飞起的尘土已把我的肺弥满。

我怀抱里已几乎看不到鸟的飞翔，甚至阳光也变得犹豫，许多飞行的尘埃阻挡着光的射来，更不必说那夜里的月光和星星，那已是久违了的景象。

但我仍然抱着希望，或许是幻想。但我仍然盼望着那只手停止贪婪的攫取，哪怕是一夕之为。

但我心未泯。我期待着阳光的明媚，也想看到远古时的深邃的夜空，看一看那诡谲的星星的眼睛。

但我仍然抱着希望，心虽未泯。但我终于闭上了眼睛，不再寻觅。但眼前的黑暗又浮现出许多亮晶晶的游虫。仿佛是进入了另一个国，和许多人一样，不知来处，而如本土著人浑然一体。任何人，都怕天掉下来，恐慌的不能安度时日，我忽然想起一个传说中杞国。我开一辆车，总也刹不住，我便使劲地踩下刹车，但车仍然不能停下。杞人吃的油条，里面掺入了洗衣粉，膨胀得很圆润，像孩童胖胖的手臂。吃的馒头，里面都掺入了滑石粉，看上去白白的，如一张涂了白粉的人的脸。

我要离开，但即使是刹不住车，也跑不出去，但我并没有怕，因有众人的相伴。

我已死去，连同这黑暗也一同死掉。我进入一个魔橱，我完全沉入其中了，渐渐的走向了另一种境界。

山是青的，水是绿的，人都带着微笑，鸟兽同堂，草花相伴，阳光明媚，月光和星星也挂在天上，一些奇异的云飘在空中。许多温驯的牛马像公共车一样等你随时牵骑，无声无息地带你所去的目的地。

我已成为一位仙人，飘然于这另一种境界中了。

我的书法观

书法是中国的一种艺术，已有几千年的历史。如果说是传统艺术，书法是当之无愧、名副其实的，是其他任何国家无以相比、无法比拟的。

书法的这种独具的魅力，也深深地吸引了我。未读小学之时，书法知识的启蒙是从一块砚开始的。那是一块方砚，结构比较简单，无多余的雕饰，只是在盖子上刻有一个凸起的方垂结。见其砚方如获至宝，砚台的盖子的边沿上尚有一点破损，于是自己还动手修复了一下，至今还在自己的书柜里。这是一种缘分。从那时起就开始与文房四宝一见钟情，对写字便产生了浓厚的兴趣。但上了小学以后才开始动起笔来，也很有意思，当时钢笔也好、铅笔也好、圆珠笔也好，都没有留给我回忆，最令人回味的倒是另外两支笔：一支是石笔，用滑石做成的一条一条的小石条，在石板上写字，写完以后也可以拭去再写，不愧为是一种传统的创新，现在看来是一种低碳经济；另一支是毛笔，用来写“仿”，在已经有字的轮廓的书上填上墨，而且不要出格，起初是比较难的，照着葫芦画瓢也不那么容易，也往往使许多小朋友发愁，问题主要出在毛笔身上。毛笔的软骨病也正是艺术产生的渊源。这一硬一软两支笔给我带来了极大的乐趣。后来石笔销声匿迹了，毛笔则依然是一种艺术而不断发扬光大。读初中的时候，毛笔则大有用武之地。那时正逢文化大革命，给毛笔的使用提供了一个不经意的机会，批林批孔风潮席卷全国，冲击着每一个角落。当时，红小兵和红卫兵们都是中小学生，则成为批林批孔的主力军。学校则成为教育战线上批林批孔的主阵地。我们这些红卫兵们也都拿起了毛笔写大字报，到处张贴。那时也没有什么章法，只是把墨写在纸上，但毛笔的软性逐步在手中硬了起来，为今后写字奠定了一个基础。到高中时期已恢复高考，备考占去了我的一些课外活动。到了大学时期，才使我有了零碎的时间拿起了毛笔。同时硬笔再一次回归，因为我的大学是师范院校，讲课要写在黑板上，用的是粉笔，也是一种硬笔，跟原来用的石笔和石板如出一辙。这一软一硬又回到我的学校生活当中，带来了无限的快乐。大学生活中有许多文艺活动，其中有许多书法艺术展览使我受到了很大的熏陶，我也拜读了许多名家的字帖，看到了中国书法源远流长，看到了中国书法灿烂光辉，领略到了中国书法艺术的峰巅。通过书籍也了解了书法的历史，了解了各书法大家的人生，了解了当时的社会历史和情景。初学楷书，临欧阳询和柳公权等名家的书帖。欧阳询劲骨瘦风。柳公权结体峰妙。颜真卿血肉丰韵，老道炼达，笔势雄强。王安石横风痴雨，不著绳尺。杨凝氏破方为圆，削繁为简。徐浩（唐）“怒猊抉石，渴骥奔泉”，林和靖（宋代）梅妻鹤子，“清劲处尤妙”，都使我爱不释手。

还有，王羲之博采众长，精研形体势，推陈出新，自成一家，字势雄强多变。王献之秉承家法，近崇张芝，进一步改变了当时古拙书风，有“破体”之称，字英俊豪迈，饶有气势。王氏父子的书法艺术被崇为“肥不剩肉，瘦不露骨”“肥瘦皆有佳处”。“草圣”张旭，嗜酒，每大醉呼叫狂走后下笔，与李白诗歌、斐旻剑舞，时称“三绝”。

在临帖之时，也广泛涉猎魏碑篆隶，魏书之大气、邓世如篆隶之精明，都对用笔产生了很好的深刻的启迪。后又开始涉猎行、草，观览许多的名篇，尤其是王羲之的《兰亭序》、黄庭坚的《诸上座帖》、贺知章的《孝经》、孙过庭的《书谱》、怀素的《自叙帖》等行草字帖，令我大开眼界，知书法之奥妙。

走上社会后，日日忙碌。夜余不足以研墨展纸，总是怕麻烦。于是就采取了学习欣赏书法的捷径，就是读帖。饭余枕边总是读一段书帖，有时在车上，如果出差那就是读书法字帖的良机，有时走一路就读一路，连续几个小时。这大块的时间读帖像吃大肉一样，是很过瘾的。读帖时用眼，用心，还用手，时常闭目以记，手指划空。有些帖总是反复地诵读，直到不看释文便可以通读始终。有些字帖内容则是可以背记下来，像贺知章的《孝经》：“仲尼居，曾子侍。子曰：先王有至德要道以顺天下，民用和睦上下无怨，汝知之乎？曾子避席曰：参不敏，何足以知之？子曰：夫孝德之本也。”还有怀素的《自叙帖》，王羲之的《兰亭序》、《千字文》等，尤其是孙过庭的《书谱》，更是爱不释手，一有时间便翻一翻，自然感觉赏心悦目。孙过庭的《书谱》我有多种版本，以多种方式读之，其中字美、意美，章法布局也美，堪称十全十美，不仅是书法散文，更是一种书法作品，是书法理论、艺术和实践的完美结合和有机统一，可谓登峰造极，读之观之赏心悦目。如“观夫悬针垂露之异，奔雷坠石之奇，鸿飞兽骇之姿，鸾舞蛇惊之态，绝岸颓峰之势，临危据槁之形；或重若崩云，或轻如蝉翼；导之则泉注，顿之则山安；纤纤乎似初月之出天涯，落落乎犹众星之列河汉”，写得自然优美，道法自然。所以对这些好的字帖，我认识到仅要坐而观之，更重要的是要立而临之。因此，偶尔在晚上，微有酒意之时，就泼墨临摹贺知章的《孝经》或孙过庭的《书谱》，大有收获。虽不能持之以恒，只能一曝十寒，但也颇得其趣、受益匪浅，不管是韵、神、形还是意，每每都有长进，自己也颇为自豪。除了读帖之外，为了向前贤学习，我还深入研读那些书法名人的人生经历，研究他们的艺术人生，研读他们艺术成长之路，他们也有他们的读帖、临帖的过程。米芾酷爱名帖，巧取豪夺名家字帖，有时把自己置于尴尬境地。米芾从名家书法中汲取营养成为名家。王铎的书法中留在后世的，有许多都是临名家的书帖者，后来才成为一家之体，成为名人，齐白石七十多岁以后才成名……。许多大家都是厚积薄发，艺术的前半生大都广泛涉猎，风格变迁，最终基本成型，逐步向老辣完善型发展。在读这些文章之时，在理论和间接理论中，提高书法水平。书法是一门艺术，艺术应是多样化的，“百花齐放，百家争鸣”的艺术观点与和睦相处的大自然的理念是天人合一观点的体现，玫瑰花漂亮，月季花亦漂亮，牡丹花国色天香，芍药雍容华贵。虽兰花是君子，而棘树若小人，然二者相处亦相得益彰、意境幽远。因此，虽许多大家书法风格迥异，有的可谓迥然若天地之异，但却让你观后颇感各有千秋，可谓是“虽千门万户、千山万水，都有韵致”。所以艺术的形态多样性也越来越趋近自然。但艺术形态虽多样，艺术评价的标准则是统一性的，艺术的形态多样性和评价的统一性，又统一归于艺术的水平上，艺术水平是由作者的历史文化、审美观、对事物的认知度、理论素质与实践水平等综合因素决定的。所以要学习好书法这门艺术，只有实践是不够的，即使是实践出真知，如果没有其他因素，只通过实践去获取真知，用一生的时间是很难的，有许多的真知都是前人通过几代得到的。对于一个人来说，仅靠实践所获的真知，对于艺术的海洋也只能获取九牛之一毛，不足以成为一家，只有纳百川才能成其海，避众家之短，才可能成一家之长。所以，我反对机械地学习和临摹，反对盲目的崇拜，要去粗存真，汲取其精华，尤其是一些名家，像王羲之的《兰亭序》被历代书法爱好者所推崇，但也有不足之处，有的字并不美，虽笔力苍劲，然结体丑陋。再像苏东坡，卧笔取妍，但卧笔乃偃军，是一病。对这些大家的评论尤其是批评，是冒天下之大不韪的，但从艺术无止境的角度说，是无可厚非的；从艺术欣赏的角度说，审美的角度和审美观不可能千人一律，也是无可厚非的。名家尚且如此，何论其他书家？我反对“我家池边枝，棵棵开花淡墨痕”；我也反对一味地写之写之，用笔秃而成家的理论。同样，历史上宋代大书法家苏东坡也不赞同像智永禅师这样苦练书法的方式，智永为王羲之的第七世孙，托身空门，寄情书道，是间接传王羲之书风的书法家，他在永欣寺经楼上，苦练书法三十多年不下经楼，写坏了的笔头有五大簏，埋成笔冢，属佛门苦练派。苏轼曾带有讽刺意味地说：“退笔如山未足珍，读书万卷始通神。”

陈衡恪所提出的文人画家四大素质：人品、学问、才情、思想。以上是古人对文人画之评价，虽然是对文人画的评价，但我认为也适宜对书法的评价。书法与艺术修养是相互融汇的。元代对文人画的认识，就更注重将书法渗透入画法中去，甚至强调书法与绘画同法。赵孟頫提出：“石如飞白木如籀，写竹还应八法通；若也有人能会此，须知书画本来同”。所以以文人画家的素质要求书法家也可。清代郑板桥亦云：“要知画法通书法，兰竹如同草隶然”。

所以，书法艺术不独在练。当然，基础是要打牢的，连笔都不会捋如何写呢？所以书法艺术的成败是多方面的，还有一些如胸襟、心态、心情、环境等关联因素和内外条件。

要在学理论、学先贤、学历史等的基础上加大实践力度，要在实践的基础上，广泛吸取文学的、艺术的、历史的、传统的、新兴的知识。还要加大交流的力度，和当代名家的现场授艺。平日里也偶尔与同等的爱好者互相交流，各显神通，取长补短，还要拜谒一些当代名家，我也曾拜见范曾老先生，看其作画写字，听其讲解书法艺术和中国画的创作观点。还有刘大伟、沈鹏、杜大凯、史世奇等看他们作书作画，在实践上琢磨其书法技巧。更多的是用接待时的交谈，听他们谈书法艺术及其他艺术形式，也获益颇多。

真正高水平的书法艺术，必是理论和实践的结合。要使书法艺术更臻完美，一定要研读一些书法理论和美学。这是书法艺术进一步升华的阶梯，也是书法爱好者进一步攀登高峰的必由之路。

无聊

想写点什么东西，但又感觉了无兴趣，毫无激情。时间过得百无聊赖，无所适从。

那些东西总是老俗套，无什么新意可言，于是乎听而不闻，观而不见，虚度时光。

倒上一杯茶，不停地喝，又担心茶长时间地泡在热水中，茶碱渗出，不利睡眠和健康，但这种环境又不允许以道饮茶，所以只有一味地泡下去。最终也是茶浅味淡亦无兴致。

天花板上的灯亮着，窗帘子遮着窗，太阳的光阻隔在窗外，室内幽暗而静谧。手里拈着笔，转来转去，欲写又止。而又在端详着笔上的文字“DAHAN”“MINI”“PH－90！”“MADE IN CHINA”“INK PEN REFILL”等。抬起头来看看，室内有几棵凤尾竹，有一幅海岛画面，岛上被人工破坏了山体大煞风景，一幢幢楼颇为碍眼。人类的漫延，吞噬着自然，破坏着生态。灾害的出现，又被合理地称之为自然灾害，不曾归罪人类的侵犯。看着这幅画也颇感厌倦，虽然海面上有鸥鸟的飞翔。

无聊不时地袭击着我，我也正享受着无聊。其实无聊并不可怕，无聊是一种时光，是一种感受，也是一种情绪，说来也是颇有点诗意的吗。

虽然无聊，但无聊不是屏障，也不是羁绊。我的思绪也常常飞出室外。忆游美国那些几百年仍然坐落着的楼房。几经沧桑，面目不改，尤其圣·路易斯那座古老的城市，是美国西部大开发的起点城市。那些开拓者就从圣·路易斯城边的密西西比河漂向西方。它的许多古老而漂亮的建筑风采依旧。

忆游日本山野中草木、河流的生态美景，再加那蒙蒙的细雨过后，晴空碧绿醉人的雨霁。路边的野草花上挂着的晶莹的雨滴，不要怕会沾湿你的衣裳，那是大自然的甘露。

忆游那些大型的民族歌舞，传统的民族服饰，传统的民间舞蹈，传统的民族音乐。整篇如音乐史诗，变幻莫测。有的威武雄壮，若千军万马，气吞万里，声冲云霄；有的清影飘逸，衣裳如霓，蝴蝶翩跹，成群列队，偶有几只飞出队群，在眼前飞旋，而后又融入阵中，化为壮观的一片。横刀勒马故然雄姿勃发，展长裙舞腰鼓亦英姿绰越。

但思绪回来后，仍然感到无聊。无聊是一种对抗，是一种标新立异。它不是一种消极的东西，应属于积极的范畴。曲高和寡，寡者不会无聊，必然众者会无聊。阳春白雪的无聊，则要求大众化，那就是普及，只有大众化的东西才是有生命力、有传播力、有影响力的。下里巴人的无聊，则要求知识化、高层次化、高水平化，那就是文化或艺术，只有知识化的东西才有力量。培根曾说：知识就是力量。所以无聊可以是“阳春白雪”和“下里巴人”的媒介。

无聊也是一种力量，是一种伟大的力量。蛋壳当中的毛鸡一定是无聊的，所以它才会破壳而出；母腹中的小生命一定是无聊的，所以它一定会破涕落地；云幕后的太阳一定是无聊的，所以它一定会破云照人；地下的种子一定是无聊的，所以它一定会破土抽穗。这一些的无聊知了是明知的，所以它从地下爬上地面，而又爬到高树上，去高歌，去诉说那种无聊，然而它知道秋一定会来临，但它宁可拥有一夏的吟唱，也不想拥有四季的沉默。

人的生命是脆弱的，会在无聊中死去，一定在无聊中变为了一种新生的力量；人的生命又是顽强的，会在无聊中新生。美国大片《肖申克的救赎》是由史蒂芬·金小说改编而来，剧中许多的犯人在肖申克监狱当中，被那种机械式的无聊的监狱生活所驯服，虽然活着但与死无异，而有一位银行家安迪被误判谋杀其妻入狱后，在狱中十八年，在无聊中求生，用了六年的时间挖通了厚厚的坚硬的狱墙，开始了自己新的生活。同时，也揭露了肖申克狱吏们惨无人道的暴力及腐败敛财的丑恶嘴脸，解救了狱中的犯人，结束了暗无天日、终无出头之日的非人生活，给整个监狱带来了转机和希望。法国著名作家大仲马著的《基督山伯爵》，一位名叫埃法蒙·唐代斯的船员，他的一位朋友丹格拉尔为了得到他美丽的未婚妻梅色苔丝，把他送进了在一座孤岛上的死牢。在牢里度过了十三个春秋，在无聊中求生。狱中一位红衣教主罗皮格里奥西的秘书法里亚神甫，用八年的时间挖狱逃生，最后挖反了方向通往唐代斯的狱室，于是二人同心向相反方向挖去，在狱中唐代斯向老人学会了剑法，在挖地道时，忽然地道塌方，老狱友被压死，临终时把藏宝图交给了唐代斯。获得了一笔财宝，为他复仇创造了条件。当狱吏把老狱友抛入大海过程中，唐代斯偷梁换柱把自己装入尸席中，被抛入大海而生还。

《史记》、《离骚》是司马迁和屈原在其人生无聊之时期而作的。这些伟大的人物，伟大的巨作，都产生于特殊的历史时期和特殊的人生无聊期。罗宾岛臭名昭著的监狱，曼德拉在这里度过了十八个春秋，无聊的生活塑造了一个黑人领袖，成为了南非总统。

这些都是无聊的结果，但无聊的境地是绝然不同的，它所产生的力量也是天壤之别的。无聊之于希望亦有相同之处，希望令人产生力量，无聊使人产生力量，但无聊毕竟是无聊，它是有志者的希望，希望则是大众的力量源泉，而无聊对于大众则有时好比坟墓。无聊与希望比邻，无聊与希望同在，无聊能点燃强者的希望，无聊亦可能熄灭弱者的理想。并不是所有的花朵都像梅花一样在寒冬开放。希望是像春天，必然万紫千红；无聊是像隆冬，凌寒而俏者少。所以无聊是伟大力量的源泉，它不是一般力量的牡蛎。

无聊是一种时光，是一种感受，是一种情绪，是一种对抗，是一种标新立异。

无聊是一种力量，是一种伟大的力量。无聊是人类的源头，又是人类的归宿。

雾与雾霾

我曾经写过文章赞美过雾的，那时候只知道雾是天然的一种现象，像是雨、雪、风、电一样。但这种雾往往是阳光出来，云开雾散。

随着人们不断地研究自然，改造自然，对雾的研究也越来越深入得多了，逐步地认识到雾也不断地随着人们的研究、改造而不断地变化。雾也就由一个字已不能完全地表达，故就产生了“雾霾”二字。雾霾要比雾重得多，当然也就不是阳光所能驱散的。

有时雾霾可以阻止一切，飞机可能不能起飞，高速公路可能被封，海上航线可能受阻。这雾霾确实令人畏惧的。不说雾霾，只说雾吧，那也是可以做到这一切的，“人定胜天”也受到挑战。“雾霾”那就不仅是天的事情了，那是天人合一的结果，天与人联合起来，就不能再提“人定胜天”了，人与天成为了一回事，彼此融合、支持，那就是铁板一块，更是令人畏惧的了。

但虽然是天人合一，那是人的行为，而人在嘴上却反对“雾霾”，“雾霾”也从不隐晦，而是堂而皇之地，弥漫整个天空，弥漫整个世界，弥漫整个宇宙。

所以人们也很诙谐地调侃：空气中内容丰富，营养十足。以前对雾的赞美，现在我有所动摇。但雾本身是美的，雾中加上霾就不敢恭维了。雾本身也有缺点，因为雾与霾狼狈为奸，雾使霾有了用武之地，霾借雾之势大肆伸展、横飞、弥漫。雾曾多次被利用，有的成语说出了这一事实“腾云驾雾”，所以雾在历史上也曾被利用。在这里我也要批评雾，没有立场，没有原则，不能分辨是非，不能坚决地拒绝坏的东西，不能坚决地与它们划清界限。

但雾也是有怨言的，它说是霾污染了自己，而霾是人类造成的，不应该嫁祸于自己，人类应该自责，应该自己反思，而不应该推卸责任。人人都在谴责，但人人都不承认是自己的责任。该开自己的车开自己的车，尾气在排放；该抽自己的烟抽自己的烟，烟气在弥漫；该开发自己的项目开发自己的项目，尘土在飞扬；该开办自己的工厂开办自己的工厂，污水在排放；该开自己的拖拉机开自己的拖拉机，没有燃烧完的柴油浓烟一样吐出来；该劈山劈山，该填海填海，该毁林毁林，没有一位去思考雾霾的形成，没有一位从自己做起，没有一位去自责，而是一边谩骂着，一边埋怨着，涌入创造雾霾的洪流中去，一边还遭受着雾霾的毒害。

因为他们明知创造雾霾的同时也创造着财富和挣着自己的钱。即使那些不挣钱的人，也要受到雾霾的侵蚀。这样想来，便仿佛找到了理由，便就大行其道了。再想一下，如果雾霾使人得了病，那么，制造雾霾的人是有钱去治病的，而那些对雾霾没有任何贡献的人，受到雾霾伤害时只能束手无策，望着雾霾兴叹了！不知东南西北，见不到太阳的光辉，感不到太阳的温暖，但却享受着雾霾的危害。

只看看那些高高耸立的塔吊，不断地摇动着它的手臂，轰轰隆隆地吊起一块块建筑件、钢筋、水泥、石子，想一想哪一样东西不是产生雾霾的因素。钢筋的制作过程本是污染性很大的，冶炼之前采矿的过程又是一个污染源，水泥的生产、石子的打造，都与开挖有关，哪一样不是罪魁祸首。山被凿，河被挖，矿被採，树被砍，等。但矗立的塔吊却昂头挺胸，似乎很高傲于它所创造的所谓的奇迹——那些高楼大厦。但岂不知，它那高大的形象早已被它不经意新制造的副产品，那弥漫着的漂浮着的雾霾所抹杀。

当人们正在喊着要青山绿水，碧水蓝天的时候，那些雾霾便又跑到人们的身边，向人们示威了。人们愤怒时，抓它不着打它不到。它像战争时敌人放出的细菌战一样，不知不觉侵入人们的喉、肺、肝脏内，摧毁人们的内部，使人们外强中干，慢慢地失去行动能力，慢慢地死去。这是否就是人类的异化呢？

美国曾拍过许多的大片说人类的高科技和对环境的破坏，从而产生了一些人类异化的、刀枪不入的、水火不伤的怪物，危害着人类。现在想来这雾霾岂不是人类最大的异化呢？怪物是偏居一隅，伤害的是某一些人，且伤害一人会引起许多人的警惕，而雾霾则是弥漫于全域的，伤害面之大可想而知，且令人们不知不觉，防不胜防，黑夜在，白日也在，不怕人不怕武器，连导弹、坦克、飞机都不怕，以柔克刚。赞美、动摇、批评都无济于事，人类需要一个合理的步调一致地关、闭、停、改、转等几位中药一齐使用，方能有综合效应，方能驱逐病魔，拯救大自然，拯救人类自身。

能开出药方，就是有希望的，但必须每个人都要吃，而且同时吃，只某一个人吃药是没有用的，不吃药的人的病菌还会传染他人，这本身不是一件洁身自好的事情。

梧桐树

梧桐树之普通，之朴素，之普及，同白杨树一样，都是民间最喜欢也最爱种的一种树木。

梧桐树长得快、好活、茂盛，所以一般的家庭都可以种得起。过去的几百年间，民间尤其是农家院落中都常常看见那高大挺拔的婆娑护荫的梧桐树。

每到了春天时节，满树的梧桐花一簇簇地烂熳地开放了，花色微紫，像一朵牵牛花似的长在树上，向着不同的方向发出淡淡的香气。外形犹如喇叭，也像海中的一种鱼，叫墨鱼，或鱿鱼，或乌贼鱼，或螵蛸鱼。这种鱼又叫梧桐花鱼，鱼游一处定格而成，酷似，故缘木求鱼可也。

花身一体，瓣分五页，中有花须挑粉，羞若情窦初开。被系在那长长的树枝上，月来生韵，日来生霞。一串串地簇拥在一起，也像那从水底升腾上来的水泡，故梧桐树又被称为泡桐。

花落梧桐雨，叶生骄阳红。那落下的花儿，见则思风雨。那偌大的叶子如伞盖一般，见之思清秋。花则昭然，叶则硕大。清秋之时，梧桐叶黄落地，重而有声，撼人心魄。秋收无多，恐过冬，故有愁锁清秋之诗句。我赞同，但又不完全赞同。梧桐毕竟是梧桐，有花美，有叶荫，有本挺，有枝柔，诗毕竟是诗，有情感，有寓意，有情节，有故事，角度之不同，美则悲矣，丑则幸矣。梧桐有竹之品格，外直中空，不蔓不枝可成材，有硬有柔可相济。刚出土时则耿直，一根干子向天空，憨态如笋，壮则虚心，中有空穴，挺若成竹。并不分贫土或是沃土，不分山地或是平川，它都那样地生长着。花一样的艳，叶一样的硕，干一样的挺拔，从不嫌贫爱富，也从不挑肥拣瘦，那种顽强的性格很值得赞美，那种正直的品质很难能可贵。

这就是梧桐树千百年来受到人们青睐的原因。同时，梧桐树也是吉祥、富强的寓意之树。“家有梧桐树，引得凤凰来”，这是一种俗语。但梧桐树那种性格、品质、姿态、生机，都给人们一种勃勃之气。你细看那串串的花簇，就像那凤凰鸟一样立在枝头。

梧桐树在历史上曾给人以期盼，曾给人以激励，曾给人以教诲。正是如此，梧桐伴国人千百年的生活，千百年的跌宕。是梧桐树伴人度过那几段从没有哲学，只有战争的历史。春秋战国、三国、东西晋、南北宋等国内战乱和国外入侵。尤其是过去的百年中，在风雨中多了一些人文，多悲凄。雨打梧桐三两声，叶大音强，故在屋中听凄凉。一战、二战中华民族的遭遇，正是这梧桐树使人们期盼凤凰会来的，要生活下去，期盼有望；也激励着人们不论在什么样的环境中都要生活下去，都要自强不息；也以其身教诲人们要正直，富贵不能淫，贫贱不能移，威武不能屈，堂堂正正地活着。就这样人们度过了那些非人的生活，同时，人们又把悲悲戚戚的伤感寄予梧桐树，把那些痛苦哀怨归于梧桐树。这又把梧桐树的形象进一步升华为一种神圣的文化。梧桐树不但分享或鼓励着人们的生活，同时，也分担或痛苦着人们的遭遇。

历史上许多著名文学家都写过梧桐树。“梧桐更兼细雨，到黄昏，点点滴滴。这次第，怎一个愁字了得。”——李清照《声声慢·寻寻觅觅》。“无言独上西楼，月如钩，寂寞梧桐，深院锁清秋。”——李煜《相见欢》。“金井栏边见羽仪，梧桐树上宿寒枝。”——滕潜《凤归云》。“三径从来半草莱，席门那为故人开。自惭不是梧桐树，安得朝阳鸣凤来。”——陆游《寄邓志宏》。“香稻啄馀鹦鹉粒，碧梧栖老凤凰枝。”——杜甫《秋兴》。“蹑石攀萝路不迷，晓天风好浪花低。洞名独占朝阳号，应有梧桐待凤栖。”——牛丛《题朝阳岩》。“雨滴梧桐秋夜长，愁心和雨到昭阳。泪痕不学君恩断，拭却千行更万行。”——刘媛《长门怨》。“地僻门深少送迎，披衣闲坐养幽情。秋庭不扫携藤杖，闲踏梧桐黄叶行。”——白居易《晚秋闲居》。“梧桐叶落满庭阴，锁闭朱门试院深。曾是昔年辛苦地，不将今日负初心。”——魏扶《贡院题》。

此乃沧海一粟，可见梧桐树承载着许多的喜福与悲愁，给人们许多的希望与寄托，为人们分担着许多的悲伤和疼痛。但是，梧桐树依然那么高大，花儿依然那么烂漫，树叶依然那么按部就班地按季令发芽，长大，发黄，飘落。

小憩

春天的四月，一次出差，出宾馆散步，走入附近一片小小的树林里，树下是一片绿地，有明显的被人工化了的痕迹，但又没有及时地修剪和维护，所以在人工的草坪上又长出了一些自然的杂草来。

有一种草叫荠菜，大家都不会陌生。当它萌芽不久的时候，参差不齐的叶子很娇嫩，所以当春天来临时人们都会到野外去挖荠菜，或蘸面酱吃，或包包子吃，或包饺子吃，是一种很可口的菜肴。大抵这是春天人们的一种习惯，或曰一种美德。现在再挖野菜吃虽是寻找一种没有药物的绿色食品的唯一途径，但也是一种生活的改善，是一种乐趣的品尝或体验。而现在已是深春之时，那些没有被挖去，逃过一劫的荠菜，则沾沾自喜地抽梃拔穗神采飞扬地扎煞着长开了。叶子被抽出的梃秆拉大了距离，显得叶少秆壮，秆梃上的小花儿也是被秆枝举着，花儿大小像小米粒一样，每一粒都是由一个小秆枝举起，俯视下去，只看到那淡淡的疏朗的白花，给人一种淡淡的人生的哲学。

有一种草，不知道学名是什么，长得和菠菜一模一样，叶子大大的、绿绿的，很茂盛的一簇簇地长着，像一个家族。这种草，现代人是不吃的，一般是家兔的专利。没见过它们开花和结果，是否是动物式的植物。只是到了秋天，叶子便绿中带红，有了一点色彩，但这可不是夕阳红，即使冬天来了，也是绿的，在一片萧条之中，那半点的红色已被人们所忽视。即便是下了大雪，在雪下更是可人的绿，有一种顽强的生命力，给人一种生机勃勃的感觉。

有一种草，是一种爬蔓，叶子长得很像芙蓉树的叶子，这是我童年的伙伴。这使我想起了童年的时代，在农村时，记得我们叫它为“野茅子”。那是三十年以前的事情了，名字是这样的，但为什么叫这个名字我也搞不清楚。今天看到后很亲切，像是一位久违的老友。它爬漫在草丛中，主藤上不等距离地分出枝藤，每个枝藤上分开一个丫杈，开着两朵紫色的花儿，可称为并蒂之花。我摘了一枝仔细端量着，真找不到叫“野茅子”的理由。花的形状像槐树花一样，仔细琢磨后很像一只正在水中漂游觅食的红顶天鹅，花蒂是红色的，很像鹅头，花裙向上翘起像天鹅的尾，非常的逼真，给人一种自由的放松的情怀。

有一种小草，名叫野菊花，那却是像黄色菊花儿一样，总是一片片的，从不单枪匹马地出现，尤其是你在爬山的时候，翻过山岭来到山坡的阳面，往往会使你大吃一惊，看到它们大片大片的成群结队的风采。啊，这么一大片，满山烂漫的黄花，你可以采上一把，握在手中，视其可爱，闻其微香，给人一种“采菊东篱下，悠然见南山”的意境。

有一种小草，笔直地立在草丛中，叶和花一层一层地长着像是一座宝塔，草梗上长满了毛绒绒，叶片和花上也都长满了毛绒绒，像一个小毛孩一样。毛绒绒是白色的，花儿是紫色的，形状也有一点像槐花，如果再形象一点则像一只隆起的五指，大拇指放在中间，那就是花蕊，伸着五根蕊柄，其中一根是“丫”形，没有花粉，其余四根分布两边，各挑着一个黄色花粉。花开在叶掖之中，绕梗大约有一圈，生着七到八朵的花儿。一层叶子只有两片对生，层与层的叶子是相互垂直的。叶的边沿略有淡淡的紫色，给人一种娇艳的美丽。

有一种草，草丛中的叶子像兔子的耳朵似的，不是那么绿，有点淡绿色，又好似白中透绿的样子，花梗主干长地很高，直直地没有一片叶子，主干顶部分出许多分枝，大约有十几枝，每一枝上有一朵像向日葵似的黄色花朵，清清楚楚，利利索索。中间的花蕊似一个绒球，被周围的花瓣托着，昭然若示，给人一种傲慢的姿容。

最令人赞美的一种草，就是风信子了。它丰满的绿色叶子贴着地皮护着泥土，像护食的狗子。叶子中间长出一枝红色的花梗，开着黄色的花，像一枝微型的向日葵，花蒂很饱满，蕴藏着许多的理想，这时的花梗像一条蚯蚓似的弯曲着擎起头举着一朵花。但当花败时，花蒂的理想就实现了，花蒂渐渐地膨胀后，长出一个由许多白绒组成的球体，这时的花梗则已经挺直，把理想举得高高的，当微风送来的时候，白色的绒毛则飘向理想的远方，给人一种高远飘逸的意境。

就这些小小的野花野草组成了自然生态的绿色环境，是一幅一年四季变幻着的水彩画卷。该珍藏的时候大地会给你珍藏起来，该展示的时候，一定会按时展现。但我们往往忙，忙，忙，忙，忽视了这些小小的真实的乐趣，现实的快乐。当你哪一天真正想起这些天真的小东西的时候，你可能也就领悟了人生。

这些可爱的大自然的小天使，总是在春雨后烂漫在春风里，无论旁边是伙伴还是刺荆。我们是要保护好自然，保护好大地啊，千万不可刮掉了多样的自然换上一律的草坪，万万不可刮掉草皮抹上水泥。且不可填水造城，且不可伐木造田，也不要让城市的膨胀赶跑了自然，让私欲的膨胀泯灭了人性，让名利成为人生的主宰，那样人则真正成为了奴隶。只有当把自己看作一颗小草的时候，你才能像小草一样烂漫，沐浴春风春雨，享受灿烂的阳光，你才真正拥有了人生。

穿过小树林来到一片水边，微风荡漾，波光粼粼，柳枝飘扬，低垂水面。坐在柳树下，远望风物，心神宁静。脱下自己的鞋子和袜子，将脚伸向水中，春水还带有一点凉气，在水中荡一荡脚，像是荡涤着自己的灵魂，荡去了名利，洗去了红尘，剩下了那与生俱来的自然的人生。

闲时生趣

一

忙也会使人忽视一些事物，尤其是忽视那些闲趣。但当你忙过去时，可能会发现，原来司空见惯的东西也成了趣事，有一些习惯也成了闲情。

许多的草木，不经意中都是很普通的，并没有什么让你感到惊讶的，尤其是忙碌的时候，虽经常路过，但从不驻足。

但是如果你在闲时留心地观察一些草木，还是可以发现许多的美会吸引你的，尤其是那些与你长期厮守的树木，一年四季地展示给你。

二

有一种树叫广玉兰，你知道吗？你会常见到吗？树的特点你了解吗？在我的住处，有许多广玉兰树，所以我常见君之容颜。

它一年四季常青，大叶子很像一把小蒲扇，一簇簇地长满枝，树冠浓密，但常常在树枝间开出一朵白花，静静的，那般洁白，那般厚重，那般大气，那般静谧，如坐落在深山树林中的一座美丽的庙宇，里面供奉的一尊菩萨，仪态万方。当闲时，可漫步于小路上，驻足观赏，路边那几棵广玉兰开着花儿，它每一个花期都是那么的充满活力和魅力。刚生出时，便像枝条发出的新芽，渐又像白色的饱满的荷包。绽放后，又像大的莲花一样，自然高雅，落落大方，那气质是无与伦比的。虽不是满树的华颜，却有重点的精彩，让人更感到唯美的华贵。

当所有的花卉纷纷扬扬地开放的时候，广玉兰并不为之所动，而是非常稳步地一个一个来到绿色的殿堂展示着自己独有的个性。当别的花卉又纷纷扬扬飘落的时候，它也并不为之所动，而是按照自己的步履和节奏，独自地飘逝，从不凑热闹，颇有独处的能力和从容。当众花卉纷纷落叶时，它也很不以为然，依然透着绿意，即使是冬天也不落叶，那佛掌般的叶片，托着白雪，笑傲在那里，又像是春天到了。

闲时所见，便成了一种雅趣。

三

或许有一天，当你刚迈出家门时，第一脚便踩在了那落在地面上的树叶。这可能是过去也曾有的情景，然而，今天的闲情却使你有所感悟。那么柔软，那么金黄，那么有意境。你看那棵高大的银杏树，秋天一到，便举着一树的黄金色的叶子，今天有的便落到了地上。这感觉仿佛是一种久违了的情绪，稍稍的有一种淡淡的生命感。这便是一个很美丽的季节，也是一个丰收的季节，天上、树上、地上都是橙黄色的气息。

海棠果压弯了枝条，像葡萄一样，那么多密集的果子；石榴也熟了，笑着，红着脸，在树枝间荡着秋千；那无花果绿色的外衣裹着糖蜜般的红色的肉粒，躲在那佛意的叶子下面，就像一个个的罗汉，静心稳坐；那紫荆花从上一个月就开始开放，到现在仍然开着，一路开着花，一路也在结着果，这果子像小小桂圆的样子，不知是否可食，我没有问津，但我知道那是一颗种子，蕴含着生命。

四

像人一样，当达到一个顶峰的时候，当收获的时候，当新的生命快要诞生的时候，衰败也就开始了。一个原来蓬勃过的生命便进入了冬天。紧跟着过来的，便是那寒冷的霜露和雪花。

这便是自然规律，不可抗拒，并适用于人类和动物世界，植物也同是一样的命运。再辉煌的人生、再美丽的花朵、再强大的力量，都有熄灭之时，都有穷尽之时，真正无穷尽的是历史、是时空、是宇宙、是规律。

五

或许有一天，当你走进那个具有着浓郁的历史文化的楼舍里。外观是那么的一般，但进入后，颇受感动。这可能是过去曾多次去过的地方，然而，今天的闲情却使你有新的发现。因为布局很有点儿文化品位。四合的院子里是一片的草坪，草坪上面立着几根石柱，上面用艺术般的手段剪裁着一些盆景花卉。有木、有草、有石，也并不名贵，只是可赏。

欣然之时，受之陶冶。

园子四周是连廊，廊内才是房室，廊内放置着一些茶几，摆放着一些普普通通的，形状各异的，颜色多样的石头，有品位，有趣味，方觉闲情袭来。于是坐下来享受那番茶艺的情调。

一位有着不凡气度的年轻人，是位艺术人，娓娓地给我们道着那芬芳的茶文化。一边也把那茶洗好，冲好，倒到那精致的小杯子中。茶器有紫砂的，有陶瓷的，可谓精美，合着茶色，和着香气，合着周边和谐的环境，颇感美不胜收。

六

忙没有闲暇，忙也没有心情，便也就没有情绪，没有情绪，便失去了一切趣事或趣味。

有了闲情便周边都有了笑脸，便有了那些有趣味的东西，天空有了祥云，脚下有了平坦，心中有了喜悦，眼里有了美丽，事情有了公平公正，脚步也轻松起来。

向南飞

北京到上海，再到广州和深圳。

一

刚到北京时已是晌午，天朗气清，白云飘飞，这是少有的北京蓝。那些古色古香的老北京建筑，黄色的或灰黑色的屋顶，檐翘瓦坡缓，如鸟在蓝天白云下展翅欲飞，很令人欣赏，就像一幅西洋式的油画，这也是北京少见的天气了。昔日每次来北京都是雾霾弥漫，不曾见到过太阳的脸，天空并不是那么清晰明亮。

与几位好友去了一处老街坊走了一圈，寻了一个有文化品位的地方，是一个中国式的古老建筑的院子，里面有几进院子，门廊、门楼、照碑都是极有中国传统味道的，宽阔的金字形的屋顶房子。其中有一个佛堂，里面供奉着五尊佛像，中间是释迦牟尼佛，都是古代的，价值连城。宗教文化气息荡漾在院子里，颇感宁静。到底是佛门净地，身处其中顿然心平气和。整个身心以及意念完全融入这具有禅意的环境中，轻松、自如、欢快萦绕身边，仿佛自己便成为了一个禅的音符在跳跃。最后是一个很阔绰的用木头建成的，既有传统的文化和古建筑风格的房子里，一进大门便是一个大屏风，屏风后的长条几案上摆着一个木刻的龙头，绕过去便又是一个开放的门。进去后，回头仰望，门上方挂着一块牌匾，上面写着“海德堂”三个大字，据说是当朝皇帝赐给大臣的。海德堂，这是最高的评价，海德乃大德也，为无量之德。在环廊中还有一些牌匾，文化氛围十足的浓厚，真乃大雅之堂。古风古韵的，如见古人，有一种雅气。就在餐桌的旁边，置有一个长方桌，上面铺着毡布，摆着文房宝物，颇具丰富文化内涵，让其中几位文人墨客们不禁操起笔来舞文泼墨。徐福山、卫德章等大家登场。吃了一点酒，大家也便完全放开，潇洒自如。一同的客人，也便借此时机求字求画，他们也丝毫不吝惜，有求必应，氛围十分热烈而和谐。其中一幅是德章先生写的石头，福山先生画的竹子，秋实抄上了福山先生作的几句诗，虽草草但率真，颇为大气的一幅作品，被永宽先生所收藏。福山先生的竹画得很有生机，他画画的神态颇有自信与力度，可谓踌躇满志、神采飞扬。“狂来轻世界，醉里得真如”，此大境界也。

张继刚教授是书画篆刻大家，也是文物鉴定大家，文质彬彬，也与大家一起嬉笑颜开，拿起笔来为大家写了许多祝福的牌匾，其中一幅是“文心诗境”，送给了秋实。福山先生也给秋实写下了“春华秋实”四个大字。而那卫德章先生则是其中的纽带，大德而不言，是一位厚道有术的画家。我曾经为他题写了一副对联“为人有其德，作画有其章”。

泼墨的过程一直洋溢着愉快的情绪，不经意中便创造了文化财富。也便是对得起这么美好的时辰，这么高雅的环境。以诗记之：

酒醺搁盏离席间，身转画案当正前。

镇纸压宣香墨研，清水沁笔玉兰茧。

继刚福山德章翰，诗涌捻笔走长联。

古梅劲松生空山，君子友人共霞烟。

二

到了上海，一种秀气扑面而来，放下了北京的大气旷放，拥抱了上海的秀美私密。

这时已是上海华灯初上时，我们来到了一个园林式的院落其中的一个小楼上晚餐，闲暇又回到我们的中间，不像白天要忙一些事情，为人生奔波，闲暇被忙碌驱逐着。而在傍晚或夜晚，闲暇却悠然徘徊在庭院里。园中的花台、雕塑、竹叶、石都会使你放慢脚步。进入楼内，拾级而上二楼，走廊和廊梯上都是中国传统的书画。舒适而私密的房间，突然感觉温馨如许。一道道美味上来，品尝间说起了园林，当地人十分自豪。

江南园林佳天下，这是人人皆知的，历史上乾隆皇帝曾多次下江南，颇喜江南山水，尤爱私密的园林院落。回到北京便使能工巧匠在紫禁城中打造园林，但是那江南的味道总也寻觅不到，感受不到。皇帝哪里知道园林是被环境逼出来的，就在那么一个小地方，要营造私密而又幽静的地方，便创造出江南园林格调。而那紫金城广阔平坦，怎么去创造也创造不出江南之趣。我们回到下榻的酒店，延安饭店是一座老饭店，住下来发现也很优雅，大厅里摆放着一架钢琴，据说是宋美龄抚过的，陈列在那里。我就感到挺有点意思的：延安和宋美龄并不是那么和谐，延安是中国革命的摇篮，宋美龄是中国革命的反对派，宋美龄抚琴的时候，延安的革命如火如荼，也是炮火连天的时候。延安的窑洞哪里有琴声？但却孕育着革命的星星火种。

翌日，和许健康先生有一个会晤，会晤前参观了宝龙博物馆。许健康先生是位非常帅气的男子，虽然已不年轻，但风度依然，瘦长的脸上有一个高高的鼻子和有一双微陷的眼睛，十分有学者之风范。爱好文物字画，喜欢收藏，是位收藏大家。当你走进宝龙艺术博物馆时，你才突然知道许先生的磅礴大气；当你走进宝龙艺术馆时，你才会知道许先生的不古思想。许先生是一位实业家，又是一位思想家。我们有过许多的会晤，每次印象都很深刻。一次在上海的豫园，一个大大的园林，有着中国传统的文化符号的大大的中国屋子里，席间许先生拿红酒招待我们，他说他喜欢红酒，红酒的颜色如琥珀，很浪漫。那次许先生拿起笔来写下了“龙行天下”四个字赠送与我。后来在宝龙艺术中心与许先生见面，一路进去，文化气息不断地扑面而来。未见许先生但早见其形象，什么林敬之、徐麟卢、李可染的作品，迎面袭来，很有冲击力。坐下后，许先生拿出他珍藏的茅台，略显澄黄，透明得看上去与水晶一般的明净。许先生说：“近日，我欢喜上了白酒，它晶莹剔透、光明磊落。”并让我也喝一点白酒，但我还是喜欢那琥珀的颜色，不太喜欢这水晶般的明澈。有言说“蓬荜生辉”，此时却人与物在这环境中都有了光彩。我拿出了秋实写的草书毛泽东先生的《清平乐 · 六盘山》赠予许先生，也是还许先生给我写下的“龙行天下”。许先生是风水，每每见不仅是酒醉而还，思想也颇得感染而升华。

三

到了广州，便径直去了方直集团，拜访陈专先生。一到方直，下了电梯，进入公司大厅，忽地一股浓香向我袭来。我四处寻找，忽一转身，这才发现在一个角落里摆放着一盆盆景，开满了白色的花朵。“哦！遥知不是雪，为有暗香来。”我好奇地走近观赏，并问是什么花，陈专先生说：“是九里香。”“啊九里之外还香，难怪我近在咫尺觉得这样的香气浓郁。”一种美好的情绪在升腾。陈专先生把我让进他的办公室，引到一个茶桌边坐下，亲自泡上茶让我品，一时，旅途的劳顿像云一样散去。他介绍了办公室的一幅石竹图，是黎雄才之大作。当我还在欣赏，还未回过神来时，陈先生又指向旁边的一尊佛像说：“这是一位大师雕琢的佛像，材质是汉白玉的。”我将目光移于这尊佛像，方知玉琢之精细，感叹不已。就佛像旁边，有几个瓷作的拄拐方丈，陈先生说：“这是他的同窗的作品送与他的。”我发现也是栩栩如生、活灵活现的。我便悟道：企业的生长，必伴有文化，没有文化便没有企业的壮大。

到了午餐的时间，出办公楼转几个弯，若十分钟的小径，而到一片矮的楼房，若三四层高，也十分的典雅。这时外边嘀嗒着雨点，方觉更加宁静。菜上的是粤菜，有几道很辣，尤其那几条鱼，上面全是红色的辣椒，一片红晕，被曰为鸿运当头。陈先生的名字叫陈专，公司名字叫方直，都很有点个性，细想方正、正直，故叫方直。当我从酒店出来时，空气清新，地面上有些湿润，小蛮腰的灯光正变换着不同的色彩，使得夜色如滴。

乘车连夜赶赴深圳，下榻沙洲湾华侨城万豪酒店，夜色正浓，还不曾有睡意，站在窗边观深圳的夜色，这就是三十年前的一个小渔村子，如今变成了一座现代化的大都市。远看那一片山，便是香港界内，翻过那座山便是香港了。

第二天一早起来，才看见那碧绿的海水。从忙中抽身出来，来到大芬村。这个小村子摇身一变，成为一个很具品味的文化交易、展示、创作的基地。在路上的时候，雨点打在车的天窗，有一种愉快的感觉。到达目的地，起初是阴雨霏霏的，当我们参观完了一个文化长廊，从另一端走出来的时候，太阳已经出来了，雨过天晴的感觉十分爽快，闲情信步在文化小街上十分的轻松。这里我十年前来过，那时，就是展示交易，现在已悄悄地转了型，不仅仿制，而是创作，不仅是油画，还有水墨画，不仅卖画，而且还装裱，形成了一个产业链条。我们走进了一个路边的油画店，大部分都是韩国的静物油画，里面也有一个小茶桌，于是我们坐下来，请主人泡上一壶茶静品。深圳这样发达且快节奏的城市，可让那些忙碌的心灵在这里放飞。

深圳，是我们国家设立的特区，特区就是特区，有其特殊的地位，有其特殊的政策，故用几十年的时间，便像雨后的春笋一样成长起来，故而成为社会主义建设的先行区。中午来到一座高楼内参观，楼廊、楼梯里、房间里都挂着小平的照片，其中一个餐厅叫邓公厅，从邓公厅偌大的落地玻璃窗向外望去，正是香港的方向，远望才能使你明白深圳特区的地位和意义。

小村落

在这个村落，我已居住了很多年，从青年时代开始。每一位村长上任时，都会讲上一番施政的说辞。我很是信任着，企盼着。

但村子并没有改变过，依旧很穷。这也应感谢那些村长们，是他们保存着村落的原始状态。污水仍然用盆泼散在天井里，吃的水仍然挑着喝，倒是不必担心中途污染。这是村民的“幸之所在”呼？

周边有几个村落，已被打造成仿佛是一个城市，楼房已经建了起来，有些富人都住上了别墅。那些青砖黛瓦的四合院子，带着许多记忆和许多堆叠的脚印，被高楼所埋葬。这是村民们“福之所倚”乎？

虽有许多村长指责前任村长的无能和无为，而表明自己的雄才大略。但最后都唱着同一首歌，走进了同一条胡同里。

开始村民还有许多的要求和企盼，都曾热血沸腾，但后来都失望了，不再言语，各自打起了自己的算盘。不再把希望寄托给别人，自己奋起行动了。

于是小伙子们外出打工挣钱去了，姑娘们都嫁到了外村去了。只留下那些宿命者，任风水所赐。许多的年长者都在大街上晒太阳，望着耸立着高楼的那些地方，冬天紧扎着棉衣，夏天慢摇着扇子，苟且平安度日。

而那些高楼的村子里，是那些村子里的能人，把一些神秘的产业搬了过来，水的颜色也变了，风的味道也变了，钱兜鼓起来了，故村民都说风水好啊。但许多人在不合适的年龄被神秘地送向了天堂。

有些村子里的村长，已是耄耋之年，已任村长几十年矣。虽然村子改变了一些样子，但百姓并不满意。他自己也说应该让位于年轻人，但却一直稳稳地坐在那把交椅上。为何？悲哉？

几十年来，每每坐下来，说的都只是那一件事情：建了一座庙。听得人的耳朵都被磨起了老茧，但许多人都附和着，赞扬着。不知道是否正确。

我不知道哪个村子好，哪种风水好，哪个村长好，哪里的村子居民活得好，我曾努力地思索过，但仍感到问题的复杂，终于放弃。

现代化之说

什么是现代化？

现在许多的人们见到一个高楼林立的城市，就说是一个现代化的城市。

于是，我就想什么是现代化？什么是现代化城市？什么是现代化国家？

什么是现代化城市？

但至少可以说，高楼大厦不一定代表现代化城市。这一点是毋庸置疑的。我们也经常去一些现代化的城市，楼并不高，当然有些现代化的城市也有高楼，但大部分并不是一片片的顶天立地。

如果把现代化城市看成是高楼大厦，那么我们对现代化城市的理解或概念就完全错误了。这种错误贻害是极大的。现在许多的城市为了追求所谓的现代化，不停地盖高楼大厦，致使那么多的高楼立在那里，插向天空，看上去好看，走进去却空荡荡。可谓空对空。并急于求成，粗制滥造，使得城市很不符合人们的愿望。有人开过玩笑说我们的城市远观像美女，近看像村姑，再仔细一看像是一个野猪。

可能会有人说香港高楼林立，那不是一个很现代化的城市吗？是的，香港是一个现代化的城市，那不仅仅是高楼大厦，还有大的立体化的交通，还有立体化的全覆盖的电信系统，也是全世界的金融和商业中心，软硬两个方面都是可谓现代化的。产业也是现代化，所以香港是现代化。但反过来说，如果香港有足够的土地，也不会把楼盖得都那么高。你看美国的旧金山是不是一座现代化的城市？它那里有几座高楼呢？盖高楼不是错误，但是关键问题是要有用，如果没有用，盖得越高反而是很大的浪费。

进一步追研，那么多的大楼用的石头、石子都是劈山劈出来的，对山的破坏是很大的，许多山被挖得张着痛苦的大嘴，如欲食人类。混凝土中用的沙子也是从河流中淘出来的，河道被毁，湖水被淤泥所堵，更不必说那些钢筋、木材、玻璃、铝窗、大理石等等，如果细究，那人类罪过就大了。

木材尚可以多用，因为木材是可以再生的，也是很环保的，西方国家都是用木料去建房屋。但木料盖摩天大楼恐不太行。

什么是现代化？

现代化中，还有一个很重要的问题是现代。现代是要有现代意识和现代思想的人去实现，有现代意识的人应该注重环保，注重资源的可持续。那么现代的概念请大家看一看是什么？明白了现代，再看现代化就更容易去理解了。现代就不是传统的，现代是时代发展到最先进的时期而体现出来的生活方式、生产方式。是有其内容的，当然也有其形式。内容是一样的，形式是多样化的。现代化就是在现时阶段，在生活方式、生产方式等多个领域都已实现了现时代最先进的内容模式。如果仅几个方面达到了现代的水平，那是不能称之为现代化的。只有全面、立体地实现了现代的水平，现代的内容已大众化了，那就可以称为现代化了。经济、社会、文化、技术、思想、生态等都有其现代的意义和标准。

所以，高楼大厦并不能代表现代化的城市，高楼大厦只是城市建设的一种形式，而这种形式是多样化的。矮楼也是城市建设的一种形式，但都不一定是现代化城市的形式，也可能是现代化城市的一种形式。在香港高楼大厦已成为现代化城市的一种形式，在西雅图矮楼多，但它也是一座现代化的城市。现代化的城市可能有高楼，但有高楼的城市不一定是现代化的城市。

其实，我们有许多的观念都是片面的，现代化的内容也可能包涵在传统的形式中，这也体现了现代的包容性。因为现代是一个发展的过程，传统的东西是现代的基础，是发展过程的一个历史阶段。现在有许多的哲学家把现代描述为一种主义，在现代的后面，又有一个后现代，后现代也是一种主义，而我这里说的现代与哲学当中的现代是绝不一样的。

我是从历史阶段去理解现代的，现代是历史第三阶段，永远是历史的第三阶段，第一个阶段是历史传统的古代，第二个阶段是历史的近代。古、近、现都会随着历史去变化，现代会变为近代，近代会变为古代等。现代永远是最先进的时代，是人类的现实时代。

什么是现代化国家？

每一个国家都有自己现实的时代，但由于国与国之间发展不平衡，所以有先进的国家，有落后一点的国家。最先进的国家一定是实现了现代化的国家，因为这个国家是现实时代最先进的。因此，也就有了一些国家和地区为实现现代化而奋斗的目标，就是以最先进的国家在生活方式、生产方式等多个领域已实现了现时代最先进的内容模式为标准的。

闲情

一

女儿每天早晨，需早上学校，所以闹钟一般都定在五点五十这个时间上。每到这个时间，闹铃声一定会准时无误地响起。无论你是醒了，还是仍然在梦乡，它都会同一个声调、同一种分贝地去履行它的职责，像一个勤快的更夫似的，永不疲倦。

但是我常常埋怨其太坚持原则，不够灵活机动。有时你醒着的时候，它也会大喊大嚷的。有时当你正在甜梦中的时候，它也会突然地叫喊，吓你一跳。但是无论如何，它总是你忠诚的更夫。“钟声逆耳，为了早行”。

妻子从床上爬起来，穿上衣服，尽快地走向厨房把饭做好，等女儿起床后吃饭。这饭的确不好做，就得变着法儿、变着花样地做，否则女儿也没有食欲。况且是刚从梦中醒来，处于朦胧中，很难狼吞虎咽，或有什么兴致去品你的烹饪技术。

所以，有时是下面条，有时是煮方便面，有时则是馒头加小菜。但也有吃腻的时候。有一天妻子给她打荷包蛋吃，另加一些蜂蜜，再加一点奶。为了让女儿多吃点，就打了两个鸡蛋，说是双黄蛋，但终被女儿识破。

有时也不能做到耐心细致，就干脆简单化、全盘的西化：买一点面包、沙琪玛，再加一包牛奶！效果还不错。就像喂一只小猫。小猫走后，妻子仍然在忙碌。孩子小的时候，还要把孩子送到学校。

二

由于起得太早，街上路灯还在闪着光辉，远处的海像天空一样看不出一点轮廓。渐渐的，天空放亮，路灯熄灭，天空和海有了一点模糊的轮廓。太阳还没有出来，但太阳的光辉早已映红了天空中的云彩，形成了美丽的朝霞。水面上也有了朝霞的影子。这时地平线已非常的清楚。

当太阳升上地平线的时候，海水便有了一道红光。放眼一看，耀眼的光芒已显得很毒，令人睁不开眼睛。但这样的天气不是很多，大多是雾气茫茫的海域，即使到了太阳应该升起的时候，仍然是雾蒙蒙不见天日，看不清大海，更看不到天边，令人郁闷得很。

我常想，这就像人生一样，人们很难知道自己的未来是什么。看不清，看不透，只能用思想和经验去预测。上帝也总不能让你知道自己的未来，只是让你对未来抱有希望，只要有希望就会奋斗不止。这就是上帝的高明，总是给每一个人以希望。

太阳不管升或者是落，能看见或是不能看见，地球照例在围绕其旋转，仍然会把自己的脊背让给太阳，去拥抱那柔和的月亮。即便是月亮不露面，天空一片暗，人们都已进入梦乡，地球也仍在自转，同时绕太阳公转着。这许多人们不知也不觉，但毕竟一切都在发生着变化。像我国有一个故事叫“掩耳盗铃”是一样的，听不见不等于铃声不响 。

有时雾气是暂时的，但有时散得很慢，一连几日不见晴朗，看不到太阳，看不到天空，看不到大海。这种天气令人伤感、幽静、深沉，不像太阳毒的时候那么浮躁，那么让人感到许多的眼睛在周围。但当太阳出来时又觉得十分的亮丽，前途无量，一眼看不到尽头。因而也就忘记了周围的亮与暗，顾不得体验。

心绪

又住在了这个客栈里了。

坐在窗前，把窗纱拉上，房间顿时有了明暗适宜的色调。窗外隆隆的车轮声一时强一时弱地袭来。远方是无尽的群山。现在正是深秋，落叶满地，秋雨瑟瑟，整个天空弥漫着湿漉漉的情绪。真是诗人的环境，我也浮想联翩了。

坐在沙发上，倒了一杯茶，拿着一支笔，我有了想写点东西的欲望。

其实，这纸与笔本是一组休闲的道具，摆在那里像是一位可与之倾诉的知心好友。与之相处有一种轻松、愉快和惬意。写了什么，写了多少，并不会有什么的，任随心绪的飘飞。

人总是生活在欲望当中，没有了欲望也就没有了进取。欲望之泯灭也就是心之死亡。我常常有写点东西的欲望，表明我心还活着。许多事情是美好的，会使你想写一点东西。有许多的事情也并非那么美好，也想拿起笔以针砭之，往往又感觉十分的多余。因为，有许多语言和行为，都是徒劳的。故而，很多时候，想写点东西的欲望便顿时消失，有时又会悄然升起。

窗外，像一张阴沉的脸。远处的山被雾气朦胧笼罩。落叶伴着雨水铺满街道，车轮辗过，带着缠绵的声音，确实有点生活的滋味。看到这些，有些人会有一种愁怨，我则感到一种坦然。看着手头几张白纸，想写点东西，又没有落下一个字，依然觉得收获了许多。

天气如此低调，正和了我的心绪。

我从不认为晴朗才是好天气，阴沉就是坏的天气。恰恰相反，我喜欢阴暗一点的天空。这颜色是真实的，正和了中国历史的色调。历史和现实之间，似乎总有些相似之处，再晴朗的天空也有乌云。暗淡的天空，飘着历史的尘埃，也飘着当今的红尘，不像晴朗的天气那样看得清楚，一览无遗。

人们本就是这样的，社会本也是这样。矿泉水透明、清澈、甘甜，人们却并不满足，不认为它是最好的饮品，还喜欢在水中掺杂一些有味道的东西，如咖啡，如茶，使其变得更甜，或更苦，或更涩。这大概就是人们所追求的刺激，还给自己编排了许多理由，以便出师有名，并倡导众人也要有同样的味觉。

这也是和了我的味蕾。难道这味蕾决定了我的心绪？

虚无的恐惧

往往是为什么，从哪里来，又到哪里去？在梦中则是模糊的，尤其是醒来时则就更加的迷茫。若要把它描绘出来，也就只好是支离破碎，或描绘一下情景的碎片。

我推着一辆车，仿佛是古时的小推车，中间有一个轮子，两边放点东西，现在这样的车子早已不用了，社会上也见不到了，只有在民俗博物馆里，还可以偶尔见到。

车子里装着都是一些衣服，衣服毫无秩序地乱堆在车子上。路很平，我推车并没有感到吃力。只有天气有些暗淡，不曾有一丝的阳光。但走在路上时，才发现有一条蛇在乱堆的衣服里面，和衣服缠绕在一起。我有些紧张，不知道该如何去处理，于是把车子停了下来，害怕蛇会沿着车轼爬上来，伤害了自己。最后，我索性放弃。

一位老人走过来，收拾路上的车子里的衣服，我是仅看到他的背影，这时我看见了那条蛇爬下车，立起来扑向了那个老人。我几乎跳了起来，但并没有发出声来。那条蛇我看得分明，蛇的肚皮向着我，站起来的样子完全和它爬行时的形体不一样，爬行时是圆滑的，柔软的，而眼前的情景使我完全见到了蛇的另一副模样，我被惊呆了。它的头部高擎着，身子两边都是刺，像一把锋利的剑，两边还带有锯齿。但老人完全没有发现这一现象，仍自然地忙着自己的事情。不知者不会怕，而旁观的我却十分地恐惧。我像是在看一部恐惧的电视剧，急忙关掉了开关，接下来的事情并没有继续演下去。

另一个镜头却出现了。仿佛那条蛇就在一块河边的石头下面，很长很长，卷曲的身体已暴露了出来。我还想那块石头是我常常坐在那里的，这太危险了，想来有点后怕。如果蛇出洞，或脚踩着蛇，那与蛇的一场遭遇战必然会发生的。与蛇战是一件可怕的事情，不要说与之交战，就是看这蛇的样子，那也是很有点恐惧感的。但是世界上有些恐惧是要面对的，就像眼前的这一幕。

就在这条河里，更有令人惊惧的一面，两条巨蛇在河水中正向我扑来，我突然发现，也就不顾得去看那岸边的石头下的那条长蛇了，因为其与河中的两条巨蛇相比，确实有点小巫见大巫了。这两条蛇已爬出了水面，画着圈子向我围来。我立即跑上岸来，要尽快地跑出蛇的包围区。我快跑之时，看到跑在前头的一条蛇，嘴巴尖尖的，眼睛突突的，看上去是那么的狰狞。这时我只有一个想法，就是要比蛇跑得更快，跑出它们的圈子。正着急之时，看到一辆车开过来。那就只好借用一下了，像电影里那些镜头，强行抢掠一辆车，上车开足马力就向前跑。车主被拽下来，无奈地在车后大声指责、叫喊。但车并不听主人的了，一溜烟地跑得无影无踪。

这辆大卡车，仿佛是一座物流车辆。大大的老牛头，后面有一个箱体一样的车体。我开得很快，沿着河边的土路跑去。估计那两条蛇是追不上了，除非它们插上翅膀。

但跑了一段时间，仿佛是在变魔术似的，卡车自己跑在前面，我则只是手里握着方向盘，双脚踏在河边的那条路上，看着大卡车在前面跑。但我也并没有感到奇怪，一切都是理所应当之事。

我望着大卡车，手中握着方向盘，感觉到车跑得太快，心里有些慌，正要控制大卡车的速度时，大卡车几欲倾倒，后面的厢式车体几次变形，从长方形变成菱形，险些变成线行，我极力地控制着方向盘，挽救着卡车。这时蛇的纠缠已被我抛到了云外。前面河上有一个桥，桥的两边是延伸的路，这条路便是一条柏油马路，与河边的土路是垂直的。眼看大货车就要穿过这条公路了，我很着急，怕与公路上的车相撞。但方向盘也魔术般的变成了方形，上面长出了键盘来，我不知道按哪个键可控制车速，仿佛大卡车已脱离了我的控制，自行其事了。

大卡车突然在公路上转了弯，沿公路跑去了，我看不到它的踪影。我想坏事了，大卡车一定会惹出祸来，我也盲目地不停地拍打方向键盘，希望能按中停车键。

当我上了公路转弯看时，并没有看到大卡车在公路上奔驰的身影，我只有沿公路追赶，突然在公路旁的一条通向一个村的小路上看到大卡车扭头撞在路旁。

我想这可坏事了，我怎样把车开上来呢？当走到眼前时，看到了许多村民在那里围观了，车上也有几个民警在那里，盘查车的证件。奇怪的是车轮下面有两条蛇已被辗压而死。许多的人在议论说这两条蛇作了孽，伤了天理，故便有这可怜的下场。

我的心里再次充满了恐惧。

但接下来太阳出现了。路仍然是那一条路，河边的小麦已经在春天里返青，树也生出了小小的叶子。一切都是那样的美好，到处都洒满了阳光。我反思着：这是怎样一个场景？又是怎样一个问题？我走在路上梳理着这一切。这一切又预示着什么呢？心里没有底，心里一片空虚，等待着下一步事情的发生。

蛇到梦中是有什么意义的吗？有人说梦见蛇，必有口舌之争；有人说梦见蛇会有财运，因为蛇是金条。许多的说法，也许都有一定的道理，或许并没有什么道理。

中国的文化源远流长，总能对一些现象给予合理的原因或解释，就是那些天子、皇帝他们权力无限，已到达了权力的顶峰，但也要找到一个合理的说法。他们大多数是真龙天子，就应该做皇上。当解释不了时，便会说是天意，帝王时代过去了这么多年，还在以帝制时代来解释或称呼现时代的事物。所以自古以来，玄学猖獗，路边角落都会碰见看相先生。这一切都真的应该摒弃之，以更科学的探索精神去明辨一切现象。

历史上曹操是一个很厉害的人，但仍需要挟天子以令诸侯，这就是中国传统思想和玄学的力量使然。历史上，刘、关、张三结义，关、张都武艺高超，包括后来的诸葛亮智谋过人，兵权在握，但他们还要以刘备为王，打着复汉的旗号去争取天下，这也是天意的使然。刘备是汉皇后裔，刘备得天下做皇帝，是天经地义，否则就是大逆不道。

凡要成功一件事，必先要出师有名，否则很难统一思想，很难得到社会的支持。我们近代历史，辛亥革命，因为其不彻底，后以失败而告终，那是因为挑战了中国的传统思想和利益。也有“大逆不道”的思想在作怪。

所以，传统的东西有些是需要改掉的，但有些现象是自然的，没有什么好坏之别，像梦一样，就是一个梦，与现实无关，也不要故弄玄虚，非要一个说法，愣是解出许多的顾虑来。

历史的车轮滚滚向前，辗压死了许多的害人虫，也辗过许多的传统文化的糟粕，也使那些历史的真相大白天下。这是否就是梦中的蛇和车的出现的解读呢？

梦中是恐惧的，但醒来时又如此的虚无。

一刀切

“一刀切”总是整齐的，只要刀是快的，一定没有参差不齐的痕迹。

我们的社会里，是缺少“一刀切”呢？还是多了“一刀切”？人们的回答一定是不同的，从不同领域回答，一定有不同的答案；从不同历史阶段回答，一定有不同的答案；从不同的事情回答，一定有不同的答案。

不论哪一种回答，“一刀切”总是“一刀切”，“一刀切”就不是“二刀切”。“一刀切”就是按一个原则去做事，按一个标准去衡量，具有一定的公平公正性，而不是有选择地去厚此薄彼。

但“一刀切”近些时期一直被蒙上了阴影，成为一个反面的词语。一提“一刀切”，都会认为是方法简单，作风粗暴，没有有的放矢，没有因地制宜，没有因材施教。故而会有一些人，以不要“一刀切”为词，而推卸责任，求全责备。只是你讲了不要“一刀切”，那么出了问题，一切都归于了“一刀切”。故而“一刀切”，总是那么不幸，仿佛又成为了人们犯错的元凶。

我们常讲，法律面前人人平等，其有着“一刀切”的味道。我们也常常讲，一把尺子量到底，是否也有着“一刀切”的影子。如果不“一刀切”，那么怎么做到公平公正呢？所以我们应该还给“一刀切”以公平公正，给“一刀切”正名。

“一刀切”不仅蒙了不白之冤，而且许多人打着不搞“一刀切”的幌子，搞不公正的选择性，便造成了看客下菜碟的偏心偏爱，成为不公平不公正的华丽的外衣。

“一刀切”是公平的，公正的，没有凹凸刺，只有一个理由。不搞“一刀切”的背后是凹凸的，不平的，是有一万个理由的。一万个理由就是一万个标准，采取哪一个标准就有了选择，就产生了不公正。

故而“一刀切”应该成为我们在某些领域中，在一些事情上坚持的原则和方法。要理直气壮地去搞“一刀切”，当然“一刀切”也许会有一些不利因素，或有负面效应，但总的衡量是可以利大于弊的。

“一刀切”是一种原则，而不是主体，“一刀切”词语本身是不会“切”的，它只是一个客体，是被主体用来“切”的，切什么地方、切多少、什么时间切都很关键，所以主体很重要。无论是“一刀切”，或是不搞“一刀切”，主体都发挥着能动性。但客体如果是“一刀切”，那么就有了原则，这个原则就会约束主体的行为，如果不搞“一刀切”，主体和客体都没有了原则。两头都在动，都不固定，就很难切准确，甚至会切出毛病，切出问题，切出矛盾。好的被切坏了，切糟了，切死了。

中国是一个人性社会，“一刀切”往往会有悖人性，或被称之为铁面无情，不食人间烟火。这种社会世袭，往往也把“一刀切”给涂抹上了风险，人们不愿沾着，一沾上了，就成为低俗的人。不搞“一刀切”，总是可以掌握着不同标准。亲戚朋友的事可以办，没有关系不可以办；有利益的可以办，无利益的不可以办。故人们都喜欢不搞“一刀切”，它给人们以权力、以选择、以空间、以利益。故，不搞“一刀切”经久不息，仍然活到现在，并大有市场，大行其道。

如果不一刀切掉这些不搞“一刀切”的陋习，社会风气很难以公平公正而立，依法治理也难以实现，人的文明也无从谈起。

以历史为鉴

许多的人都批评过历史，如鲁迅先生就曾批评过历史，说：“中国的历史，是一部封建史，是一部人吃人的血泪史。”余秋雨也曾批评过历史，说：“杀人的方式是多样的，成为一种品味的活，最后便成了一种快乐的事。流放也成了一种很残酷的惩罚，有时株连九族，集体流放，流放的地方是荒无人烟的地方，虫兽出没的地方，会被吃掉、杀掉的。”鲁迅呼吁：救救孩子。余秋雨呼吁：千万不要让孩子们知道那些惨无人道的杀人方法，有损于中华文明，人道形象。

鲁迅先生出生在一个半殖民地半封建社会的时代，处于人吃人的社会之中，所以他呼吁救救孩子。而余秋雨先生则生活在一个新的现代化的社会之中，所以以今比昔，认为今昔之别，昔之苦，苦之无人道。故而说不要让孩子们知道那些杀人的办法。

但，历史毕竟是历史。历史必须是真实的，要让世世代代的人们都知道历史。而那些研究历史的人们一定要敢于写出历史的真相，不能掩盖历史，更不能歪曲历史。这需要人们的勇气，需要人们为之献身。中国的历史上，当朝是不可能把真相完全地写出来，记录下来，往往是美化之的，因为发布和记录历史的是那些当权者，而不是反对当权的人。如果那些反对当权的人写了，也不敢发出，发了可能会被砍头。故历史往往需要时过境迁之后去研究，往往需要后人去研究。所以，研究历史的人确需渊博的知识，纵横驰骋在历史的山川，横渡历史的浩瀚的海洋，不留下一个死角。对比、权衡，去伪存真、去粗取精，才能见到历史的真相。鲁迅先生和余秋雨先生都不是历史学家，都属于文学家，但他们了解历史。鲁迅先生是从所处的历史阶段的现实去体验挖掘所处的社会，因而去挖掘历史的，从社会制度上去认识社会和历史。而余秋雨先生则是从旅游，从古迹中去寻觅历史、发现历史的，他那一篇篇的旅游散文都如泣如诉地声讨着历史，赞美着历史。《避暑山庄》、

《宁古塔》等都以文学散文的形式叙述着历史的一个一个片段。像鲁迅先生有共同之处，就是从现实出发，从实际出发。鲁迅是从现实社会出发的，余秋雨是从现实古迹出发的，都有其真实性，不空洞，不虚构。笔锋辛辣，讽刺性强，语言生动，引人入胜。许多的历史事实在他们的笔下成了一件件的故事，发人深省。

但是鲁迅先生所呼吁的拯救孩子是让人们觉醒，而谁能拯救孩子呢？那就是一个好的社会制度，是让人们觉悟起来去革命，去建立一个新的制度，用制度去保护孩子。孩子是未来，拯救孩子则是拯救未来，拯救中国。再不能那样做，再也不能那样过。鲁迅曾批评过中国历代每一个朝代，从唐以前到唐宋元明清，都唱着同一首歌，最后把一个朝代送上了断头台。唐代时那一套一开始是好使唤的，但几十年几百年过去了，仍然用的是那么一套，最后就不好使唤了。所以政亡朝息。到宋朝时总想着去另辟蹊径，想一首新歌，但是那样太费劲，太费力，有时也会动了统治者的利益，所以歌又唱了回来，发现这首歌听起来顺耳，也能保证统治者的利益和特权，于是又唱起了那同一首歌，最后又死去了。到了元朝仍然是那样子，没有走出那个循环的怪圈，都在唱着以往的那一首歌，都在安逸中死去。所以鲁迅先生说中国大地上的死尸太多了，一具具的死尸横躺在大地上，夺去了活人的生活空间，死去的尸体也会腐烂生出菌来，形成瘟疫，去危害和威胁着活着的人们，所以鲁迅呼吁救救孩子，就是要改变制度，不能再唱那一首歌了。余秋雨先生说不要让孩子知道古代那些极刑，那些杀人的方式，惨无人道的刑法，也是在提醒着人们不要复辟，不能重蹈覆辙。

但要切实做到这一点，有一句话说得好，前车之鉴，后事之师。以古为镜可以正衣冠，等等。需要一代一代的人以历史为鉴，要让孩子们懂得历史，了解历史，不忘历史，才能不重蹈覆辙，吸取教训，引以为戒。世界上有许多国家都把耻辱的历史事件建立一个载体，放在公共地方昭然天下，让人们记住，永不忘记，力戒不复发。所以从这个意义上来说，要救救孩子，就得从孩子开始学习历史，明白历史。

其实，鲁迅先生和余秋雨先生本意也是如此。

要避免一些历史的东西重演与发生，法治是保障，以法治来限制公权，以法治来保护私权，每一个社会的发展都是否定之否定，都是在自我的不断否定之中前进，没有否定就不可能有进步。像一个人一样当其妄自尊大之时，那这个人就会走向灭亡了。一个国家也是这样。乾隆年间，都认为是盛世之期，乾隆在康熙和雍正留下的优厚的一切做起了一个真正享福的皇帝。但他那时不可一世，把康熙和雍正开放的通商口岸关掉，只留下广州一个口岸，英法等国提出了在中国建立商货贸易街时，乾隆断言否之，说这与天朝之政不合。余秋雨说，这听起来是爱国，仿佛与晚清卖国求荣、割让国土以求苟延残喘大相径庭，其实为大清的败落埋下了祸根。闭关锁国，闭门造车，搞世外桃源，外面发展一概不知，最后外面的精彩会放进光亮来的。据此而论，一个国家要保持可持续的生命力，必须自我更新，与时俱进，民是以食为天的，但官不是，官必须以天下为己任。中国曾出现了一个孙中山，以天下为公，为了建立一个民主国家，可以总统之位换之，不曾考虑过自己的尊鄙。当袁世凯位居总统时，完全背离了民主国家的宪纲，孙中山又再次起兵讨伐，虽没有成功，却也推动了历史向前发展。再说谭嗣同，清末戊戌变法失败后，完全可以到日本避难，但其能走也不走，并让同党人走，自己留下，写下了一首诗句——“我自横刀向天笑，去留肝胆两昆仑”。中国需要革新，朝代需要流血，流血从我开始，于是英勇就义。再向前溯之，林则徐是也，为禁烟，为挽救中国，写下了著名诗句——“苟利国家生死以，岂因祸福避趋之”。

还有现代为了新中国的成立英勇就义的共产主义战士瞿秋白、刘胡兰等，都是为官为民者的楷模。古人旧人尚且可为，现代人为何不可？尤其为官者，应以天下为公，时刻牢记鲁迅先生的话：救救孩子，和余秋雨先生说的，不要让孩子知道古时那些惨无人道的政治，不要让孩子的孩子去批评历史，让他们生活得更幸福。

印象

一、上海

上海是中国的金融中心，有着许多的历史积淀。那有名的黄浦江畔又名外滩和南京路则是妇孺皆知。

上海是个大世界，人群杂多，所以上海被称作大上海。历史上的三教九流都在这里相杂而居，相擦而奔忙。穿行在人流中互不相识，各奔前程，购物、观光、商务、休闲。上海的白天，车水马龙，楼高路窄，上海的夜晚，灯火通明，光辉灿烂。如果说白天是一位身着便装的绅士，那么晚上则像是一位穿上了西装的爵士，更帅、更美。坐在黄浦江畔的starbasket，喝着咖啡，或品着冰点，看那些美丽的、带有广告的船只来往，的确是很休闲的。在这里你可以凝视对岸美丽的夜色和被倒影在水中的五彩的灯光，水纹中像泛着胭脂似的。

这座城市既有历史的、也有现代的；既有外观的、也有内在的；既有东方的、也有西方的，是一座充满文化内涵的城市，是一座人文化服务水平很高，令人舒服而温馨的城市。

二、深圳

深圳，一个实现梦想的地方。国家的政策像春雨一样，深圳的高楼大厦则像春笋一样拔地而起，创造了一个现代化的城市。二十年前到深圳，那时的高楼仿佛比天还高，走在街上需使劲地仰头才能看到楼顶，着实很令人为之震撼。而二十年后的今天，这座年轻的城市更是高楼鳞次栉比，更加英俊，但是已感不到楼的突出。全国各地的高楼大厦林立已是司空见惯，所以不为之动，也在情理之中。

深圳的崛起是因为一位老人做了一个梦，在祖国的南海边划了一个圈，就在这里崛起了一座令世界瞠目的城市。于是许多的青年都带着自己的梦来到这里，以实施宏图大略，在这里实现了自己的梦想，包括那些来自乡村的建筑工人，是他们一砖一瓦地筑起了摩天大楼，这些大楼就是他们一个个梦的实现，各种形式、各种神态、高矮不一地向世界人民展示着。那些身怀绝技的什么硕博之士，他们使一座座大楼充实而实用，楼内那一张张被人们称之为老板台的桌子，的确是气魄，桌子上一叠叠的书，一台台的电脑，还有坐在桌子前神气地颐指气使的老板或CEO，使每一座大楼都有了灵魂。还有那些被称商贾之类也云集这里，把他的梦变成了一个个的广告招牌，一来到晚上便五颜六色，霓虹灯式地闪烁着，什么星巴克咖啡、语茶等，令人神往。

三、济州岛

济州岛是韩国最南端的一个岛屿，形似一个大大的鸭蛋。上面分布着许多的山，都是多少年以前的活火山，现在都已死寂。山上长满了各种植物，有的已成为了原始森林和植物园，像汉拿山就已有三十亿年的历史。

山上的小叶枫又叫丹枫，由于叶子小，当地人又称之为孩子枫，漫山遍野。公路两边竖立着的以孩子枫为代表的各种不同颜色的植物，甚为好看，两边的树枝接手，形成了一个植物隧道，行在其间，人在画里。

上亿年的榧子林，面积很大，郁郁葱葱，没有杂色，一片碧绿，空兰和胡须兰及生态生物都生长茂盛。他们宣传为brute taking，是天然氧吧。一个首尔经济日报的社长告诉我们榧子树的树枝一节一节的很像鸡的骨头很硬，并在地上捡起一块，示意给我们看。我大吃一惊，的确很像，无论形态或颜色。

但是这一切都不足称之为济州岛的特色。济州岛上有三多，一多为风多，二多是女人多，三多是石头多。前两多没有发现，但石头多却名不虚传。无论是城市或是农村，到处可见石头。驱车走在辽阔的农村，田野净是用石头理起来的一道道墙，高矮不一，形成了一方一方、一块一块的菜园。墙头上有的是裸石，有的上面长满了苔藓或小树。只要你乘车奔驰在辽阔的济州岛的田野上，石墙几乎比比皆是。如果你仔细观看每一块石头都像一块工艺品，满身是洞，千疮百孔，有的像鱼，有的像龟，有的像蛇、鸟、树等多姿多态。无奇不有，有的像绳子一样扭成了花。这些据当地人介绍都是火山爆发时所成。岩、灰、石质地不同，有的很轻可能就是灰，有的很重可能就是岩，有的红色、有的灰色、有的黑色，我叫不上什么名字来，但它们一律是火山的儿子，浑身都是洞和口。

除了墙以外还有许多的石堆、石柱、石人、石马、石房、石塔等石头做成的各种工程、工艺品及生活用品。

四、佛罗伦萨

佛罗伦萨是一座艺术宫殿，它的每一幢建筑都令人流连忘返，都是世界级的艺术珍品，每一幢建筑上的雕塑都令人叹为观止。

车子一进入佛罗伦萨，我便感到一种浓烈的艺术气息，街道和两旁的建筑都洋溢着一种艺术气氛。站在一座山的峰顶向下俯视，佛市圆顶、尖顶、方顶的建筑都会错落有致地摆在你面前，让你鉴赏，让你目不暇接。尤其是那一条小河——亚平河，从佛市穿过，显着灵光向东流去，让这座城市更加妩媚。当你下山漫步在城市中，那光秃秃的街道上不曾有一棵树，只是那些建筑和上面的雕塑，争先恐后地跳入你的眼帘，像是一位魔术大师或收藏家，把一件一件的艺术品展示给你看，一件比一件令人惊讶，一件比一件令人叫绝。有时你也会感觉到难辨伯仲，难以评价高低。来自世界各地的人们川流不息，都把照相机、摄像机举在头顶上，闪光灯不断地闪着光，脖颈仰酸了，胳膊擎酸了，审美也疲劳了，到处都是美景，都令你感到美。置身于这艺术王国里也令人麻木，这与美味不可多用一样，胃口是缺口，堵满了就没有口了。不管你有没有口，那些美味佳肴依然是美味佳肴。

五、北京

北京是中国的首都，是政治文化中心，这是毋庸置疑的。

北京是什么样子，给人怎样的印象，可能是众说纷纭。北京高楼大厦多，北京人多，北京车多，北京有许多历史文化遗产。北京有许多著名的大学，北京有许多的大官。但是北京毕竟是北京，那些现代化的高楼大厦，那些现代化的高级轿车，那些穿着现代化西方服装的人们，都遮盖不了历史的、传统的东西。

天安门城楼墙壁的红色，仍然是最具影响力和吸引力的。这种红色仍然漫染全城，紫禁城的名字大有名声。天安门、广安门等仍然紧闭着历史的大门，大门上的铜箍毫无表情地突出着，如此庄严；沉睡百年的十三陵，展示着皇家帝王的三生威严；从未治愈创伤的圆明园，残垣断壁，石头满地，像是洒落着满地的晶莹的眼泪，也颇令人骄傲、愤怒和伤感；荡漾着昆明湖色的颐和园……

北京是一座古老的城市，那些被高楼挤掉了的四合院和永远抹不掉的历史街区的名字，依然占据着人们的心境。所以北京永远是一座神秘的、充满历史和中国色彩的、放射着中华璀璨文化光芒的城市。

六、宁波

宁波无缘相识，晚上六点到达这里，按说并不算晚吧？然而到处已是漆黑的夜。灯光的明亮只是映照着局部，使你很难想象宁波的整体形象。也许是因为今天下着雨，雨天的阴暗也使这夜色降临得更早了些。

晚上出去吃饭，便到了天一广场，想先吃点饭，然后就近逛一逛商城。可是在广场附近走了许多地方，也没有找到一处合适的，不是人太多太嘈杂，就是菜系不对口味，花去我们许多时间。然肚子在鸣不平了，咕咕地叫。我们也只好将就了，不管心如何想，先满足胃再说。满足者，填饱也。不管色香味如何，于是就在一家川菜馆里坐下。但是眼也不太满意，所以看上去也是不那么令人有食欲。地下一层油腻之物，走起路来不敢大胆为之，坐下来就尽量不动了。但等到菜上来后，便满足了眼的需求，红红绿绿的，很好看，吃起来也可口，只是每一个菜都用了辣椒，把大家都辣得脸上冒出了汗珠子，“啊！好，辣中有味，一辣遮了百丑”。

吃过晚饭，就又投入了透着细雨的夜色，感觉着大都市的夜晚风情。两边是高楼，中间是街道，街道上车辆如龙。但总觉灯光不那么硬，或许是夜色太浓，整体看不清晰，局部也很朦胧。只好如此罢了，就到梦里去吧！

但第二天早上起来还是风雨飘摇，灰白色的雾气，犹如烟波，紧锁着生动的都市。我不由得想起“宁波”两个字，这也许就是宁波，名字太好了。宁波的美是什么样子呢？今有幸一睹，而苍天又为其蒙上了一层面纱，让你摸不着。只是听说了宁波很美，这也当然。抽象的宁波，美在飘渺而形象而现实。

七、济南

“济南”一词很文雅，具有文学色彩。我喜欢以“济南”来命名千佛山脚下的这座城市。

这座城市具有深厚的文化和历史内涵，但再加上“济南”这一漂亮的名字，更增加了这座城市的文化形象。西藏、哈尔滨、济南、北京、西安、南京、上海、天津，这些具有方位意义的词组成的城市名字是很美丽的。济南算作其一。济南是一座古城，素有泉城的美称。

大明湖算是济南的一大名胜。宽阔的湖面平静若镜，都得归功于七十二泉。两岸的垂柳风吹荡漾在水面，荷花亭亭玉立，无数游人慕名而来，荡桨湖上，使大明湖更加迷人。

大明湖的湖中央，有一个“历下亭”，上有杜甫写的千古名句“海右此亭古，济南名士多”。寥寥几字把济南的内涵了然纸上。历史上许多名人是济南的，也有许多名人在济南生活过。这些人文的因素使济南驰名中外。

千佛山也是济南的一大名胜。千佛座山，使这座山具有了灵气。俗语云：“山不在高，有仙则灵”嘛。有一座佛足矣，况且有一千座佛。

“四面荷花三面柳，一城山色半城湖”。这是对济南的赞美。这山、湖、泉、荷、柳，都为济南增色添彩。还有作家老舍先生曾写过一篇文章《济南的冬天》。他说济南的冬天是很美的，冬天尚且很美，春天、夏天、秋天怎能掩饰住济南的美呢？树林高大而茂密，喜鹊自由而成群。

八、西安

西安是一座古老的城市，属西周、秦、西汉、东汉、西晋、前赵、前秦、后秦、西魏、北周、隋、唐等十三朝的古都。中国第一个称皇的封建王朝就是在这里发端，秦嬴政称始皇。

西安的地下是古代的天下，十三朝已都转移到地下去了，地上只有现代人的高楼大厦。现时代的人们已把古人们死后的那些东西踩在了自己的脚下的土地里。一些被现代人挖掘出来藏在博物馆里陈列着，一些还在地下沉睡。古人们活着时用的房屋也大都已经被现代人拆掉，剩下的并不多见了，见到的也大都是仿古的建筑。

多少年过去了，人们在生产劳动的过程中，把一些文物发掘出来。随着人们的文化历史意识的不断提高，对过去损毁的东西开始恢复，对已破旧的东西开始修缮。现代人也开始利用古人昔日的辉煌。西安人便开始打造大唐文化，秦汉文化，以繁荣城市经济。

但有些东西是无法恢复的。骊山脚下的阿房宫，已无法复原，给后人留下了许多的遗憾。但尽管如此，古人留下来的东西对西安文化还是有着深刻的影响，西安的文化氛围依然渗透着古人的遗风。

秦川八百里，骊山、华山都在西安的周边，成为天然的屏障，大自然和人文的完美相处，成为西安这个地方的丽质。秦川八百里，就有八百里的故事，骊山之美就有骊山般的浪漫的情怀，华山之险就有华山的自然之气。

音乐在这里流淌

这一天下着雨，淅淅沥沥的小雨从下午一直下到晚上，并下了一夜。雨打在窗上，像打击乐一样扑扑啦啦地让人醒来。在这座城市里，雨也有音乐的节拍，一切都在流淌的音乐中舞蹈。这很容易让人想到这座城市就是Vienna。

Vienna位于阿尔卑斯山的东北麓和维也纳盆地西北部之间，Vienna是从多瑙河的南部发展起来的，现在拓展到了多瑙河的两岸。音乐像多瑙河的河水一样日夜在这里流淌。Vienna是一个多么美丽而又神秘的地方，是奥地利的首府，是音乐之城，被人们称为世界音乐之都。

Vienna的建筑是凝固的音乐，河水是流淌的音乐，雕塑是象征的音乐，到处都是音乐。这个古老而文明的城市对音乐的追求和表现是令人陶醉的。音乐已经成为维也纳的代名词。许多音乐大师在这里留下音乐的足迹，如海顿、莫扎特、贝多芬、舒伯特、约翰·施特劳斯父子和勃拉姆斯都曾在此度过多年的音乐生涯。海顿的《皇帝四重奏》，莫扎特的《费加罗的婚礼》，贝多芬的《命运交响曲》、《田园交响曲》、《月光奏鸣曲》、《英雄交响曲》，舒伯特的《天鹅之歌》、《冬之旅》，约翰·斯特劳斯的《蓝色多瑙河》、《维也纳森林的故事》等著名乐曲都是在这片音乐沃土上诞生的。音符飞翔到了世界的每一个角落，使整个世界都沉浸在美妙的音乐声中。许多音乐家在这里土生土长，如舒伯特、老约翰·施特劳斯、小约翰·施特劳斯、兰纳、克热内克等。许多的音乐家已经长眠于维也纳这片音乐的沃土，海顿、莫扎特、贝多芬、舒伯特、老约翰·施特劳斯、小约翰·施特劳斯、兰纳、布鲁克纳、马勒、格鲁克、勃拉姆斯、维瓦尔第等。许多公园和广场上矗立着他们的雕像，不少街道、礼堂、会议大厅都以这些音乐家的名字命名。

徜徉在这座音乐的古都，古老的建筑会令人回到了中世纪。对一个陌生人来说，又像是在另外一个世界上。那些不同的人们的不同神态，确实令人感到是另外一个世界的臣民。这个世界里的人的思维是不同于另一个世界的人的，他们把每一个建筑都打造成了一件艺术制品，就摆放在马路的两旁，赤裸裸的没有任何的遮掩。漫步在街道上，尽可以欣赏建筑的整体布局和外形之美，并可以观察每一个环节的细微之处。小雨把每一个建筑符号都滋润得如此精美。

金色音乐大厅是人们最想一睹其风采的，外观朴素而美丽又壮观，是维也纳最古老、最现代化的音乐厅。它本身就是一件完美的艺术品。设计最独特的是移动舞台，纵深四十六米，有几层平台组成，可随意升高、降低或转动。乐池可以容纳一个一百一十人的乐队。舞台总面积达一千五百平方米，配备有现代化的照明设备。观众席位于剧场中央，共有六层，可容纳二千二百人。

金色大厅，全称为维也纳音乐协会金色大厅，是世界上著名的音乐厅之一。金色大厅并非一座独立的建筑，而是音乐之友协会大楼的一部分，该建筑物中有多个音乐厅，除金色大厅外，还包括勃拉姆斯厅和莫扎特厅等演出大厅，以及办公室。金色大厅始建于一八六七年，并于一八六九年竣工，是意大利文艺复兴式建筑。外墙黄红两色相间，屋顶上竖立着许多音乐女神雕像，古雅别致。厅内有收藏馆，馆分两室。一间是展览，定期举行收藏品展览。一间是档案室，一边的书架上放满大量历代手写、木刻、铅印的音乐书籍和乐谱；另一边是一排铁箱，藏有音乐大师的乐稿、书信和其他手迹，其中有莫扎特的乐稿：《最后一个交响曲》，舒伯特的手稿：《未完成交响曲》等。档案室原为勃拉姆斯的办公室，他临终前一再嘱咐，要把他珍藏的几千册音乐书籍和乐谱全部捐献给档案室。金碧辉煌的建筑风格和华丽璀璨的音响效果使其无愧于金色的美称。世界级的音乐大师和歌唱家们都可登大雅之堂，那是音乐天才的舞台，是世界音乐之峰巅，在此一音一声一琴一弦都可以传向全世界，所以它的每一个窗口、每一扇门都会通向世界的每一个角落。

但是遗憾的是金色音乐大厅今日没有音乐演出。为体验一下维也纳的音乐气氛，我们只好订了另一个音乐大厅的票。音乐会晚上八点正式开始。这是一座非常漂亮的建筑，共四层楼，今晚的音乐会是在三楼。进门时才发现有那么多人操着不同语言，各种肤色，有蓝色眼睛和黑眼睛的，男女老少，来自世界各地的音乐爱好者，也不乏滥竽充数者，但都非常虔诚地等候在一楼大厅里。大家都穿得很整齐，有穿外大衣者在大厅左边专门有人保存，因为演奏大厅里是不允许穿外大衣进去的。人们静静地等候在大厅里，在大厅的右边有一个弯弯的楼梯，上面铺着红色的地毯。我们就一队一队地被领到三楼的音乐大厅里。大厅里可以容纳二百多人。小凳子被排得规规矩矩的。台上的演奏师们和台下的观众们所坐的凳子都是一样的。观众坐在长方形演奏大厅的左边，演奏台在右边，台上铺有红地毯，台子背后便是窗子，没有任何的装饰，也没有背景墙或“某某音乐会”的字样，简单得不能再简单。对我们来说在维也纳看上一场音乐会是不太容易的一件事，因为毕竟相隔太远。但是也许对当地的人们来说太简单太容易。故而对音乐会也没有过多的渲染和修饰。一切复杂与豪华都在你享受音乐的过程中。

音乐大厅已座无虚席，观众们静候美妙时刻的到来。乐团的演奏者各自拿着自己的乐器，大踏步迈上舞台时，听众们掌声爆发，他们仿佛没有听见，只是坐下身来若无其事地调整着自己的乐器，随后马上开始了演奏。也无人为他们报幕，仿佛已习以为常。演奏刚一停下来，掌声再次响起。这时领衔者站起来向人们致敬，并向人们演说，庄严而又幽默，博得了人们的笑声。

音乐会中间休息，在休息厅内摆放着各种音乐工艺品和 DVD 等音乐副产品，以及各种饮料。休息厅连着一个很大的平台，平台上放着小凳子和圆桌，今天小雨霏霏，但还是有人举着雨伞在平台上向四周观赏音乐大厅的建筑和环境。

厅内的音乐和厅外的小雨声融合成一个浑然的沁人心脾的音符世界，使人们度过了一个难忘的夜晚，最后演奏的是《莆田进行曲》，观众和台上的奏乐师呼应起来，台上琴声和台下的掌声共鸣，音乐会在高潮中结束。走出音乐大厅，小雨仍淅淅沥沥地下着，雨点像大厅里飞出的音符，雨水使晚上的霓虹灯映成彩带在雨中蔓延着。

Vienna这座音乐之城，在这雨天里，到处是温润的，到处是宁静的。晴朗的天气或阴雨的天气，音符都在飞扬着，飞扬在Vienna的大街小巷。你看，施特劳斯小提琴的演奏被永远雕塑在那里，优美的姿势，动听的乐声永远地浸透着这座宁静的城市。音乐的音符飞在草中变成了可爱的小虫，飞在树上变成了可爱的小花，飞在楼上变成美丽的雕像和故事，飞到人们的脸上变成美丽的笑容，使这座城市颇有音乐形象，乘车、走路仿佛都踩着音符，大有音乐天堂之感。

在雨天里，音符则和雨点相互交织成了一张音乐网，使Vienna更加宁静，雨点伴着音乐，音符带着温润，打在你的肩上，淋湿你的头发，像是接受着音乐天堂的洗礼。那种惬意，只有在Vienna大街小巷才会感觉到，任何的描绘都会使之苍白。

音乐像小雨一样可以滋润你的心田，使心田永远开着红花，绝不会荒芜。整座Vienna城的山水草木、建筑物都是在音乐中生成，都在音乐中沉浸，都在音乐中开花、结果，所以Vienna的衣食住行都浪漫得无以媲美，音乐永远是快乐的——即使是忧伤的乐曲。所以才有了快乐和宁静的Vienna。

你看连广场上那些鸟儿走路时摇头晃脑的样子，都仿佛带着音乐的节奏。人们熙熙攘攘来回穿梭，如在音乐中散步。坐在大树下草坪边联邦椅上的戴着礼帽、手拄文明棍的老人们，也为音乐打着脚拍，脸上洋溢着音乐的快乐。

这边风景独好

走进中央党校的大门，就是一大片的草坪。草坪的四周长满了参天大树。树木和水系就从这里向两边展开，就像一张敞开的臂膀，拥抱着这座神圣的学堂。

初冬，这是一个充满诗意的季节，冷峻，多彩，颇有点意境。在这个季节里，中央党校的一切都变得那么苍劲和刚毅，一草一木一水都有着自己独有的颜色和个性。

那天的下午，夕阳斜照在这片树林之中，送来了许多的暖意。由于树木成林相互遮挡着寒风的侵袭，还有周边的高楼也使得寒风不能长驱直入，故那些白杨树上还有许多的叶子没有落，但大都变得斑黄，在风中发出“啪啪啪”的声音，像是群鸽飞起。不断从树上落下蜡黄色的叶子，遮掩着树林之中那几条弯弯曲曲的小路。

沿林间小路深入进去，才发现是如此的幽美。内有小溪、湖水、怪石、小桥、假山、亭廊，有许多都是古迹。还有各种灌木及花草、竹、梅，带有古园林的遗风。小路两边的马兰花倒向路边，镶嵌着弯弯曲曲的小路，漫步其上踩着那并没有干枯的白杨树叶，发出“沙沙沙”的步履声，俯身爱惜地捡起几片，细赏这自然之巧。叶蒂的水分已不是那么饱满，柔软得不能折断。记得童年时，经常把它拾起来，捋掉掌面，只剩下叶蒂，用来和伙伴们做拉钩的游戏。就是把两条叶蒂相交对折，彼此用劲一拉，看谁的结实。现在是没有人去玩它们了。它们也自在地铺在路上和草坪上，如此的静美和恬淡。真是曲径通幽啊，我享受着这片树林和每一条小路。树林中油松很多，这也偏偏是我喜欢的一种树，树形很美，长年不凋，树高且侧枝各异，很有着艺术的味道。抬头望去，天作背景，那味道就更加十足。忽然一只喜鹊翩然飞来落在枝上，“喳喳喳”留下几声鸣叫便又翩然飞去；白玉兰也不算少，灰白的树皮，叶子早已落了尽光，枝条婆娑，真有点独木成林的感觉，长了有近百年了吧？虽然刚刚落尽叶子，但枝头上已有了花骨朵的萌芽，看样子寒气并不能阻止它花儿的开放。这种有着女人名字的树木，却有着男人的铮铮铁骨。银杏就更令人赞美，树上、地上、水上，满是金黄的叶子，把这一小片天地装饰得金碧辉煌。我想这应该是送给诗人的。还有许多的树木花草，每种树上都挂着一个名牌，还真有点植物园的做派。这幽静的环境就这样由这些花草树木营造了出来。

林中闻有水声，那是一条小溪的欢唱，沿小溪溯流而上，水面越来越宽。一段水浅处，水草丛生，中有芦苇，一簇簇地长在水汀之上，虽已枯黄但仍在风中挑着芦花摇荡，这也不乏其韵；一段水深处，水中荡漾着岸边树和高楼的影子，风儿吹来，树枝摇动，水起涟漪，那栋栋的水泥大楼的影子便摇晃着扭曲了样子，但那些高楼依然那样挺拔地矗立在那里，不曾有丝毫的动摇。白杨树叶子也被风吹着飘摇而下，落入水中，像一只小船似的悠然地浮在水上，顺水流而去。小溪上有几座小桥，还有一条由磨盘铺就的水中滩路，水在这里有一个落差，还发出潺潺的声音，白练似的展示出水的洁净。此时，一个人在这里，除了风声、落叶声、鸟声，就是这水声，把这环境映衬得如此寂静，让人觉得十分惬意。

溯之，这水颇有渊源。我此时才恍然大悟：溪水两岸不断分布的各种五彩斑斓的树木，如此高大挺拔，并非是无本之木，它扎根大地，根系发达，汲取着荡漾着马克思主义的河水，树冠洋洋洒洒地挂着枝条，直插于空中，就像一个个顶天立地的共产主义战士。

水生着树，树涵养着水，如同党校提出教学相长，学学相长。

水上除了小桥外，却被路切成了几段，其实路下面亦有水流相接，如此，这条水溪便像一条在云雾中的长龙，出没有道。

我努力寻找一个介绍此公园的碑牌，就在树林的一条小路边，有一块石头上写着“方介眉宅园”几个头题字，下面写有“方介眉宅园系清末官僚方鉴善号介眉所建私家宅园。建筑布局为传统的多进式四合院形式，屋宇间以回廊相连，庭院间布有亭、台、楼、阁等建筑，并经青龙桥引入京密运河之水充盈园中溪流、池塘，是一座景致幽美的自然山水图。据考证，此处即方介眉宅园旧址。古柏、太湖石和石雕花瓣形水池底座均为此宅园所存遗物。”这就是全部的解释，并在石头左下方有一方红印“历史遗址”。这时，我方找到这幽境如此古老的根源。

从东边的树林中走出，来到西边的树林。这里有山有水，最北端的山上有亭，站在上面四望，南可以眺望颐和园的楼宇飞檐和那些古松苍烟，与这里的青松翠柏和垂柳白杨融为一体；西可以远望玉泉山脉，还有那条高架桥上隆隆不息的车流；东南一望便是党校那些传统庄重的楼宇，和葱茏的树木间闪烁着灵光的水面。

水的两岸那些高大的垂柳也落下了黄色的眉叶，柳条犹如一条长线，原本串起的许多小鱼仔，又被秋风吹落，送于水中。溪水较深，临渊而行，水中一幅倒影与岸上五彩的世界形成了“彩与色”、“实与虚”的美丽画卷。竹林成幽，映衬着那座不断相连有高有低的丘山，穿过几个山门或山洞，柳暗花明，豁然开朗。这座山有宽有窄，使得水流沿山而行。宽处叠水成湖，名曰掠燕湖，岸边有一古老的牌坊。此坊建于明嘉靖二十一年。当时，嘉靖皇帝崇拜仙道，祈福长生，故建有大高玄殿。殿门外有东西南三座牌坊，被移于此处正是西边的那座牌坊，正面镌刻着“弘佑天民”，背面写有“太极仙林”，已在这里度过了四十多个春秋。

顺流而下，岸边和水中，依然是树木及一些古色古香的建筑。其中一处四合院，内有石、竹，白墙黛瓦，若盘龙卧雪。门的上方一扇形的匾额上镌有“留筠馆”，门两边挂有一副对联：“水清鱼读月，林静鸟谈天”，犹如到了一个清凉的世界。对岸有一座“六合亭”，六合亭即“天地东西南北”之意。这是从隆福寺移来的古亭，始建于明景三年，至今依然气势恢宏，皇家风骨犹存。在山的南端有一座钟楼，下有一个楼洞，分明是一座古建筑，上面爬满了藤蔓，中间的题字也模糊不清，隐约可断其应为“太极园”。此处已到西边这条水系的龙尾。

这东西两条水带，如若两条长龙一样，北端的龙头都伸向了校园中间。

假如把大有庄一百号这个点当作一颗明珠，那么便形成了两条长龙戏珠的形象图景。如果说东边的长龙以地为云，平坦而蜿蜒，那么西边的长龙则以山为云，北部那座不很高的山腰间吐出了它的长舌，水声哗然。

这两道水并非无源之水，其来自于京密引水渠。这条引水渠来自怀柔的一个水库，再向上追溯便到了密云的一个湖泊处，名曰密云湖。这是一大片水源，有几条河如白河、潮河的水都汇聚于此处。确是源远流长，就像我们党校的智库一样，有一个活水的源头。

这两条水除了与密云引水渠相连以外，周边还有许多水系。北面的清河发源于海淀区碧云寺，流经朝阳、昌平，在顺义汇入温榆河，南面的苏州河，其与颐和园中的昆明湖相连接。周边还有圆明园水系，玉泉山水系等，如若群龙，浪浪沧沧，来之一源。

这水就像那些博学的老师，他们讲课口若悬河，顺畅而跌宕，深入而浅出。

踱步于这片树林中一边游览一边思考。不觉间太阳已失去了光芒，望着那美的夕阳，红红的落在楼角边，我也就就此止步，虽然窥此一角，但由此可知中央党校“历史与现代”、“自然与人文”的和谐之精神。

党校南与颐和园公园为邻，东与圆明园遗址公园相接，这也让我想起那些历史的教训。圆明园和颐和园曾为慈禧和皇家大臣们的安乐之园，故而导致政息朝亡的悲剧，也给国家带来了极大的损失、灾难和耻辱。历史警示着每一位学员，党校也在教育着每一个学员，不要放松警惕，不要贪图安逸，要时刻记住这句名言：“生于忧患、死于安乐”。

悠长的思念

清明节总是提醒着忙碌的人们，不要忘记失去的先辈们。他们为了今天的清明奉献了一切。他们正沉眠于大地，暗暗地给草木返青以力量。

清明是枯败和生机的节点。清明前面是风雪凛冽的冬天，是肃杀的季节。清明后面便是温暖的春天，充满着生机和活力。前者逝去的和后者新生的，便永远走进了两个不同的世界。

那些先辈们就像秋天的树木，在丰富多彩的季节里，忽然天降冰雪，便就此凋敝了。从此，也就去了另一个世界，再不相见，留下的只有后人的思念。

在一个人的生命中，最刻骨铭心的长辈是谁？人们一定不假思索，无疑就是伟大的母亲。

我记得我的母亲也是在生活幸福而富有的人生阶段，突然一场疾病夺走了她的生命。但母亲并不想离开这个充满辛苦和悲凉的人世，因为她还留恋着鲜花。但不管她是多么的坚强，亲人是怎样的努力，都无济于事，最终死神夺走了她所留恋的一切。一生的努力换来了一个土丘。这就是所谓的坟墓。

从此，我的哀思就只能寄托在这一个土丘上。我对着土丘与她老人家说话。我把酒水洒在土丘旁，把食物供奉在土丘前，把鲜花也摆放在土丘的周边。这就是所谓的上坟。

有时太过于思念，便在这土丘前嚎啕大哭一场，有时即便没有土丘只是在梦里把自己哭醒。这是怎样的无奈和遗憾？这是世界上最令人伤感和悲痛的事情，不论你是怎样的思念，无论如何的哭喊，都换不回母亲的生命，都听不到母亲再一次的教诲。思念将伴随着余生。想想这是多么的黑暗和遥远。看不到半点的光明和希望。思念之于母亲是最淋漓的疼痛，不能深入的反思，越是反思，越是无望，越是痛苦，越是煎熬。

想一想没有母亲怎有新生，没有母亲怎有新人；想一想母亲日夜劳作的身影，母亲省吃俭用的品质；再想一想我们忙碌而不能服侍母亲的时光，母亲思念儿女而不能见面的岁月，任何一个人都会潸然泪下。

我所成长的年代，生活还很穷，就是一个苹果也要切成几瓣分着吃，母亲不曾品尝过一个囫囵的苹果，白面馒头就更不敢奢望，那个年代连饭都吃不饱，但母亲总是尽量地给儿女上学带上一些白面馒头，而自己则吃地瓜面做成的饼子，有时不免挨饿。没有棉衣穿，母亲就白天下地里干活，黑夜里编织草辫子换回钱，买来棉布，但棉花又没有着落，只好去收了棉花的地里复捡散落的碎棉，再熬上几个夜晚，把沾满杂草的碎棉摘净，方能把过冬的棉衣缝制出来。春天又把棉袄扯开，把棉花取出，用作春天的衣裳。

母亲的形象总是忙碌的。她从泥泞的田地里走来，放下锄头拿起擀面杖，放下擀面杖拿起烧火棒，放下烧火棒又去洗衣裳。整天地忙碌，忙碌，不停地忙碌，一刻也没有闲暇，仿佛这一切都是天经地义的，没有人注意到母亲疲惫的身影。就是到了晚上，在低矮的四壁无光的房屋里，昏暗而寂寞的灯光下，纳鞋底，编草辫，钉地毯，也从未歇息过。总是缝缝补补，洗洗刷刷，为这个家一直劳作着，劳作着，不停地劳作着，没有白昼黑夜。

这些哪里能表达母亲的辛苦呢？要想完全刻画出母亲辛苦的形象，恐怕就连那些最具有概括能力的文字大师们也会罄竹。母亲不仅仅是不停地劳作着，还有操不完的心。到你远行时，母亲总是千叮咛万嘱咐，给儿女带这带那，唯恐漏了什么。归期未至，母亲便天天望眼欲穿，盼望归来。当归来的那一天，母亲又会迎出村头，老远地就翘首张望。回来了，喜出望外，先端上一杯水，然后把自己藏了很久的所谓好吃的东西端到儿女的面前，然后问寒问暖，仿佛自己从没有劳累过，从没有遭过罪似的。只要自己的儿女在身边，一切都是美好的，一切都是幸福的。有时即使儿女不在身边，从远方打来电话，母亲再有困难和不幸，总是说："我们一切都好，请不要挂念。"这就是母亲的风格。七大姑八大姨的往来都靠她一个人打理，邻里邻居的琐事也由她一个人处理，母亲又要好，总是想周到一些，让大家挑不出不是，就这样把辛苦留给了自己。

人终究不是机器，终究会积劳成疾。这人人都知道，但唯独母亲从不以为然，总是无私奉献，只要有一分力气就不想停息脚步。

多少年过去了，思念悠长。母亲的坟墓已经长满了杂草，但母亲的身影却一直在我的记忆里。我仍清楚地记得母亲去世时候的情景，就像将要落山的夕阳，红红的像朝阳一样。那么的宁静、安详、美丽，只是已经燃尽了光芒。

清明节，我捧着一束玫瑰花来到母亲的墓前。“母亲，我来看您了。这么多年没见您，您花白的头发已经全白了吧？”我躬身把玫瑰花放在了墓前。“您从来没有要求我做什么，这是您生前最喜欢的鲜花。”

我也知道以这种方式寄托哀思是多么的苍白，又如何能得到一丝的慰藉？

思念仍悠长。

忧虑

一

当我看到那一片片的白色的大棚，也许里面长满了绿油油的菜籽，也许里面生长着开满鲜花的兰草，也许里面生长着在冬季里本该凋零的树木，也许里面生长着本该在春天和夏天里才有生机的瓜果，但我总感到忧虑。

在那些白色的大棚里面，一年四季从不停歇地种植和生长着蔬菜、草木、瓜果。土地被一次一次地翻耕。化肥和农药一次一次地施入土地，使本已枯竭的土地又得了板结病。土壤中的有害物质被各种生长在上面的植物所吸取，危害着人们的健康。不堪重负的土地，像一位干瘪的母亲已无能无力养活她怀中的孩子们了。应该让大地母亲休息休息了，不能为此失去生命。

从前经常见到被犁或铁锨翻开的土地，黑油油的散发着泥土的幽香。自己也曾幸运地参与过翻土的活儿，用铁锹翻过土，用镢头翻过土，也曾饱尝手上老茧的坚硬与疼痛，也曾饱尝手上磨起的鼓鼓的水泡破裂后的疼痛。我也曾经幸运地牵着牛，拉着犁具，后面有老把式扶着犁，把土地一行行一片片地翻过去，把杂草埋葬，只剩下大片的黑色的新鲜的土地，走在上面像走在厚厚的雪地里，深一脚浅一脚，很费劲，很吃力。但那土的感觉很自然，很温暖，有时又感觉是凉爽的。农民们就赤着脚幸福地走在上面，后来就用拖拉机耕地了，原本汗流浃背的生产方式变了。拖拉机一拖一排犁，这一排犁依次斜排着，一耕就是一带，一上午一片土地就被全部翻了过来，翻过来的泥土，像波浪一样，后面紧跟着一个耙，把其抚平。耙上通常站着一个人，两腿用力，让耙的两头前后摆动，把那些高高在尖上的土块扫平。

用牲口时，只能是一个犁，一犁犁成一条线，线集成带，才能用耙抚平。那耙也得用另一个牲口拉着，犁与耙两套人马费时费力。这就是那个年代，面向黄土背朝天，收获着微薄的希望。虽然微薄但充满了希望，希望是属于未来的，未来有收获才有希望。

有些被翻过来的土地，放在那里经过一个季节，晒晒太阳，淋淋雨，吹吹风，会变得更肥沃。土地不仅得到了休息而且也被“充了电”，再种上庄稼，会发出更多的芽，开出更绚丽的花，结出更丰硕的果。

土地像人一样日出而作，日落而息，土地用一季休一季，用一年休四季，方可持续。而那些白色的大棚下面的土地永远睁着眼睛，被无休止地利用着，被过度地掠夺着，已欲哭无泪，欲叹无息了。像一只被关进笼子里的猩猩，可惜！

二

当我看到那一座座的灰色的村庄，无序的墙、房屋、道路、草垛、土堆、粪便堆积在那里，总也找不到所读的文章中所描述的那样：村落洁净，房屋错落有致。也许村子里有许多有钱的人家，也许村子里有许多在外的有学识的游子，也许屋内是洁净的，屋内的主人是幸福的，但我总感到忧虑。

每次从那些笔直的高速公路上驶下，从绿化、美丽的城市道路上驶入村庄，总看到那些建筑垃圾长期堆放在那个路口，那个拐角，中间长出了杂草，还有一些粪便，多少年都没有人去动一动。那些泥路总是窄了又窄，坎坎坷坷，两边被尘土封饰的乱草，令人心像颠簸一样的疼。小的时候村子里的四合院，总是令人忆起，惦念着那个传统的穿靴带帽的文明。四合院总有那么几个因素，正屋、东西厢房、门楼、照碑墙，白墙黛瓦或砖墙草屋，院里种着花，大半有牡丹、芍药、马莲，都种着一棵树，杏、桃、李、梧桐、白杨，都栽着几株葡萄、藤萝等等。经常看到有人在自己的门前用竹枝做成的扫帚把门前的街扫得干干净净，虽然街窄一点，但都很洁净，不那么乱。墙头上到了夏日总有大叶子的瓜蔓爬在上面，结开着白中带黄的大喇叭花，结着扭着腰的番瓜，结着大腹便便的葫芦，总有花蝶飞落。屋顶墙头，门楼上都装饰着各种雕刻的艺术或象形动物，现在则全然不存在了。粗制滥造的屋子，连砖的缝隙都没有工夫去填好，四周的墙更是粗枝大叶，门口的门楼就更没有人去建了，总是敞着口，但倒也方便，拖拉机可以出入，甚至连吊车也可以大摇大摆地进入院子。许多传统的文化都消灭在人的浮躁当中，什么“闻鸡起舞”，什么“勤俭持家”。许多人家已不去养猪了，养鸡的也少了，倒是很多人都养着狗，狗是越大越好，高过孩童，用一个铁链子拴着，有人进去便转着圈子吠叫，大有挣断绳索的可能，使人不寒而栗。我看到就很后悔，不该来。到里房一坐一看，家徒四壁，养一只狗干什么，就是拒人门外而已，闹得左邻右舍不得安宁。就狗所在的那个范围真不堪入目，臭气、狗毛等无不让人讨厌。任何来访者无不先得躲着，主人无不先与狗叫喊，让其不吠，费力好些时机，主人与客人才能对上话。因此，也就“无事不登三宝殿”，本来去三次，一次也就不再去了。聪明的狗应该作为主人的护院，有好使者来了不可狂吠，坏人来了则可不仅要狂吠，还要狂咬的，但可惜那些主人养了一只愚蠢的狗，不知如何适从，也就只好狂吠。

再回到环境的话题上来吧！屋子的里里外外、院子的里里外外，村子的里里外外都是一样的堆着那么一些“乱”，本就没有品位的农家，有的还残墙破瓦，少窗缺门的长期无人问津。许多房屋都没有院井，只是沿街而建，像城里的门头房，里面生着炉子，房顶上冒着烟，里面放着一些商品，寥无客人。当地人说“搂草打兔子，捎带之工”。吃在里面，睡在里面，商品也在里面。门前被泼出来的洗脸水打湿，冬天结了冰，光滑得像一面镜子，闪着寒光，令人感到寒冷。那几个破草垛，那几个黑乎乎的废弃的窖洞，长期的陈设在那里风吹日晒，破旧不堪，但从无人管无人问，仿佛是故意陈设在那里的玄关一样，成了一个村子的标志。如果有人找不到那个村子、那条街、那个户就可以说：“那里有一个破草垛”“有一个破窖洞”，如是便也就找到了，也不能说一点用处也没有啊！如果草垛和窖洞会说话一定会说：“天生我材必有用”，也会成为一个写诗的诗人，并且是一个现实的诗人。

村子里的人富了，挣得钱干什么了呢？有人用反语讥之，“穷”得只剩下钱了。

三

当我看到那一个个冒着浓烟的水泥厂，高高的大烟囱，灰色的墙体，连同周围灰色的环境，也许这水泥厂在挣钱，也许它养活了许多的工人，但周边那茫茫然的天空，找不到方向，不知南北东西，我总感到忧虑。

水泥是用石子粉碎高温形成的，石子是用石头打成的，石头是劈山劈出来的，由此推理出水泥是自然被破坏的产物，同时又是高楼大厦、道路等建设的必备材物。

一个城市的扩张，水泥是功不可没的，如果离开了水泥就没有高楼大厦了。但当高楼大厦起来了，山体却倒下了。但当山体倒下的时候，总有一天地会震动的，把那些劈山盖起来的大楼推掉的。这且不说，石头是不可再生的资源，我们都在讲可持续发展，但是我们谁去做呢？高楼越来越高，仿佛高楼已成为一个城市的形象，岂不知这只是一种偏见，我们为什么不用木材去建楼呢？木材是可以持续的，用了可以再生长出来啊。但楼要求那么高，木材是建不上去的。许多的国家已不再用水泥去建高楼大厦了，而是用木材盖房子，用废弃物做成新建筑材料，减少水泥的使用了。房地产业实现了规模化、产业化、结合化、标准化。

水泥厂的存在，是对环境的极大危害，不仅是粉尘的飞落，还有那高高耸立的烟囱，浓烟如一条长龙一样在空中张牙舞爪，很高调的，从不消停。还有那些热力站，那些砖瓦厂、发电站都是如法炮制似的从不示弱，昼夜不息，让人看后总担心空中会被这些长龙搅得混浊。任何一件事情都是一个链条，都不是独自存在的，也不是孤立于其他事物之外的。好的东西会带动一个链条，坏的东西会损坏一个链条，不要把它看作是一个点，无妨整体。其实事情断不是这么一件事，像一个人一样，一个坏的癌细胞可以把整个人体侵蚀，最后弃掉一个人的生命。生命没有了，还可能有什么呢？对一个没有生命的动植物，连尸骸也是不存在的。我看过几个微矿的开采。小收益、大污染。几人得利，万人受害。从地下挖上的矿石，提取出那些有用的铁、锌等金属，大量的矿渣堆积在那里，占了大片的地域，周边则草木不生，不断蔓延，危及四方。微矿提出过程中形成的带有危害物质的微矿库，像一个定时炸弹一样被贮在那里，时常决口，污染河流，污染了农田，杀死了庄稼，那是得不偿失的事情。然而利益驱动，不断增加规模，直到哪一天断送了几个性命，方引起人们的关注，方能触到开矿者的痛处，但很快好了伤疤忘了疼。“天行健，地势坤”啊。但天能多健，地能多坤啊。

水泥曾几何时，也是供不应求，尤其那些百姓盖房子，要得到水泥不容易啊，得到廉价的水泥就更不是一件容易的事情。那是很遥远的事情，是上一个世纪五十、六十年代的事情，也许这一历史阶段不仅是二到三个年代，但仿佛仍在眼前。家中盖房子，为了省几个钱，找关系、走门子、批条子。一旦拿到几吨批来的水泥，那是非常自豪的事，带上条子，推起小车，走上几十里地，到了把条子递上，踌躇满志地去车间亲自装散落的水泥。弄完后水泥粘染着全身，脸、头发、手、脚、衣服仿佛都长了毛，成了一个地地道道的毛猴。装上车一个人推车，一个人拉车，把浑身的水泥完好地保存着，以保留骄傲的资格。走在街上，有熟人搭讪说：“弄的水泥啊？”推车人累着并张扬地说：“啊！弄了点水泥！”到了家里衣服一脱，冲一个澡，浑身干净了。但谁也没有意识到吸入水泥，可能已在腐蚀了肺、胃、肠道了，也许已成了病源。这已是近半个世纪的事了，现在再那么麻木是否有点古董了，但就是还存在这么一些古董。古董往往很脆弱，很容易被碰坏的。人们越是小心，越是保护，越是注意，就越是容易出问题。“说曹操曹操到”、“哪壶不开提哪壶”。

当我看到那一个个的翻砂厂，被清理下的模粉染饰着周边的墙体、道路、树叶，使它们看上去都无精打采，这种粉尘渗入地下污染着水，扬入空中污染着大气，住在这里的人们都得一种病，死于肺癌。家家生火，户户冒烟，天天轰鸣，时时叮当，也许一些人富了，也许养活了一些人，但折了寿命，却无人计较，我感到忧虑。

当我看到那一座座被劈开的山峰，当我看到那臭气熏天的河沟，当我看到那……，我都会感到忧虑。

然而我也有高兴的时候，不总是感到忧虑、忧伤。当我看到那一片片的森林，看到那长满庄稼的田野，看到那清澈的河流，我总感到一种希望，人类没有彻底地将自然破坏殆尽。

这些忧虑不解决，会把我那些愉乐吞噬掉，令人忧虑的地方是否会把令人愉乐的地方占据，其实这就是令人忧虑的焦点。

有为的情趣

在一个飘着雪花的日子，一位朋友送来一盆美丽的兰花。花儿像一只只蝴蝶飞落在枝叶间。哦！怪不得叫蝴蝶兰。

每天的忙碌，故而只是大略地瞧瞧它那美丽的身影，并没有仔细地端详过它的枝节和花容。

有一天，记得是一个周末，稍有了一点闲暇，只觉得应该给花儿浇一点水。于是就拎起壶给每一朵花儿浇水，当然一边浇水一边欣赏花儿的娇艳。

黄色的、白色的、紫色的已使人为之醉心，而那些集五颜六色于一身的更令人为之倾倒，还有那些中间是一种颜色边沿是另一种颜色的也别有风格。有的是长颈，结满了硕大的花，有的是短颈，迷你的花朵密密地相互簇拥着。天工之巧和大自然之妙可窥一斑。

唉！许多肥硕的绿叶中间，有一片族生的细细的叶子的花，生长在一个小小的花盆里，那样的精致，那样的优雅。叶子像一只只长长的小羊角，质硬的叶面呈凹弧状，正面的颜色为浓绿色，中部带有紫褐色的斑晕，背部为绿褐色。中间长出了一支彩色的花箭，像一把小小的扇子，犹如一个扁形的凤梨。这就是穗状花序，宽若四厘米左右，粉红色的苞片对生，周边又开出许多紫色的花朵，三片花瓣，有点近似紫色的马兰花，美丽至极。我爱惜地把它从兰花群中单独地移了出来，配上一个几座，尤其显得可怜。我埋怨自己过去的这几天没有发现这一精灵，更没有好好地爱护和培养，但是庆幸的是终于发现了它。但它并没有因为我的忽视而枯萎，而是在寂寞中绽放出美丽的花朵来。世上每天有多少精彩的故事发生，我们何曾知晓过，但皆如百川之东流。

后来我知道了这花的名字，紫花凤梨，属凤梨科铁兰，株高不及三十厘米，为微型花卉，形体玲珑，容颜美丽。苞片可观赏时间达数月之久。真是神奇之花。

无独有偶，再发现一盆别样的兰花。它的叶子有点像玉米童年的叶子，又像一把出鞘的剑。中间的花梗挺拔得很高，像龙爪一样地伸展着，又像一棵树，上面开着朵朵的小花，如满天的繁星。我也把它单独挪到了一个花盆里，于是便有了另一番景致。从此它便有了一个独立的世界，不再作为配角或背景而存在。

其实世界上很多的事物需要我们去仔细地观察，但我们往往粗枝大叶，忽视了它们的美丽，有时连它们的存在也会忽略。因此，我们便失去了许多的生活情趣和许多的心情愉悦。难怪我们的生活不免乏味。

它的名字让人欣喜，文心兰，又名跳舞兰、舞女兰、金蝶兰。顾名思义，如此形象。种类可分为薄叶种、厚叶种和剑叶种。植株轻巧、潇洒。花茎轻盈下垂。花朵奇异，形似飞翔的金色微蝴蝶，又像舞蹈的金色女孩，极富动感，是世界上难得的重要的盆花和切花。

美丽是无处不在的，我们只需要留心。我赞美这些花儿，有时会给你意外的惊喜，不经意间发出新芽，长出新绿，生出花蕾，开出美丽的花朵。一天忙碌的疲倦和辛苦都会被芬芳淡去。

现在的人们很少有功夫去欣赏花草树木了。时间大都花费在了为生活而不断的积蓄上。不断过度掠夺着土地、河流、山林、海洋，甚至殃及野生动物界，向它们伸出贪婪的手；大都花费在了无穷无尽的微信的阅读上。微信，这一网络时代的产物，就像毒品一样，紧紧地抓住了人们的味觉；大都花费在了又长又乏味的电视剧的观看上。过去的，未来的都是战争。过去的搬上银幕，人们不断地咀嚼着回味着那些耻辱的岁月。未来的搬上银幕，什么科幻的，或与外星人的战争，或与人类异化者的战争。战争，战争，世界仿佛永无宁日。

人们一边叫喊着要返璞归真，一边却在追求着未来，互相地竞争着，明知是一件无益而有害的事情，却又不能摆脱。像现实世界一样，一边伸出和平的橄榄枝，一边却发起战争的炮火。这个世界的变态使许多人感到矛盾和痛苦。

人们真的需要忙中偷闲，停下来歇歇脚，或观望一下路边的风光，或搭理一下窗台上的花草，或欣赏一下庄乾梅笔下的墨兰，一定会使你那颗焦躁的心变得平和，也一定会使你下一段的路更加顺畅，也一定会使你赖以生存的大自然得以喘息修复。

人们常说碌碌无为，太过于忙碌而没有思考就不会有创新。斯坦福大学的下午茶，使所有的教授、研究人员放下手头没有完成的工作，一边喝茶一边互相交流，紧张而又劳累的大脑在这里得到救赎。轻松一刻，灵感悄然而至，奇迹产生了，明思苦索而又百思不得其解的问题有了答案。

但人们通常只要求什么刻苦、奋斗，而很少去重视休憩、漫步。人们深知“磨刀不误砍柴工”，但却很少或不能践之。

天有日月之交替，人有作息之轮换。故，有的人便呼吁：“请放慢你匆忙的脚步，嗅一嗅玫瑰的香气。”这玫瑰就是你身边的有趣的一切，包括那些美丽的花草树木。

君，认同否耶？

园林

园林是一个多么美的语境啊！一说起园林，人人都会想到树木巧布，建筑错落，水流曲畅，桥廊相接，高台点缀，鸟语花香，是一个非常宜人的环境。

中国园林萌发于商周，成熟于唐宋，发达于明清。可谓是有着悠久的历史渊源了。园林已演变为了一种自然与人文相容的文化。

但现在人们心目中的园林，已发生了很大的变化了。园林已失去了过去那种园林的品味了，更多的是邯郸学步，把外国的东西拿来使用，但又没有用到好处，自己也失掉了中国园林的风格。而且过去一些园林也被破坏掉了，一味去追求一些所谓的新的东西，这没有错，但优秀的传统的东西不能被冷落了，优秀的传统的必然是现代的，现代的优秀的必然也会成为传统的。

现在的园林，缺乏许多园林的特征。园林最重要的一点是“精细”，如果失去了“精细”那么就不能称其为园林了，可能被称为森林或树林、草丛或草原等，园林中哪里放一块石，什么石？哪里栽上一棵树，什么树？都很讲究。一草一木一石一廊一亭一台一桥一檐都很精细。我是许多年没有看到真正的园林建成了，看到的仅是高楼大厦。

江南的园林，是很有名气的了，以苏、杭、沪、宁一带的古典园林为盛。像苏州的沧浪亭、狮子林、拙政园和留园，是有名的“四大名园”，都是很传统的了。苏州园林的美也曾有一部书《品园：良辰美景奈何天》描写过，被称为一个诗人的生活的梦境。

北方的园林，也有许多有名气的，多集中在北京、洛阳、西安、开封。江北一到了冬天，便失去了许多颜色，要达到园林的效果那就更有了味道，这很不容易。

北京就有许多古建筑园林，高高的参天大树上，叶子落尽，尽是清清楚楚的枝条向着天空，鸟儿在树枝上鸣叫，高高的树下，有许多的松柏、冬青，依然绿得可人，在落雪中绿着，在寒风中绿着，几条流水，弯弯曲曲通向幽处，路旁石级，花木依斜一侧，枝头探出，横向小路中央，仰首相抵，颇感幽静。人们身在其中，与树木花草可语言交流，可对视静默，可欣赏赞美。

我国有一部《岭南画舫录》是朱千华先生的关于岭南古典园林文化的随笔集，从岭南古典园林的历史、结构、意境、特色等诸多角度解析了古典园林的秀丽景观和内在的精神涵义，现在读来仍给我们以美的享受，以人文的熏陶。古人的审美视角与开拓精神仍感染着今人，正如叶圣陶先生的评述“熔哲、文、美术于一炉，臻此高境，钦悦无量”。

岭南类型具有热带风光，优于北方和南方，现存岭南类型园林有著名的广东顺德的清晖园，东莞的可园，番禺的余荫山房等，都堪称人间天堂。

北方、江南和岭南的园林，是风格各异的东方园林的典范。东方园林基本上是写意的，直观的，重自然、重情感、重想象、重联想，重“言有尽而意无穷”、“言在此而意在彼”的韵味，是私密的、幽静的、曲折的。

西方园林基本上则是写实的、理性的、客观的，重图形、重秩序、重规律，以一种天生的对理性思考的崇尚而把园林纳入严谨、认真、仔细的科学范畴，讲求一览无余，追求图案的美，人工的美，改造的美和征服的美，是一种开放式的园林。

园林本就是人们居住的一种环境，是建筑与居住的融合，是非常必要的，如果没有了建筑，那么园林就失去了灵魂，失去其存在的意义了。

当然园林也要创新，传统的园林优势要传承，要发扬光大，但创新也是有必要的，要使园林更好，更宜于人们居住，更宜于人们心情的欢愉。但创新的成分也要坚持一个“精细”，只要“精细”，即使没有园林的特征，或失去一些园林的特点，那也无妨，也是可以给人一些满意。如果把传统与现代结合一下，把精细再精细，岂不是更好的吗？园林中有一个互联网吧，有几个咖啡厅岂不是更好的吗？在水边、在树下、在石边、在檐下放几把休闲椅，放几个休闲几，旁边摆几个电源插座，网络插头，坐下来，摆一个电脑，上网浏览一下所需的信息，岂不是很惬意的吗？

我们越有钱，越没有了品味。越有钱，越现实化了。只要能避风避寒就可以了。园林早被人们抛向脑后了，丢得无影无踪了。更有甚者，把已有的园林破坏掉，改造成了菜园子。

在阳光里

清晨立在窗前，看到冬日里的这座古老的城市，一片肃杀。东方清冷的建筑的背后是一片暗红色的天空。暗红色的天空之下，是那片清冷的建筑，高矮不同，错落无序，逆光中仿佛是一个古城堡似的，确有一点的深沉和朴素的美丽和壮观。

那暗红色中蕴含着一轮蓬勃欲出的太阳，正如光明的马驹正在升腾着，正欲奔腾而出。渐渐的那四射的光已不是高楼大厦所能遮掩得住的了。我站在窗前，觉不到窗外冬天的寒气，只感到那遥远红色的天宇的温暖。

这座古老的城市常常雾霾很重，看不到楼房的形状，只看到半截，犹如高耸在高远的天空。今天却不一样，看上去空气还算清新，因为它塑造着一个刚毅的古城堡，因为远处分明高楼的高低显现出长城的凹凸。

终于出来了，一轮红日，光辉四射，一时，驱逐了那片建筑的神秘，光芒洒在了我所站立的窗子上面，窗子上的玻璃把一部分光折射到了对面，一部分光透过玻璃，直扑我的脸庞，眼睛也全都埋在这红彤彤的光芒中，什么也看不见了，我也索性闭上了眼睛，但光仍透过了眼帘。

思想的翅膀在飞翔，越过了千山万水，飞上了雪山高峰，寒气袭来；飞到了无垠的草坪上，阳光洒下；落于深谷，坠落坠落，好一个万丈深渊。我睁开眼睛，阳光洒满了整个房间，但光线与玻璃窗已不是垂直的射来，而是有一个角度，这一角度使我看清了窗外的楼、树、路和车，光辉照在他们身上，又使我感到温暖。

阳光总给人以温暖和信心。

我走出楼门，来到院内的小花园，高高的松树下绿色的小草都在阳光里，但寒气还是向你袭来，不过阳光的花园还是很令人感到惬意的。只是那石凳和石桌子，虽然阳光也毫无例外地洒在上面，但仍感到仿佛是寒光，故也并没有人去占据，只是凉凉地摆放在那里。

休闲的时间很快过去了，一天的忙碌又到来了。在这座古老的城市里办事是来不得急的，一上午干一件事就算是高效率的了，故也就安稳地坐在车上，人车无奈地堵一堵，跑一跑，自己则向窗外望着阳光泻在什物上。许多的建筑物变成了金黄色，有些楼宇上的玻璃窗子，把光折射向了别的楼宇，仿佛是一个关在窗子里的太阳，光芒亮亮地刺着你的眼睛。

光从早上到中午，由红变黄到金色，给人快乐的喜悦，车轮辗着阳光，车身沐浴着阳光，从一条充满阳光的街道，奔跑至另一条充满阳光的街道。那些古老的建筑，灰色的瓦片在阳光下，也很耐人欣赏，给人一种传统的家的温暖的感觉，而那些大楼则在阳光中显得更加现代，给人一种现代社会中工作忙碌的感觉。车到了目的地，停在阳光里。再次上车时，车子又被阳光抛进了阴影中。

虽说阳光是普照的，但总有一些阴暗与阳光周旋，大地是不平的，有坎就有阴暗。再说，人类自己盖了那么多高矮不同的楼，制造了许多阳光照不到的地方，室内室外都是有的。有时阳光照到了，阴暗又跑到了另外一个方向去了，扑抓不着，总与光明周旋。

但想来人是需要黑暗的，不能一切都暴露在阳光之下。

阳光总是给人永恒的向往和希望。

万物生长靠的是太阳，没有太阳的日子，是可想而知的，那是世界的末日。在一年四季里总是有阴雨连绵的时候，有风雪交加的时候，有酷暑与严寒，但人们都因有太阳而没有被吓倒，虽暂时没有阳光，但人们知道阳光在心里，终有一天会出现的，故人们也就笑看那些没有阳光的日子里的种种现象和窘态，甚至去欣赏它们。

天人是合一的，对自然来说太阳是希望，对人类来说太阳不仅如此，而且太阳象征着正义。虽然太阳会暂时的被雾云遮蔽，但是一定会有云开雾散的时候，正义必定会战胜邪恶，邪恶不会永存。太阳的出现也永远不会是静止的，阴暗就永不会在某处长驻，太阳可能不会消除阴暗，但会驱逐其到处躲避，使它无处藏身。

车又开始行走，走在阳光里，走在光洒满的大街小巷，光明永远是我们的伴侣，我们沐浴着阳光，我们心中也充满了阳光。

这样度过的一天

世事无定，变化无常。有时计划不如变化快。这话却有点真理的意味。

这变化有时是人为的，可谓主观原因。有时是天之所为，可谓客观因素。当然有时主客观因素兼备的时候也是有的。庚子年，发生的疫情，这便是许多人料想不到的，也使许多人的计划或打算改变了。本来计划回家与家人团聚的，因为疫情而被阻隔；本来计划外出游玩的，也因为疫情而搁浅；本来计划举办婚礼庆典的，也因为疫情而延缓；本来到外地有笔生意要做，也因为疫情而作罢。如此等等不胜枚举。

疫情的无测和无端，已使人们不能以守为攻了，必须改为攻守兼备，以复日常。否则不仅会坐吃山空，还会贻误战机。

北京是我向往的地方，不是因为别的什么，只是因为那里有千年的文化，以及为文化而生的文人雅士。疫情的阻隔，使得人们不能见面，今形势好转，渐渐出动。我亦欲往北京，访问故旧。

从济南乘高铁去北京。上午到北京后，有友人驾车前往接站。然后到李可染艺术展览室观览。后去友人家看新居。再去共进一杯，开怀畅叙。下午邀几个墨客挥毫抒怀。晚上邀几个网友品点红酒，谈谈网络艺术。然后第二天再离京返回济南。

美好的计划安排，多有期盼。故清晨一大早便起了床。天气晴朗，凉风拂面，太阳翻上东山，微笑着伴我同行。

我乘车来到了高铁站。通过捷径坐上了动车，很舒服地向后一趄，仰头望向窗外。青蒿无边，天涯为岸，舒目畅怀，如于无人之境。唯动车前行的节奏声，若潮水般哗然，犹如山风淙淙。

偶低头看看信息，多半是令人消遣时光的无关紧要的一些消息，并不会扰乱我旅行的闲情逸致。但最终还是来了一条信息，使我略感忧虑。信息说：北京的海鲜市场的三文鱼板上发现了新冠病毒，并有人感染。这也并未动摇我的计划，不过在动车上也只有依然前往。

到了北京，已近中午。按计划先去艺术馆，到达时却大门紧闭。邻居说今日是星期六不上班的。我们只好悻悻地离去。不得不开始下一个计划，去友人的新居参观。参观完毕不觉已是晌午，吃饭的时间到了。“走，去吃饭”，友人说。于是驱车上路，一路上只有奔驰的车辆，很少见到四处游动的人群。路两边的门庭神情严肃，昔日门庭若市的商铺如今变得门可罗雀。友人告诉我这都是被政府整改了的，再也找不回那些热闹的场景。我再次忧虑，不知那些昔日的笑脸迎客的店主，现在活在什么地方？过得还好吗？是否还在为养家糊口而苦恼？

一路上有许多的商业大楼，门前冷落，鞍马稀疏，面容像是来自另一个世纪，使人感到怪异，故有不能久留的感觉。

城市是由城与市组成的，只有城而无市不能成其为城市，离都市就更远些了。我想应该有《城市法》的，城市的管理也应依法治理。多年来，对城市，经常一阵一阵的风刮过，一会儿经营城市，一会儿管理城市，一会儿要繁荣，一会儿要秩序，一会儿打击小商贩，一会儿提倡地摊经济。热衷于个人的喜好。

思考了一路，浪费了许多的脑细胞，尽管徒劳，但又难免，终觉无趣。

吃饭的地方到了，也不容我继续遐想。我坐了下来，便看了一下信息，这才知道北京的冠状病毒的感染者又增加了四十例。我一下子认识到了问题的严重性，果断决定改变行程，驱车回济南，不在北京逗留。于是乘一辆轿车迎着午阳出发了。

北京到济南的高速公路的基础设施并不好，许多的大货车也在这条并不宽敞的高速路上奔驰。跑了四个多小时才到达了济南，这时已是近七点钟了，夕阳只剩下最后的一抹彩虹。我是很欣赏夕阳的，也有许多人赞美夕阳，但今天的夕阳我没有看到它的美丽，过后也没有给我留下什么深刻的印象，一路的劳顿驱逐了一切美好的事物。

一路上路过几个休息站，下车休息。休息站也都很冷清。商店里人员稀少。水果也失去了水分，皱皱巴巴的，一看就是陈货，没有一点的食欲。由此可见工商业的萧条。休息站的那个古玩商店，满地是包装纸的散落，一片狼藉，并竖着一个大牌子，上面写着三个大字“大甩卖”，营造了一个假的场面，不谋而合地衬托着我们的旅程，真的像一场大逃难，仿佛恐慌无处不在。

到达济南时，微信中再次出现一些令人难以置信的信息，说：“病毒传染源是三文鱼。”也有信息调侃说：“传染源一会儿是蝙蝠，一会儿是竹鼠，一会儿是三文鱼。蝙蝠是空军，竹鼠是陆军，三文鱼是海军，海陆空三军都带着病毒轮番向人类袭来。”也有人调侃：“疫情已发生了半年之久，如今怎么还一头一头的如此盲目？”更有可笑者发来信息说：“是投毒阴谋。”不可思议，更不靠谱，不着调了。

疫情被赋予了许多的内涵，也成为了蚊蝇滋生之源，天灾人祸之渊。一切不该发生的事情都归罪于疫情了！

天完全的黑了。夜的到来，正宣告了白天的结束。

自然的感觉

阴沉的天气，已经下过了一夜的雨。经过雷电和狂风暴雨洗礼的世界，随着晨曦的到来，露出了崭新的风貌。洁净无尘，如出水的芙蓉。

这本是世界的颜色，却一度被滚滚的红尘所沾染。

风也好，雨也好，雷也好，电也好，也许这就是大自然之自我完善的行为现象。它们在抗拒着人类的所作所为，不断地自我救赎。

走在街上那种清凉气，虽然没有阳光，但使人也为之精神焕发。环境的变化会使人的情绪也变化。沐浴者必振衣，喜庆者必弹冠。

我喜欢这样忧伤的天气，可以使自己融入到这低调的自然当中，可以使自己的身心在这阴凉的氛围中得到滋润和生息。

人们常常称阳光明媚的天气是好天气。当人们一出门或一抬头，看到阳光灿烂，白云飘飞，便会不自觉地说：“哦！今天的天气真好！”如果出门或抬头望不见太阳或是阴天或是雨天，人们也会不自觉地称之为“坏的天气”。

其实这也是人们一种习惯的表达，是人们思想的一种偏见。可能雨天会妨碍自己的行为，或给自己出行带来不便。但雨天对于干旱的田野里的禾苗，对长期干旱的山川里的草木，都是很好的天气。古诗有云：好雨知时节，当春乃发生。随风潜入夜，润物细无声。这诗的表达则是一种公正的思想。

由此引发出更深层次的思考，阳光是好天气，城市是好环境。这都是人们思想的偏见。反向思维去实践一下，在阴雨天出行或去郊游，或许你会收获另一种心情和快乐。

有些人们喜欢那些人工铺就的草坪，而并不喜欢那些丛生的杂草。在这一点上，我们也可以逆向思维而去实践一下。不过这一点在日本早已迈出了抢先的一步。日本有些城市的道路两旁的绿化都保持了原有的丛生的杂草。人工的草坪是一种风格，丛生的杂草也有一种风格。但是杂草的多样性，杂草的生命力，都是草坪无法比拟的。草坪维护的成本，这也是杂草无法比拟的。我对杂草却有一些偏爱。我喜欢在阳光的天气里到郊外休闲，也喜欢在雨天里到郊外的野草中散步，即使雨水可能打湿你的衣裳。

曾经记得一个阴雨天，我驱车来到郊外的海边。在防护林和沙滩之间，有一片广阔的滩涂，上面长满了各种杂草，绿绿的，长得很茂盛。大都我叫不上名字，有一种草叫艾草，我还比较熟悉。那是小时候常常去野外采摘的一种草药。而当今脚下的艾草，便有了另一种意义的喜爱，自由烂漫，也使我第一时间想到了端午节，每家每户的门前挂着的艾草。人们是用艾香和粽香来纪念屈原的。我顺手掠了一把触在了脸上，顿时两颐便生发出艾草特有的正气。艾草驱蚊虫，驱邪气，故也受到人们的青睐。屈原投汨罗江而死时，正值艾草茂盛之时，故人们也就把艾草作为了屈原的象征。因为艾草长得正直不曲，不斜不蔓，总是直立着向上生长。因为艾草正义驱邪。

望着这一片丛生的野草随风起伏，有一种久违了的感受，亲切而心悦。艾草，它的存在，更使我心情逐浪高。这里一边是黄色的沙滩，再远处是哗哗涌动着的潮水，另一边是黑松林，在高高的岸上，黑松林的上空有几幢楼房露出楼角，很有点美感。只有海燕在阴雨天从低空掠过，而周边空无他人。脚下的杂草，如此可爱，在其中有一条明显的车辙，但并没有妨碍那些野草的生长。我也想起了“离离原上草”的古诗句。

很可惜这些丛生的杂草已远离了偏见而傲慢的城市，正如屈原离浮躁而浅薄的社会一样，已很遥远。

自由的翅膀

前天在草地里撒了许多的米。今天早上起来看到许多的鸟，各种各样的，在草地里觅食。

飞来飞去，从树枝上到草坪上。树枝上的荡來荡去，左顾右盼。草坪上的吃得也并不安心，东张西望的，好可爱。以至于，看得我忘记了时间。

这里是大自然的自由的舞台。在这里没有阴谋，没有计谋，完全是个性的自由的表现。

时为冬季，树木大部分都落掉了叶子。鸟儿的行为可谓一目了然。但那棵桂花树的叶子很密。一有动静，鸟儿便一同飞入树叶之中，不见身影，但亦能听到它们叽叽喳喳的对话声。

一会儿鸟儿又飞出，依然那么快乐。许多漂亮的鸟儿，我叫不上它们的名字。但有些则是很熟悉的，其中一个身若斑马，尾如令箭，首像角龙，嘴犹如一只长针，非常美丽，在草地上与其说是在觅食，倒不如说是在展示其美丽。它的名字叫啄木鸟。这啄木鸟看上去雍容华贵，如一位穿着长长的婚纱礼服的新娘，仪态万方。这大大的草坪便成了它展示羽裳的广阔舞台。

又一种鸟儿心不在焉地出场了。前俯后仰的，踉踉跄跄的样子，但是又十分的机警，它的名字叫喜鹊。穿着一身藏蓝色的衣裳，在阳光下闪着熠熠的羽光。喜鹊是比啄木鸟更大众的一种鸟儿。人们不但知道它的名字，而且常见它那美丽的翩翩起舞的身影，也常常会听到它那吉祥的明快动人的鸣啼。

在窗外我的视野世界里，啄木鸟和喜鹊就是舞台上的靓丽的主角了。其他的鸟儿犹如跑龙套的角儿。如那些麻雀，它们总是飞来了，又飞去，为主角伴舞似的，忙个不停。

还有一种鸟叫白头翁，站在树枝上鸣叫，为舞台上的行动者们奏着乐章。这一切仿佛传统艺术舞台上的各种角色一样，有老旦、小生、花脸，还有诸多我叫不上来的戏剧名角。

这些鸟儿的简单的天真的行为，比那些人为的复杂的戏剧更让我们留恋和痴迷。

纸鸢

纸鸢也就是风筝，距今已有两千多年的历史，在古代，风筝曾被广泛地应用于生活、科学研究、军事等方面。

许多历史资料证明风筝最先应用于军事。西汉大将军曾用风筝放飞时线的长度来计算到达未央宫的距离。

在我国的成语词典中有一个成语是“四面楚歌”，楚霸王的士兵被刘邦所困，为了扰乱军心，刘邦便用一只巨大的风筝，带上一个人飞到敌军上空，唱思乡之曲，使霸王军营中人心涣散，失去战斗力，被一举打败，于是就演绎出“霸王别姬”的可歌可泣的故事，被后人所称颂。李清照曾写词曰：“生当作人杰，死亦为鬼雄。至今思项羽，不肯过江东。”

美国的大科学家富兰克林用风筝做试验，发明了避雷针。读高中上英语课时，我还记得那幅图：一个额头光亮，头发稀少，穿着燕尾服的稳健的人牵着一只风筝。那就是富兰克林在做避雷试验。在古代或现代史上风筝的原理被广泛应用，飞机的诞生、飞船的诞生皆来自风筝的原理。

现在的风筝已经成为一种娱乐的工具，已经成为一种文化的载体，已经成为一种工艺品或艺术品。一提起风筝首先你能想到，在旷野上牵着风筝奔走的人们，整个场面犹如一幅画图。我国宋朝就很流行以风筝为题材去作画，北宋著名的画家郭忠恕就是其中典型的代表人物，他的风筝画独树一帜，生动有趣，非常惹人喜爱。

风筝上的图案有民俗的、传统的、自然的、人文的，人物、动物，鬼、神，故事、传说，无所不包。而由风筝引发的诗句是风筝文化之灵魂。郑板桥曾写诗《怀潍县》，就形象地描述了清明时节潍坊一带放飞风筝的情景：

纸花如雪满天飞，

娇女秋千打四围。

五色罗裙风摆动，

好将蝴蝶斗春归。

我生长在潍坊，从小便喜爱风筝，那是童性，只是觉得好玩，现在想来也的确很美，一只美丽的风筝，在天空中摇摆，带着一条长长的尾巴，如影随形，一条长长的线从地面牵向天空，拉着弯弯的弓，还有那“风筝碰”，所谓的“风筝碰”是地方土语，就是可以在风筝线上借风而上的用纸扎成的带有翅膀的飞鸟或昆虫，如蜜蜂、蝴蝶等。风筝碰沿着线由低向高处，带着鸣笛，扑向彩色的风筝，碰到风筝后关闭双翅，顺着鹞线又滑下来回到手中，带给人许多的快乐。我曾为风筝作过一首诗：

儿时趣事记深浅，

纸鸢与我一线牵。

老父燃灯拨锤线，

春日逍遥梦上天。

仰首鹞尾摆宇环，

脚下碧波踩春田。

魔鬼妖怪共翩跹，

童子无忧似神仙。

潍坊的风筝，源远流长，故乡是杨家埠，那里有许多风筝艺人，扎风筝，画风筝，放风筝皆有人物。为了更好地探访风筝文化和历史，我专程去了杨家埠子，那里是一片中国传统的民居，白墙灰瓦，门楼照碑，门当户对，无不让人赞叹，年板画与风筝制作都在这些民居之内。从外观看可谓文化建筑的大观园，从内观之则是艺术的殿堂。风筝有四艺即扎糊绘放。看到那些老艺人不停地忙制风筝，我就想是他们传承的民间风筝，是他们传承了风筝文化。以文化予风筝，到清朝达到顶峰，风筝给了诗人许多的灵感，因而产生若干的风筝杂咏。

清 · 方元鹍《北京风俗杂咏》：

假面泥孩不值钱，

儿嬉又过试灯天。

归家整理黄麻线，
尽日风头放纸鸢。
清·李声振《放风筝》：
百丈游丝放纸鸢，
芳郊三五禁烟前。
风筝可惜名空好，
不及雷琴张七弦。
清·孔尚任《燕九竹枝词》：
结伴儿童裤褶红，
手提线索骂天公。
人人夸你春来早，
欠我风筝五丈风。
清·杨韫华《山塘棹歌》：
春衣称体近清明，
风急鹞鞭处处鸣。
忽听儿童齐拍手，
松梢吹落美人筝。
清·杨米人《都门竹枝词》：
风鸢放出万人看，
千丈麻绳系竹竿。
天下太平新样巧，
一行飞上碧云端。
清·高鼎《村居》：
草长莺飞二月天，
拂堤杨柳醉春烟。
儿童散学归来早，
忙趁东风放纸鸢。

清·姜长卿《崇川竹枝词》：

风筝二月试春风，

剪翠裁红折叠工。

袖手暗藏通一线，

玉人只在锦夼中。

另一首：

草绿长堤海角东，

双蝴蝶戏牧牛童。

声声何处胡笳奏？

放出林梢红杏中。

这些诗充分展示了放风筝的场景及风筝的历史文化内涵。

而现在，这种风筝的文化日盛，风筝也成为人们收藏的文化产品，更多的风筝被馆藏起来，仅供人们参观。而风筝的风俗则日渐淡漠。现代化的压力，城镇化的进程，已使乡土化、民俗化的东西濒临崩溃。人们为了抢救和提倡风筝民俗举行什么风筝文化节。这使风筝也已然由民间的繁荣而走向了官方盛大的孤寂，成为一曝十寒的文化活动。风筝带来的娱乐已远远不如手头的电脑带给人们的快捷和丰富。但风筝的娱乐是健康的逍遥的休闲的，是具有民俗化和民族化个性的娱乐。我更多地希望现代化和传统化，国际化和民族化结合起来，把传统的民俗的东西更多地保留下来，使人们的生活更加多样化。

枝条的美

人们大多都赞美鲜花，因为鲜花代表着繁荣。也有许多的人赞美绿叶，因为绿叶代表着生命。当然，也有人赞美果实，因为果实代表着传承。但很少有人去赞美枝条，其实枝条是最美丽的，因为枝条代表着根基。

鲜花开在枝头，绿叶长在枝头，果实也结在枝头，它们掩盖着枝条的美丽。枝条则把鲜花、绿叶和果实推向了展示美的最高境界，并供给它们保持鲜艳的养分。

枝条就是一位默默无闻的幕后英雄。“皮之不存，毛将焉附”。鲜花知道，绿叶知道，没有枝条的担当，哪有鲜花、绿叶和果实的存在和鲜美。枝条也知道，但从来不表白，从来不抱怨，从来不傲慢，从来都是始终如一地挺立着。这是何等的高尚的情操。

春天来时，花蕾初上，它挺立在那里。绿叶展露头角，它挺立在那里。鲜花怒放，它挺立在那里。绿叶舒展，绿肥红瘦，它挺立在那里。当花儿凋落，幼果萌生，绿叶婆娑，它挺立在那里。当果实累累，缀满枝条，它依然挺立在那里。

默默的，挺立着。

秋天来时，绿叶变黄了，变红了，不断改变着自己的颜色，展示着自己的美丽，枝条挺立在那里。果实由绿变红变得金黄，天下一片醇香，枝条挺立在那里。枝条像一个大的舞台，任表演者尽情地展示着自己的美丽。

秋风来了的时候，树叶便毅然飘落在大地上，果实也被人们收藏，于是就只留下了枝条，赤裸裸的，挺立在那里。当风雪漫天的时候，寒气逼人，枝条依然挺立在那里。

我常常驻足路边，去欣赏树的枝条。我看见枝条上，花儿凋落时的伤痕，叶子败落时的伤疤，还有果实蒂落时的伤痍，都已变为了树枝刚毅的骨节，变为了枝节坚实的美丽。

枝条从不畏酷暑和风雨，无论怎样的肆虐。尤其不畏严寒和风雪，无论怎样的凛冽。它再也没有了冬的牵挂，有的只是春天的梦。这时，枝条的美丽便尽显空中，铮铮铁骨，坚韧地挺立着。勇敢的，刺向寒冷的天空。

枝条的美来自于它高尚的品格，牺牲自己，成全别人。默默无闻地将自己的一切奉献给了绿叶、鲜花，还有果实。扶持着美丽、繁荣和生命。它美就美在甘于奉献，甘做脚下的舞台，甘做幕后的灯光师。从不引人注目，但却承载、烘托和修饰着一切。如果没有枝条，便没有绿叶和红花，更不必说果实了，世界也就失去了美丽。

枝条的美也来自其自然艺术的魅力，像人体的美丽一样，具有自然艺术的属性。你看枝条疏密而有度，缜密而有序，朴素而无华，那种美丽是很难用华丽的辞藻去描绘的。

我常常赞美枝条的美丽和枝条的精神。它没有鲜艳的颜色，但从来也不自卑，春夏秋冬就一身的素装，以素颜对万变。这种朴素的美给人一种执着的精神，给人一种非凡的毅力。“地势坤，君子以厚德载物。天行健，君子以自强不息”用这句话来形容枝条是再贴切不过的了。这就是枝条的精神和品质。

君子如枝条，枝条若君子。

枝条从不低头，也从不气扬，永远有一种谦虚而向上的姿态和力量。阳光来了，它依然。风雨来了，它依然。黑夜来了，它依然。飞雪来了，它依然。它在风云变化中，壮筋骨。它在饱经风霜中，长气节。

人有时不如枝条，没有枝条的品德，不愿意做别人的嫁衣；人也没有枝条的韧性，枝条可以禁得起风雨，禁得起雷电，禁得起世人的无视和弯折；人则像一张薄薄的纸，脆弱之时，吹弹可破。

我赞美枝条：枝条是最美丽的！

走在路上

早上起来，把窗帘子拉开，突然间发现地面上铺着白雪，薄薄的一层，雪花很碎很细在窗子前卷飞。淡淡的飞舞的雪花远观却无，近观才知道外面雪花正在飞。

不曾知道今天有雪，故把行程方式由空中飞改为地上跑，也不失一种好的方式，因为飞机总是在你着急时姗姗来迟，不管你有多急，不管你的前程是什么，飞机总是那么沉稳地翩翩而至。有时可以让你坐等上几个小时，如果没有点耐心，你一定会精神崩溃。所以既然如此，不如自己租一辆车自由自在地赶路，说停就停，说跑就跑，快点慢点都是自己说了算。但偏偏今天下起雪来，老天在跟我们开玩笑，你害怕飞机晚点，乘车就让你来个地滑。我们也只好如此，将计就计，一边奔前程一边赏雪，那不也是一件快乐的事情吗？

于是也就以此美好的心情踏上了路途。一路确是很美的，一开始天朗，雪飘洒在山野间，看上去像是中国传统的山水画卷。在黄褐色的底色上涂上了白色，犹豫在白色的宣纸上涂上黄褐色、黑褐色形成的画卷一样。那山水画卷是在平面纸上画成的，而今由雪花飞成的画，却是立体的，不重复的，变换着的画面。所以一路地走一路地看，一路的惊喜。

这条从洛阳到太原的高速公路，穿过许多山山水水，为通车而凿隧道，以修桥梁，故此路多桥多洞。每经过桥面时，都会有白色的积雪，车就格外小心翼翼地跑。很怕滑向桥下，不是桥的路，由于大地温度，雪则化作雨水，就这样一段一段的。一会雪铺的桥面，一会是水洗的路面，就这样交替地进行。所以车无法撒欢，当进入隧道时，又暗也不好跑快，不知洞口出处是桥还是路面，故车都在较平稳中前行，不敢撒欢。

天气造成的美景令人饱览无余，那幅自然画卷中一朵朵的白色花朵，那一片片白色的原野，那一幅幅斜坡悬崖，那一片片雪花穿行的树林，那白色茫茫的天空都成为我们车跑得慢而我们不急躁有耐心的理由。除那大片树林，还有路旁立着的孤独的树，还有斜立着的如盆景一般的树等都会令你有一种美丽的新鲜感，有时车进入了崇山峻岭，也会使你感到烟气弥漫如入仙境，别有洞天，一片新的气象，在这气象万千的地方，不由得精神振奋，情绪爽朗。

一路上下着雪，但车跑得不快，但是是平稳的，只是吃过了午饭以后，跑了没有多远，前面的车都排成了长龙，已经鼓拥不动了。

等挨到跟前，下车问了交警才知道高速前方有冰路滑，且大雾弥漫不能行车。但许多车并不甘心，都在那里等着警察放行，警察只是重复着说前方有雾，路上有冰，不能行走，请下高速走另一条道路。再问就爱答不理，说天不开恩，我也没有办法，为了您的安全请下高速。人们一看也无法，只好调转方向，一齐又涌入到出口向支路驶去，但哪里挪得动。前方路口处要收费，下高速自然要交费用，天经地义，所以车辆一个一个等着交费过关，车一排排都亮着红灯。眼看着天色将晚，远处的树林生烟。这时车里的人们都屏着气无有言语的，烦着性子。

当初改天道为地道时也没有想到会被堵住，也未想到下雪会带来不便，这下可使我们的心理一下子平衡了。飞机与车辆，雪的美与雪的烦都互相的抹平了。

但我们走出了收费站后，又猜想这是地方保护主义，为了让那一站的收费口有收入有效益才那么做的，这是人为非天气故，不过天气为其地方保护主义提供了客观的理由。因为我们一直在高速上跑，为何突然结冰，同时高速结冰，下道就不能结冰，断没有什么道理。一下子心理又不平衡起来，想来飞机也好车辆也好，都是由人为造成的，人是罪魁祸首。既客观又主观，可狡辩。下了路走了一段进入了霍州又调头上了高速，到霍州算是到此一游，霍州进口处一个大的箭楼，是一个故宫式的建筑，这霍州可能是一座小古城，有一定历史，也许不是。这霍州由于下了雪地上都是黑色的，山西产煤无不有标志。这次之行的目的是晋祠和平遥古镇，从霍州到平遥古镇还有九十公里的路，恐怕只能看古城的夜色了，白天走的时间不足可用黑夜的漫长来补充，我充满着一种向往。但大家决策不再绕路到高速，就沿着一零八国道前行，一边是大山，一边是平川，山上有积雪斑斑，川上有水潭明镜，一会山近一会山远，最后走向二山之间一边山近，一边山远，山远的一边有一条河流，就沿着一零八前行，直走到灵石，路就走在了水中央，这里几条河流纵横交错，路在桥上铺，两边的山越来越近，车仿佛走进了葫芦峪，的确前方两山之间有一条水流，在这桥拐着弯穿过一个隧道走了出来。但仍然一边是近山一边是远山，远山的一边是一条溪水。山上积雪依然是白得令人注目。虽然是下午不到黄昏时分，但犹若黄昏，雪气苍茫，山峦叠嶂。突然山壁上出现一些窑洞和一些民屋建筑，如入世外桃源，但一些门头上仍有着灵石的字样，看来还没有走出灵石。但手机中电信信息告诉我榆次的有关信息时大约四点钟，到四点半时晋中的信息又到，时五点钟时，吕梁信息来到。暗淡的烟雾开始笼罩着四野，车辆开始亮了起来。

仿佛这里是一马平川，已看不见山色，我想平遥也许快到了。因为已没有了山，“平”已在眼前，但后边一个字是“遥”，差点忘了，问司机说：还有五十公里到平遥，心里念道，啊，“平遥”。

今人叹服的古建筑

我很叹服古人们，他们留给我们那么多光辉灿烂的遗产，有物质的，有非物质的，只说那些古建筑吧，足以让我们为之骄傲。

这些古建筑大部分是清代或明代的，还有更长远年代的，我倒是没有去细致地研究，但我只从观感上就知道这些建筑的珍贵性。

大部分的古建筑都是几进院的，每一个院子都有洞天之感。从一个侧廊，或从一个后门进入，豁然开朗，有另一番天地，这被人们称之为天井。这天井大者藏有园林，小者亦精致有别，从房顶流下来的水都流入院子当中，渗入地下，被人们称肥水不流外人田，说明古人的智慧。

那园林则是精美的，令人赞不绝口。有水、有桥、有假山，有草、有木、有石阶。许多石阶修在山与树木之间，直通二楼的房室。在一楼找不到上二楼的阶道，而必须到院子中寻觅。水者，既是风水，又可用于防火。有些在水上建有戏台，以水贮音，以达效果。戏台两侧的支柱上，往往写有一些对联，或含哲理，或明教义，或愿人望。“看我非我，我看我亦非我；演谁是谁，谁演谁亦非谁”很有意义。当你在天井中站立，抬头望尽屋檐时，那瓦当相合而成的曲折，亦美得像一件艺术品。那房顶上的一片波浪般的、有序的瓦片倾斜着，展示着那灰黑的颜色古韵，带着历史的味道。

那屋顶房角翘起来的建筑修饰，则宣示着古建筑艺术的个性。

其让今人望尘莫及，古人的房子有的一点一点地扩建，历时十几年，精雕细刻，迂回曲折，蜿蜒私秘。住着幽静舒适，看上去大气精美，欣赏之有韵有味。而今人的房屋则是粗枝大叶，总是别人为别人造房子，岂有精美之说？给谁盖的、给谁住的都不知道，只是为完成而完成，并且总是快点再快点，以快为主旋律，怎能去雕琢呢。人都有一些自己的个性，如像古人一样，那一定是知道谁盖房子，要谁盖、给谁盖都是清清楚楚的。

且在古代，人们特讲“风水”，企求聚财、藏风、聚水、人兴、畜旺。

家中一石、一木、一物等，都很讲究。故古代便在院中角落、正位、偏位，在房内的梁、墙、门、槛、楣都设计一些摆设或玄关，且并不随意，而是经风水先生看过，算过的。同时，古人都要脸面，房子那是脸面的象征。而现代人则不在意那些，活得很自我。

古人的房子，各种风格，各种规模，连成的那一大片一大片的古街、古巷古村、古城古镇。高低不同，错落有致，十分震撼。走在其间，感觉到十分的私密，欣赏着各种建筑风格，如走进了建筑艺术博物馆，走进了历史，走进了古人的生活，看到了古人现实生活的历史、文化、习俗。

古人建房子是用木头及石头砖瓦，而现在用的是钢筋水泥，又高又大，不私密，不艺术，没有传统的古韵。

我曾在三坊七巷中看到过许多处令人叹绝的古建筑的规模、节点、片段、小品，久久在脑海中浮现，那种协调、那种色调、那种精美，简直就是一种艺术品。在主殿堂与门楼之间的一侧，用一堵墙连了起来，这不是一堵一般的墙，墙上有一个圆形门，门边是青砖镶嵌的，仿佛那金色的墙上用墨泼出的图案。墙头就更令人叹之了，精致的黛色瓦当凹凸相合，曲曲折折如老戏曲一样流畅和美，像自然界中的一条蜈蚣，一条长龙。墙根处仍为精致的齐砌的石头，整堵墙如一位文明帅气的男子，颇有阳刚之气，同时又像一位粉黛的美丽的女子，亭亭玉立在那里，颇有柔和之美。

穿过墙上的门，便可见那一个长方形的袖珍院落。在一泓水湾的一边，有一座假山，假山一侧便有一个锦楼，水湾边有一条小路可供人踱步，可沿水路通往假山，可到吊楼中小憩，或端坐庭中，或与好友对弈，或与家人共品茶艺，或请明戏策划几招、唱上几段，以打破院落的寂静，给院中的镜水、兰竹以活泼。四边依然是檐与墙头瓦。使得院落上上下下，左左右右都完美无缺。这一个小院落，颇如古代人的一幅画卷。水、树、竹、虫、鱼、亭、榭、小路、山石应有尽有，一应聚全，且堆砌得当，相得益彰。以此知古人之心所在，此处可安心。

窥一斑而知全豹，以此可见古人之品味，生活之追求。其实不必描述，有时可实地一探，其可知矣。此多此一举，以赞古建筑之韵。

自然、文化与历史

一

只有自然的东西才有最大的可能被留在历史上，这是由它的本性所决定的，只要它不被破坏或自然消灭都会永远地存在下去，并且许多的文字里也都记载着它们。虽然有的被养在深闺无人所知，但也总有露面的机会。你看那些诗集里，大都是对自然景色的描绘，如“白浪九道流雪山”、“遥看瀑布挂前川”的诗句，还是韦应物的《滁州西涧》。古代有四大美女，她们有“闭花羞月之貌，沉鱼落雁之美”。出水芙蓉不粉黛，天生丽质有文采。她们之所以留在历史上，就是出于自然之力。

而那些财富却很少留在历史上。余秋雨曾在一篇散文中说“山西商人曾经创造过中国最庞大的财富，居然，在中国文人浩如烟海的著作中，几乎没有留下什么记述。”“一种庞大的文化如此轻慢一种与自己有关的庞大财富，以及它的庞大的创造群体，实在不可思议。”其实不难理解，财富这种东西就是被使用的，不可能永留在世，这也是财富的特性。再加上文人都是穷秀才，往往清高，自对财富多有鄙之，财富对这些“之乎者也”也自不搭界。他们只喜欢那些青的山、碧的水、凉的川、孤寂的大漠，对那些油水之地则格格不入或不屑。

但当把财富变为文化的时候，如晋商大院，这里的人们挣得钱来盖成具有中国传统气息和符号的住宅时，便形成了这里的民居文化，则便受到了人民的推崇、保护和传承。同样一个富商和一个诗人，留在历史上的可以是诗人，富商则鲜为人知。同样政治也是如此，历史上许多的位高权重者，是不为后人所记忆的，只有那些与文化相关相连的人才会常被后人忆起。财富和权力都是当时的人们所追逐的，但它们都有一个共同的特点是无形的，这就是名和利。当世的人们教育自己要“淡泊名利”，就是因为很多人走不出名利场，不能正确对待名利，对名利趋之若鹜。所以当时的人们为了给那些追逐名利者以理智，便教育人们淡泊名利。“非淡泊无以明志，非宁静无以致远”便是。名利是过眼烟云，最终是会烟消云散。自然的东西是有力量的，可以触及文人墨客的情怀的，所以多流于笔端。“道法自然”，也许这是人类所追求的目标，也是人类的最高的境界。而那些人类的人为的东西，而又绝非自然的东西是有一定期限的。但是文化的东西也最终趋近自然，文化是一个潜移默化的过程，是一个大众的过程，是需要时间的，正如中国的传统文化是一种历史的积淀，是经过风雨、经过大浪淘沙的，优者胜而劣者则被风吹雨打尽，所以那些低劣的东西，是很难文化的。真正文化的东西也都是趋近自然的，最终留在历史上的文化也归于了自然。自然和文化的保护、促进、建设都与财富和权力有关。财富和权力既可以毁之，又可以倡之。故那些“道法自然”和“淡泊名利”既是对自然人的要求，更是对财富和权力的企望，后者则更重要一些，因为它拥有更大的威力。当其有益于自然和文化时，便与文化结缘共同留于后世，当于自然和文化无益时，则便也分道扬镳，但一镳鸣响，一镳则会逐渐销声匿迹。自然和文化是无处皆可有之的，如果其渗透到我们经济和社会的每一个地方和角落，不留一隅，则社会必然是科学的、和谐的。所以当人们看到大自然的时候都令人心旷而神怡，恰像人们见到大海会展开双臂，人们来到森林会深深地呼吸。古来如此。当戚继光见到武夷山之时，发出了“他年觅得封侯印，愿学幽人住此山”的感叹，可见自然与权力的轻重，于是乎许多散文、诗文、绘画、摄影则随之而生。因为形成了文化，文化是具有自然因素的人为的东西。当然文化的浩瀚海洋也是令人流连忘返，仅书法一种文化，在那里你可以享受到令人愉悦的东西，孙过庭《书谱》中就有这样的描述“纤纤乎似初月之出天涯，落落乎犹众星之列河汉”、“观夫悬针垂露之异，奔雷坠石之奇”，美哉，美哉。此书谱是一篇优美的散文，又是一篇书法艺术的优秀书帖范本，是理论与实际的完美结合，这种文化又达到了自然之境界，归根结底好在自然。孙过庭《书谱》提到河汉、初月、众星、天涯皆为自然的东西，故“自然”便是艺术或文化，文化或艺术必然是自然的。故可以把好的东西统统归于自然。

二

人们经常提及历史文化，但什么是历史，什么是文化，人们也只是泛泛地谈论，没有人去考究一个有历史、有文化的地方应该是什么样子。许多人介绍一个地方，历史是多么的悠久，文化底蕴是多么的丰厚，但都只是说说而已，并没有什么供人们去见证的东西，或者说曾经有但现在已无处可以寻到了。

但那些人们也会辩解，或说有诗书为证。这便更加说明了这个问题的悲哀。如果说曾经有过一些标志性的建筑或文化的遗迹，但现在或早已荡然无存，不见了踪影，那只能说明以前曾有人在这里生活过，或说有过人烟，或有过故事的存在，而不能说这个地方有着历史了。历史已没有了痕迹，这里完全是一个新生的地方，那这个地方就不存在历史。像人一样，祖辈与其后人，后人不能把祖先的经历作为个人的履历，更不能把自己的年龄加上父辈的年龄来计算。这大概任何人都明白。

三

文化也一样，一个地方有文化也不能仅记载在书本里或喊在口号上，要看其历史上有没有传承，这种传承也有多种形式，也就是文化的载体，这里主要是指客观的载体，再就是指客观的内容，如果这二者都不在，那么主观的载体就毫无意义。一个人的父亲有文化，到儿子却白丁一个，那也不能说此人有文化。这很简单的例子，可以说明一个地方是否有历史和文化。

历史是创造的，这是许多哲学家们的理论，但是谁创造的？是有争议的。但不论是谁创造，只要创造这一说成立，那么历史也会被消灭，被破坏。文化也是如此，它比历史脆弱得多，更容易被人们所涂抹，或擦拭。

四

但成都的锦里和宽窄巷子，就是历史和文化的结合，是相辅相成的。我看了锦里和宽窄巷子时，我就在思考，为什么能保留到现在，在现代城市意识膨胀的情况下，这些在一些人的眼里不很起眼的古老建筑，能被保留下来是一种奇迹。而这种奇迹正是平民百姓，也可以说是日夜守候在这里的居民所无意中创造的，就是现在许多故居被用于休闲旅游的大众文化。但是仍有百姓不舍得离弃，仍然在那里守候着那种生活，大门紧闭，不与游人往来。

所以历史和文化的延续是人们生活方式和文化传统的延续或那些历史文化中的生活方式载体的完好展现。一边破坏着历史，一边又去崇拜历史是不可取的。要尊重历史，尊重文化方能传承历史和文化，方能在传承的基础上去不断创新，发扬光大。

这些古老的房屋，是历史和文化的载体，是他们传承了这种历史文化。人们是保护这些客观历史文化载体的主体。物是人非是历史，是文化，物非人非是文化，是虚无。我们不能奉行“拆与盖”的简单原则与行为，应多营造百年工程，放眼长远，向可持续发展要效益。历史的发展有一个过程，文化的普及与兴消也有一个过程，中国从古代传统的院落情结和街坊情结走向现代主义的建筑也是有一个过程的。城市的发展、建筑艺术与时代有关，古香古色是那个时代的，随着时代的发展，技术在变化，生活方式在变化，建筑艺术也在变化，城市的建筑风格也会随着发生变化，逐步走向现代，走向后现代建筑日益盛行，玻璃幕墙、金属框架、大理石材料包装着一座座摩天大楼和巨型建筑拔地而起，而真正承载中国传统建筑文化文脉的建筑几近绝迹。但这并不可怕，这也是时代的变化，但只要不是拆掉了传统的具有浓郁历史文化传承的建筑而去建现代化的大楼就可以了。从古传统到近现代，到现代，到后现代的建筑，会看到历史的变迁和文化的创新与变化。但后现代以后，中国城市化建设又会回归，会出现一些现代主义与传统文化相融合或现代建筑中有传统文化符号的建筑物，这也很好，更有甚者，完全在建筑中复古。这些都很重要，是历史和文化传承的现代载体，但更重要的仍然是对古建筑的保留和修缮。

从古到今如果都完整保留下来，那么城市便有了记忆。才能去寻找到历史和文化。寻找不到历史和文化，怎么能称得上有历史，有文化呢？只有从建设这条从古到今的长龙身上就可以看到历史、文化的变迁、传承、创新。如果果真如此，带给人类的将是怎样的大观。这将盛过清明上河图，这样谁会说没有历史和文化呢？以建筑来说明历史和文化的传承是可以说得清楚的，人们也会明白。

那一瞬间

五月十二日十四时二十八分，来自四川的轰然坍塌，揪住了每一个人的心，震撼了整个中国，惊动了全世界。

不断的噩耗传来，几乎使每一个人目瞪口呆，紧接着便是泪流满面，失声痛哭，举国同悲，万众哀号。

突然整个中国静止默哀，整个中国定格在一片悲痛之中，空气凝止，车船悲号，人流驻足，鸟儿敛翅，鱼儿沉底，老天也洒着泪。

地震摇撼了高楼大厦、道路桥梁、山体水库，摇落了钢筋、水泥、瓦砾，一时间人们纷纷地被埋葬在一片废墟之中。

他们挣扎着将头伸在阳光中，将手伸在黑夜里，却不自由地将脚伸向了不自由的地方。

他们不愿意就这样离开亲人。

他们还有许多的话要对亲人说。

他们还有许多的理想没有实现。

他们还有许多的牵挂没有放下。

就这一声轰然的震动，却使他们永远地安息了。

他们放下了在这个世界里的一切喜怒哀乐，带着眷恋，踏上了通向天国的路。

但是，活着的亲人们，哪里舍得他们走啊，举一切之力想唤回他们，于是，几夜不眠连续作战，双手挖出了血，身体受了伤，竭力地挽留着他们。

他们听到了八十岁老母的呼唤。

他们听到了两岁婴儿的啼哭。

他们感到了亲人们温暖的手。

他们又睁大了他们感激的眼睛。

人们在悲痛与惊喜中加快了救援的脚步。

许多的生命又回到了现实，给活着的人一种微茫的安慰和希望。

但走了的，毕竟走了。

看一看那些洒落满地的学生证，一张张充满生机和稚气的脸，有的还微笑着，可是现在都在哪里？

看一看那被捡起来的书包堆成一片，孩子们，你们怎么丢下了书包了呢？

请你们回来背起书包，重新到新建的学校读书吧！

然而没有回应。

但你们一定是坚强的，你们一定还爱着你们的亲人。

一个孩子，还在吸吮着已经死去母亲的乳头，母亲用自己的肉体挡住了钢筋和水泥，一定是感动了上帝，保全了一个小的生命。

不，而是凝聚了一种伟大的爱，一种伟大的力量，弥足的珍贵。

一只手，伸出了废墟并紧紧地握着一支笔，握着一种信念，握着一种希望，握着一种理想，握着一种力量和精神。

一位老师，用双臂支撑出一片天地，救出了四名学生，自己却永远成了一座雕像。当搬动他的时候，不得不截去他被废墟紧紧地卡住的双臂。

多么的伟大，多么地可歌可泣！

这位老师的名字我记不起了，却知道他平日里最爱唱的歌就是《摘下我的翅膀，送给你飞翔》。

孩子们飞翔吧，飞向蓝天，飞向未来，向着理想的方向。

一定还会有许多感人的令人撕心裂肺的场面。天灾无情人有情，大难面前有大爱，老百姓是真正中国的脊梁。

山河呜咽，大海悲怒，白云是献给死难者们的哈达或挽礼。

把心放平

天黑了，户外只有灯光在闪烁，也不时传来一些噪音。这时把窗的帘幕拉上，把房子中其余的灯光都关掉，只留下一个台灯，让那柔暗的灯光浸满整个屋子。这时你可以侧卧在沙发上，对着灯光读一本你喜欢的书。

即便是白天，你也可以营造这样一种环境，它会让你静下来去聚精会神地读读书，长一点见识或知识。这样会使你的心灵得到净化，得到升华，也会使你那颗疲惫的心得到休养，得到安宁。

就那么一颗心，二十四小时都在跳动，从来不敢停歇。有那么一时的怠慢则会使人担心起来。不但不能停下来，连慢下来都会让人不安。更多的时间，是人们给它施加的压力，进行一些它无法负担的行动。要么使它异常地处于兴奋状态，不停地加快自己的步伐，像随着一个快节奏的音乐的跳舞者，跟不上节奏就失去了形态，失去了协调；要么使它异常地处于沮丧状态，压抑着它，使它不能正常地舞蹈，它挣扎着，不停地挣扎，从来不敢怠工。它始终忠于自己的主人。即使这颗心病了，累了，它也会努力着抗争，以自己的微弱之力维护着主人的生命，直到把自己消耗殆尽。

所以，喜怒哀乐一切的情感行为，都会对心产生损害，故它是多么需要冷静啊，它是多么需要平静啊。

人有身体和灵魂之分，身体和灵魂的结合才是一个健全的人。同样，一颗健康的心，也是由心脏和心灵组成的，心脏需要的是“静”，心灵同样也需要“静”，心脏的静是受人自身的影响，但心灵同时受自身的影响，也会受到社会的影响。其实，心脏和心灵都会受到人自身和社会的影响，不过受影响的侧重度不同而已。社会上出现的那些道德沦丧的事情，对一个人心灵的创伤是严重的，战争的残酷，运动的无情，社会的冷暖，事故的残忍，都会使心灵受到伤害。有时不能自已。这么大的一个社会，自己在社会中若沧海一粟，自己是左右不了的，人的心灵往往是脆弱的，社会上的那些善、恶、丑、美，都会对之影响巨大，所以人人都尽量地追求定力，尽量不随波逐流。但人若浮萍啊，人不是大风车，大风车可以做到迎接八面来风，但只把方向给强有力的大风。人却做不到，有时一股小的风，只要与自己有关，也可能会把方向给这股微弱的风，这叫“见风使舵”，这样的人大有其数。这样想来人连浮萍都不如啊，浮萍能做到随遇而安，对人来说那只是一种追求，只要有追求就会有顺利或不顺利，就会有如意和不如意，就会牵动人们的心灵。

灵魂的健康、心灵的健康，是要保持的。音乐可以做之，美术可以做之，读书可以做之。总之人的嗜好，无论是什么的都可以做之，为自己营造一个好的生活、工作环境也可以做之。

世界上的任何事物你都要以不同的视角去欣赏之，去赞美之，这样你的心一定会是平和的，把事情的出现看作是有客观的理由，并有其生存的客观的理由，把客观的转化为主观的，那你一定是心里平衡的，心就会静下来。同时，要把世界或社会的浮躁隔在窗帘之外，独自在灯光下去思考理性的哲性的东西，用于心理，用于主观，以保持更长久的心的平稳健康。

人们总是忙忙碌碌，一天到头，回首一看又总是对自己不满意，认为自己一天都没有什么成效。许多人一天忙碌结束后，总是对自己不满意，“唉，今天忙忙碌碌什么都没干”，其实一天下来，能够活着就是幸福的，明天又是新的，又可以再工作了。那么，这不是幸运的吗？故今天忙碌不是没有意义，而是很有意义的。忙碌本身就是做了事情，即使是跳舞、跑步也是有收获的。有的人说：该跳舞时跳舞，该睡觉时睡觉。这才是正常的生活啊，不必指责，不必后悔，不必遗憾。

地神没有天神的配合会冻结、干裂。人的一切也是一个长的链条，也都是彼此互补、互促的。不以物喜、不以己悲，不以低位论尊卑，不以机遇论英雄，既要有“天生我材必有用”的心理，又要有鸿鹄之志，不能好高骛远。“留得青山在不愁没柴烧”这不是什么消极的避世态度，而是一种传统的和谐的从实际出发的态度，保存实力和保持力量是为了更好的生存和贡献。

要保持身心的健康和平衡，是需要诸多的因素的，关键是一心一意，也就是干事情要一心一意，不能三心二意。当锻炼身体时需要集中精力，身心投入，才能取得真正的效果。“千年的老母猪想着万年的糠”，“想着南海牵着北海”，可能在锻炼时会受到损害的。当跑步、散步时要一心一意，不能一边走或一边跑而又一边听收音机或一边带着随身听，两边都不会取得好的或最好的效果。保持心理的平衡很重要，聚精会神的单一的去游泳、打球等都是收获，古人云“鱼和熊掌不能兼得”，贪多嚼不烂嘛。

同样，心的平和是可以持续的，是一个人一个社会扎实干事，不浮躁的、理性的基础。历史上历来都强调“修身养性”，都是为了人和社会的发展。心决定着一切，一切又决定着心。用心去营造一切吧，这样会把心放平。

草木

在这秋的日子里，万物开始凋敝，虽有落叶飘零，但那都是风的力量，大多的叶子们还在树上紧紧地抓住枝条不放。

有些叶子变了颜色。

那秋风，那霜露，那秋凉，其实都是万物的大敌。但从不见哪一种植物为之哭泣，它们反而结满了果实。这就是它们的笑脸，这就是万物的品格，它们有时比人还要坚强，这很令人钦佩。

在夏天那郁郁葱葱的环境里，并不能发现其特点，春天里盛开的花儿都谢了，果子要等到秋天才能结出来，叶子的多彩也在秋露之后才能呈现出来。而在夏日里则是一片的绿色，茂盛则是其生命的特点。但到了秋天时，意志力则已成为了其生命的特点。俗话说秋风扫落叶，秋风一吹，树叶纷落，便给人一种生命的情感，悟出一种生命的力量。古语云：天寒，然后知松柏之后凋也。这都是指草木之意志力。这些树相对于野草则是庞然大物了，这些庞然大物尚且悲秋，不断地落下叶子，何况那些弱小的野草呢？其实不然，那些路边的野草，却变得非常的翠绿。这些野草有芦苇、有蒿草、有莠子、有蒲公英等，相互携着手挺立着。芦苇长出了长樱穗儿，微微弯着腰，那蒿草长出挺拔的秆芥，顶部也开着花。那蒲公英也那么高，鸭掌形的叶子拖着那如蝴蝶一般的鲜花。在它们丛中还有许多无名的绿色的杂草映衬着，或许是捍卫着它们，这是草木的世界，草木的生活，人类有时是不能理解的，即使我们有许多研究者，专家和学者。

就在这些野草中，有一种草叫莠草，长得像谷子一样，尤其是刚刚长出苗来的时候，几乎不可分辨，故人们便有了良莠不分的说法。这些莠子都长出了穗子来，或自成一片或在它丛之中，更令人惊叹的是，在柏油马路的断裂处，或缝隙之中，莠草也长得那么茂盛和挺拔。我不禁叹服其生命的顽强。

莠草在这秋天里却在石缝中挺立着。开出了毛茸茸的花，或许是细小的果实。它像竹子一样，有竹子的风格，虽然那么细小，但不弯曲，秆儿如竹竿儿一样挺立。那叶则有竹叶的形态，也有竹叶的性格。

毛茸茸的花瓣里藏着一粒粒的种子，这毛茸茸的特点也是生命力的体现。毛茸茸可以作为种子的蔽衣。毛茸茸又是种子的坐骑，轻轻被风吹走，裹着种子飞向远方在归宿处等待冬的过去，春的到来。

这每一个生命节点都很令人为之惊讶。

等到了春天时，土地便成为它的温床，又在这里繁荣了，无论地质是怎样的贫瘠。

它不华丽，不富贵，无求土地之肥沃，而骄傲于自己的生命力。所以一簇簇、一片片地生长着，我沿着山路看去总是不绝莠草影子的相伴。

我喜悦地俯下身，用手去轻抚那一片片毛茸茸的花朵，不禁使我想起童年时代，这些毛茸茸的花都是我的玩具。

我高兴的是，不仅在山路上，也在所有路径旁都能见到它，它总是自然的在那里，不曾因为贵贱穷富而避趋之，不会因为富贵而折腰，也不会因贫贱而傲气。

事物本来是有其志的，本良莠不分，把莠草作为反面的教材来说教和对比，其实良或莠也在不同的事物中发挥其应有的作用的。良是人们去耕种收割，藏之以其为生，可留下种子，年复一年地种下去。莠子的种子，会不胫而走，不翼而飞，那是借助风儿和鸟儿，听起来更神秘，更浪漫一些。莠子的种子却是可以闯荡江湖的，今年生长在山里，明年可能就生长在河边了，总是五湖四海为家，从不偏居一隅。庙堂之内有其影，江湖之上有其踪。其影踪无处不在，并同时现身，从不必居高堂亦忧，处江湖亦忧。只有高堂之内而乐，江湖之上亦乐。此是佛之雅量，佛之身手，佛之法度。

草芥如佛，天地混沌，人如草芥，天人合一，岂不是佛草人都有相通之处？

我忽然想起了一位传教士塞缪尔·柏格理，一八八七年抵达中国上海，他并没有在庙堂停留，而是一直南下江湖直往西南地区少数民族地区，到云南的昭通传教。

一九零五年便来到贵州咸宁石门坎，就一直再没有离开过这里。他像一粒莠草的种子，不知道什么风把他吹到了贵州的咸宁县的一个小村子，这里是一个非常贫穷的、荒凉的地方。小村子坐落在大山里，这个村子名字就叫石门坎，是一个很富有诗意，富有佛家语境的名字。仿佛这是地狱通往天堂的门坎。的确是这样的，伯格理的到来，使石门坎有了通往天堂的路。石门坎，真的成了佛门圣地，让地狱里的人们经过石门坎通向了天堂，由狰狞的面目变成了宁静的面庞。坐在天堂的椅子上，微笑着等待后面的来者。

伯格理将现代文明植入了当时社会最低层的苗族文化之中。

他创立了苗文，创立了西南地区第一座学校、医院、游泳池、足球场、麻风病人医院，也创造了中国历史上第一座基督教堂，传播博爱，最后实现了他的志向，使得苗族皈信基督。他志向的实现，付出了常人所不能忍受的痛苦悲伤，险恶生死，他像一颗草芥种子一样，在恶劣的环境中发芽生根，长叶繁荣。但他更难的是除自然环境之难，还有人文之环境之难，他改变了人们的思想，改变了人们的生活生产方式，改变愚昧变成了文明，改变贫穷而变成富有。他一边要避免当地黑势力的暗杀报复、绑架摧残，又要改变感化着他们。不入虎穴焉得虎子，他一边创造着语言，一边又用语言说教，让人们放下屠刀，停止吸毒、赌博及传统的劣习。这哪里只是一个传教士，而是一位与恶势力和愚昧势力斗争的战士，是一位从肉体和精神两个方面改变着石门坎的社会，既是教师又是医生。

当时社会的贫穷和落后，使得社会存在许多毒瘤，人们的身上有许多吸血虫。伯格理之成功，是其草木的品质的顽强所然。道法自然，像草一样的，借风力送出自己的种子。

但是时代不同了，人们发明出了比自然比风更有力量的东西，舰船和火炮。炮弹生风，长着眼睛，冲向一个地方，于是石门坎也灰飞烟灭。如果伯格理在天有灵，一定会发怒，一定会叹息。他在石门坎十年的苦心经营，多少年后也遭到了现代文明的极大的破坏。现在的石门坎所处的大山里，到处都在开采石头，只有伯格理在天堂可以俯视到那些被挖掉的绿色，通往天堂的石门坎的石门已不复存在了。

一九一五年九月，五十一岁的伯格理因护理患伤寒症的学生染病，就从石门坎入天门，进入了天堂。

伯格理一八六四年生，别名蒲拉德。

蒲者草芥也，有草的忍性和品质，故名蒲拉德。对于他有自己的庙堂与江湖，这些草木品质之人，才是社会的脊梁，那才是真正的历史、文化、物质、经济。伯格理永远不朽。

人确需草木的品质，不仅要学习草木的品质，而且要有呵护草木的品质，这才是完备的草木品质观。

春风来了，把它吹绿，夏风来了，使它繁荣，秋风来了，使它成熟，冬风来了，使它枯败。好人来了，对它欣赏赞美，坏人来了，把它践踏破坏，但它都是无语的、默默的。

如果人有了草的品质又有爱护草的品质，那么就成为了一个完美的人，就具备了伯格理的品质，草木之心，那你就有了庙堂与江湖。既可在庙堂之上，又可在江湖之远，才会有平衡的心态。孔子曰，三人行必有吾师。从草木的身上可以看到，人不比草木也是不如草木的，草木皆为吾师。

反科学主义思潮

反科学主义思潮，在最基本的意义上，是表示对科学主义的反对。反科学主义的内涵，本质地体现在“科学主义”这一概念中。因此，要理解反科学主义思潮，首先需要弄清科学主义一词。

英国出版的《牛津英语大词典》、美国出版的《韦伯斯特国际英语词典》和《大英百科全书》中“科学主义”的定义，就是这样一种观点，即：“自然科学的方法，是获得知识的唯一有效的方法，应当应用于包括哲学、人文科学和社会科学在内的所有研究领域”。通俗地说，就是科学主义在推崇科学的同时将科学泛化，把科学看作是万能的上帝。反科学主义，则反对科学万能，其在反对科学霸权的同时走上了反科学，有时把科学看作是万恶之源。

科学主义思潮是产生于西方的一种社会思潮，它从诞生之日起，就一直受到宗教界和人文主义的批评。反科学主义从近代科学的产生之日起就开始孕育着。当二十世纪中叶，科学技术负面效应凸显的时候，尤其是西方后现代主义思潮的出现，使反科学主义思潮在西方兴起，对科学主义的批评日趋激烈。后经中西文化交流，尤其是经过一些海外学者的传播，被传入中国，并与中国传统的儒家文化结为同盟，再加上中国面临诸多全球性问题，以及中国转型时期的思想变动，使中国的反科学主义思潮形成。

中国的反科学主义思潮形成后开始以 “科学主义”指称那些重视和倡导科学思想、科学方法和科学精神的观点，用传统文化中的所谓“人文精神”来约束、限制科学。并用科学主义的观点反思百年中国，把二十世纪中国的不幸，归咎于科学主义，把在中国历史上具有进步意义的五四科学思潮看作是科学主义思潮，加以批判。因此，在中国的科学技术还不够发达的今天，研究中国的反科学主义思潮是有其积极的现实意义和历史意义的。

本文认为，中国的科学主义与西方科学主义是绝对两码事，严格地说有本质的区别，西方科学主义是现实存在的，而中国的科学主义只是概念上的。但是在中国和西方反科学主义者眼里是一样的，因为中国反科学主义和西方反科学主义如出一辙，或者说中国反科学主义思潮，带有浓厚的英美主义色彩。龚育之在《中国需要反对“科学主义”吗？》一文中这样表述：中国的反科学主义思潮所传承的是哈耶克的《科学的反革命》、郭颖颐的《中国现代思想中的唯科学主义》以及西方后现代主义思潮中反科学思潮的一贯做法，“反科学主义者对科学进行了新浪漫主义的批判”，这种批判“半是挽歌，半是谤文；半是过去的回音，半是未来的恫吓”。

中国反科学主义思潮带有一定的盲目性，其对“科学主义”的批判只是抽象的从概念上出发的。其思想实质表现为：首先，非本土性的思想基础；次之，非历史性的方法和态度；再之，非建设性的目的和趋向。其理论根源有二个：一是西方反科学主义思潮对科学主义思潮的批判；二是中国新儒学对传统文化的皈依。这是本文的创新点。

本文对中国反科学主义思潮对五四科学思潮的评价这一特例作了客观的分析，认为反科学主义思潮对五四科学思潮的评价应以历史进步性为核心判据。其失误在于：否定的立场具有非历史性；论证方式缺乏逻辑一致性；以抽象的“科学主义”概念分析具体历史事件具有不合理性；结构的分析方法缺乏历史建构性。

由于反科学主义来自西方，属泊来之品，所以，本文考察了西方反科学主义思潮形成的社会背景与历史演进，进而，分析中国反科学主义思潮兴起的社会背景与历史发展。因此，得出中国的反科学主义思潮的理论根源和思想实质。最后得出一点启示：中国现代化更多的需要弘扬科学精神，倡导科学方法，申明科学价值，继承和发扬传统儒家文化的精华。在中国应该恰当地去反—科学主义，即建设性的反科学主义，避免科学的行上化。

几个问题：

反科学主义与反科学的关系？

反科学主义与反科学是有区别的。反科学主义即反—科学主义，是对科学主义的批评，并非反科学——主义。

反科学是根本否定科学技术的真理性和价值的观点，它从根本上否认科学的认识价值、经济价值、文化价值以及各种社会价值，也常被用来指称某些具体的抵制科学研究和技术运用的行动，如反对进行动物实验和阻止建立核电站等。一般来说，反科学的外延十分广泛，包括各种各样的对科学的批评，包括环境保护主义、动物保护主义和绿色主义理论，甚至还包括一些宗教团体对科学的批评和反对。而反科学主义是指这样一种文化思潮，它声称反对以科学技术理性为核心的文化模式、思想模式和社会模式在现代社会的统治。提出和赞成反科学主义观点的人，大多表现出对社会进步和人类命运的忧虑，甚至还常常是站在弘扬人文精神的立场上来反对科学主义。反科学主义是对科学技术功能与价值的一种片面的、极端的看法，当然也有某些合理的内容，它不一般地反对科学技术，也不一般地反对技术在现代社会的运用。所以，一般来说，反科学主义思潮的注意力并不在于阻止核实验或生物工程的研究，而主要在于科学和技术在社会和文化中的地位；在于科学技术理性与所谓“人文精神”的关系；在于科学研究和技术活动与人类其它活动的关系等等。当这些“地位”和“关系”都是“适当的”，科学技术理性在某种“文化精神”制约之下起作用时，并不需要也不应该一般地拒绝科学技术。

当然，上述反科学主义与反科学的区分只是理论上的，而在实践中反科学主义与反科学的区分有时候也是有困难的。因为有的反科学主义在反对科学主义的同时，也会在一定程度上走向反科学，反科学主义与反科学也往往纠缠在一起，在很多时候，反科学的思想和行为也能为反科学主义提供某种现实依据。

科学在价值上是否是中性的？

爱因斯坦一再提出这样的思想，科学是一把既能行善也能行暴的双刃剑，科学不能提供目标，而只能提供达到目标的手段和方法。也就是说科技发挥什么样的作用要看人类如何去使用科技。所以不能把科技的负面效应归罪于科技本身。科学在价值上应该说是中性的。

中西方反科学主义有什么不同和联系？

中国的反科学主义渊源在于西方，中国反科学主义思潮带有浓厚的英美主义色彩，可以说是一脉相承。但是也有区别，西方反科学主义是土生土长的，西方国家是在科学技术发展了数百年后，涌现出来一些弊端，从而产生了反科学主义的思潮。而当代的中国科学技术较之西方还很落后，科学主义还没有形成，所以，中国的反科学主义与西方的反科学主义的最大区别在于：（一）缺乏本土的思想基础和历史意识；（二）缺乏历史性的方法和态度；（三）缺乏建设性的目的及趋向。

中国反科学主义错误是在一定程度上走向了反科学，那么在反—反科学主义的问题上如何把握？

在中国自古以来就是传统的儒家文化占统治地位，有许多东西还抹不掉经学残余的影子。中国现在真正缺少的是科学和理性。中央提出的科学发展观，也说明我们要更多的提倡科学精神、科学方法和科学思想。就中国目前科学技术发展的状况和人们的科技意识来说，即使有些人对科学的推崇有某些过激的言论，也是可以理解的。刘志琴在《民族自省中的超越》一文中说："国人在对待现代文明的态度上，那种无处不在而又挥之不去的传统习惯，一旦被撞击，便可能自发地形成排拒新事物的屏障，非有极大的勇气不能突破。"所以在当代中国我们应该反—反科学主义，要大力提倡科学精神、科学方法和科学思想。一方面，要在扬弃传统文化的基础上，把西方近代以来的科学知识、科学精神和科学方法等逐渐内化为国民思维，内化为国民素质，内化为国民行为方式，真正实现我们的科学技术强国梦；另一方面，由于我国的科学的发展是突飞猛进的，技术也是日新月异的，虽然我国目前还没有产生"科学主义"的土壤， 但是我们要借鉴西方国家的教训，要防止科学走向泛化。

因此，我们反—反科学主义思潮时，在注意到中国科技、社会和经济发展的现实状况的基础上，既要看到激进性反科学主义的危害，又要看到建设性的反科学主义的积极一面。这对于人们更好地理解、发展和应用科学技术以及人文社会科学，端正自然科学与人文社会科学之间的关系，更好地实施自然科学和人文社会科学的联盟，共同抵制伪科学、反科学是具有重要的现实意义的；对于防止未来科学在中国形成“主义”，产生“形上化”将起到未雨绸缪的重要作用。

访问南山禅寺

由真龙所邀，前去南山禅寺。

真龙说：“吴悦石先生的几位弟子来到了南山禅寺吟诗作赋、挥毫泼墨。”我听后大喜。真巧，芝麻掉在针眼里。这几天，张继刚先生来烟举办个人诗书画展，一起去看一下南山大佛亦是一个好机会，且继刚先生与悦石先生两位相识。

南山禅寺坐落在龙口市境内。其前身是黄县今之龙口境内的最古老最著名禅寺，名为石泉寺。据《县志》记载：自唐至清、佛教兴盛，全县八百余村，村必有庙。境内城西南石泉寺最古老，创建于唐贞观年间。一九九九年对石泉寺进行重修，改名为“南山禅寺”。重修后的南山禅寺复旧貌，换新颜。整体建筑气势宏伟，占地四万平方米，建筑面积九千八百平方米。进入山门中路有弥勒殿、大雄宝殿、圆通殿、藏经阁；东路有钟楼、地藏殿、伽蓝殿、东方三圣殿、菩提殿、文殊殿；西路有鼓楼、祖师殿。颇有规模。

西出烟台市一个半小时的车程。

清晨的阳光射来得很早。天上的白云显得异常的高远。虽然是深秋时节，但天气还和暖。坐在车上，一边看着道路两边的红叶，一边听继刚先生讲一些艺术的故事，经历了一段愉快的旅程。

进入南山禅寺区域，山路崎岖，山水沉静，山色斑斓，闲适之气萦绕左右。

“道由白云尽”的飘逸使人怡然自得。车子直驱禅房，禅房在山的怀抱之中，树木葱郁，房檐飞翘，“禅房花木深”的幽静令人顿生禅意。环境的典雅之气大放异彩。

走下车来，真龙已在门外等候。走进禅房后，真龙便泡上一壶茶，开始品茶论道了。围着一个大大的长条桌子，虽有一定的距离，但其乐融融之气充盈禅房。禅房内外气和景美。

茶后，真龙做向导，沿着山路来到南山大佛的正面，拾三百六十个石级，直攀登到大佛的莲花座旁，莲花高过人头，可见大佛的巨大。

在沿着石级而上时，抬头望一望大佛，犹在空中，高大深邃。这时的阳光正毒，与大佛并肩，十分的宏伟壮观。

拜过了大佛，顺大佛身后的一条迂回曲折的山路回到禅房。路上颇为宁静。佛前石级上的人们和鸽子们熙熙攘攘正热闹着，而大佛身后的山路可谓十分的空寂。故可以听得鸟鸣，见得路上的尘粒。说来正巧，忽见一个骰子落在路上。我俯身捡了起来。继刚观之说："唉，一枚骰子。"我立刻便想到了爱因斯坦说的一句话："上帝经常把骰子投向人类。"我无法理解，但我想可能是说了这样一个意思：也就是一切都在变化，一切都无法预测。为什么这么说呢？因为上帝扔下的骰子，有六个平面，六个面上的数字和颜色皆有不同，各代表其意。我又想起了一句话："人类一思考，上帝就发笑。"大概的意思就是上帝是大智慧，一切都在上帝的掌控之中。人类思考那么一点点，还须费九牛二虎之力。等上帝投下骰子，一切又变了，人类又不得不再次思考。其实一切上帝都是知道的，故上帝经常嘲笑人类的思考。

古人有一诗句曰："世上无穷事，生知遂百春"。可见上帝是如何的渊博。

上帝不仅仅向人类投骰子，也向佛界投骰子。佛界中说佛法无边，是否上帝也在佛法的境内？佛界是否在上帝的控制之中？这势利的结构也是纷繁复杂的。也许是相互叠加式的法力结构。上帝、佛、还有主耶稣，都在发挥着法力的作用。这些都是老百姓封出来的，是老百姓信奉的神的力量。

这些神的力量是要求众生修炼的。什么叫修炼？修炼是要吃苦头的，要受到许多的约束。要修炼成功，一定会是经历了许多的磨难，克制了许多的欲望。上帝、佛、还有主，都会要求众生行善。行善就是不要做坏事，不杀生，不伤害别人。这都是人类追求的梦想。上帝、佛、主是用善良美好的理念去束缚众生的。这也许是人类的谋略。同时人类又制定了自己的法则。这样天理和法律通用，既相互补充又在道义上制约。但是众生之中却有许多不讲理的，甚至连法也不遵。从这一角度去看人类却是世界的主宰。有好的人，才会有好的理念，才会有好的法规，才会按照天理和法则行事。

沿着这条山路下山去禅房，这短短的距离却思考了许多，还没有来得及浏览山路两边自然生长着的树木。我忽然感觉到上帝在笑我了，于是抬起头来，不再思考。路边那自然生长着的松树斜依在山坡上，其间有野花的烂漫，欣然于心。不管上帝扔下来的骰子是哪一个面向上，也不管是春夏秋冬，漫山遍野的松树总是一身可人的绿色。

路上，继刚先生问我：“那枚骰子呢？”我说：“在我衣兜里了。”

公众意识

本想去操场跑步锻炼，但是到了操场后才发现操场用钢架子围了起来，许多地方堵住了，把跑道都占用了，因为正在搭建，所以一片混乱。

人们常常遇到这样的情况，也常常为之叹息。有些场所经常“越俎代庖”，承担着自己不应该承担的任务，给人们带来许多不便。运动场是用来运动的，所以许多人都会前往去锻炼身体，但到了以后却发现操场已被占用，事先并没有人告知大众。

记得有一次去操场的路上，有一段道路被占用，成为了商品交易的会场，大约需封堵三天。许多人驱车去操场，到了这里路不通，同样也没有发过告知书。许多车辆都挤到一处无法通行，只好在这里调头，但车辆堵成了一锅粥，时间浪费，计划无法实现。因此人们希望事物都要各归其性能，发挥其本质的作用，无论是什么时间，无论是什么天气。尤其是道路更要保持其畅通，当有紧急事情的时候，可以顺利通过。

透过这些小小的现象，看到我们社会的公共管理还存在许多问题，故引起许多社会矛盾。但是往往熟视无睹，并没有引起足够的重视，这就是我们最大的问题。公共管理还有公共服务的缺失，需要我们为之反思。

由此，我常常想到秩序和诚信，想到了“信用”、想到了“任性”、想到了“随意”、想到了“法律”、想到了“规矩”、想到了“文明”、想到了“人性”。

想来想去，也只能是坐在沙发上，什么也不做，才可能心平气和，在一个公众意识缺失的社会，只要出门办事便会出现“不顺”或者“不满”。

杭州犹如梦幻

杭州，我总觉着有许多的梦幻。

那美的梦幻就飘扬在西湖的波光中，飘扬在钱塘江的怒潮间，飘扬在六合寺的钟鼓声里。那悲的梦幻飘扬在历史的天空上，飘扬在人们的记忆的脑海中，飘扬在古建筑的神韵里。

民间传说："上有天堂，下有苏杭。"使许多的人为之向往。杭州的西湖是很有名气的。苏轼曾写诗云："若把西湖比西子，淡妆浓抹总相宜"。这便是美丽的梦幻。

但也有许多悲悯的梦幻。不过都已成为历史或笑谈。

六和塔里的梁山泊英雄武松，想来也在历史的阴霾里。宋江投降主义，将众英雄投入火海，正如人们所云："明珠投暗"。把众英雄当做一颗颗火炮抛向了杭州的方腊。武松单臂擒方腊，之后出门入佛家。武松已看透了当时的朝廷。但是宋江则是对朝廷抱有希望，却害死众英雄好汉。但宋江投降主义换来的一点希望之火也被毒酒所熄灭。"饮鸩止渴"好一个悲悯的梦幻。

雷峰塔底下的白蛇，是法海所为。一个蛇精与法海交战，只是因为法海多管闲事，破坏了青蛇和许仙的爱情。一个蛇精不被法海所容。读鲁迅的文章时，才知道一条蛇是压在雷峰塔的底下的，这也是如在梦幻里的。什么是人？什么是妖？有时人妖难分，有时人并不比妖好。法海是人，白蛇是妖，谁好呢？我不认为法海是个好人。

岳飞庙，秦桧夫妇跪拜在岳飞像前。有一种悲哀之感。这种悲哀是民族的、是历史的。我怎么也不敢相信那段历史。大宋被小小的金国掠走了二位皇帝。宋朝的英雄不仅受到金国劲敌的打击，同时也受到了大宋奸臣的压制。像秦桧这样的败类如同金国的卧底，不敢想象，也很难想象历史的是与非。战争总是生灵的涂炭。

宋·林升《题临安邸》诗云："山外青山楼外楼，西湖歌舞几时休？暖风熏得游人醉，直把杭州作汴州。”把开封府忘记，却把杭州作京都，岂不也是梦幻？是真正的梦幻，是悲悯的大梦幻也。

西湖断桥边上的苏小小的墓。传说苏小小是六朝南齐时的歌妓。家住钱塘，貌绝青楼，才技超群，常坐油壁香车。可惜年芳十九咯血而死，葬于西泠之坞。后人于墓上覆建慕才亭，为来吊唁的人遮蔽风雨。历史上苏小小墓几经毁建，清代重新修建。后在文革中再次毁坏，现在的亭子是二零零四年重建。我看后也如梦幻。一个小小的女子竟有那么多的才子佳人来此凭吊，颇令人感动，实属人性的回归。

历史的过往，总若真实的梦幻，现实中亦有梦幻的真实。

山房，在山腰间有一个地方，可品茶可读书可静思。也便有了梦幻般的向往，到了那里一看环境优美无比。山是高的，树是绿的，人是热情的，一切都很真实。泡上了一杯茶，正品时，恰巧一阵山风吹来，树叶纷落。便觉着一种梦幻又来了。在这山腰间的四合院里有几间旧时的房子，宁静而私密，晚间有清风明月相伴，白日有绿荫碎光相随，如同与世隔绝的桃源之境。据介绍是许多有权有钱的人的消闲之处，从远古到如今。一想到远处和高处又觉梦幻丛生。不过我亲临其境，却感古人之贤明。我的到来之时造访友人，而并无享受之福，但这天却小雨淅沥，别有一番情趣。我写了一首诗，以真实寄梦幻：风声雨声入耳来，却润心脾纾胸怀。心绪不宁一时塞，此院可来听天籁。

还有一种梦幻不在历史与传说间，也不在劳动力的传统资本中，而是在“云”大数据里。这梦幻大数据是大梦幻。马云、马化腾都是梦幻的制造者。他们似龙望天空。他们像鹿犹食草。他们在云里雾里看一切，掌握一切。他们脚踏实地掠夺一切，拥有一切。金融小镇，有水有山有园林，有许多中国传统的古建筑。但在这些传统的文化符号当中，却孕育着新的产业，藏着现代人的时髦的梦幻，跳跃着年轻人创新的梦想。云与钱的交融如梦如幻。我曾在那里吃过一餐晚饭，喝了一顿酒。这顿酒喝得很活跃，没有秩序，主人领大家一起喝了头一杯酒后，同桌子上的人都会站起来互相敬酒，到此便完全的没有了秩序，也觉着晕晕乎乎的，在这山水之间如梦如幻。这种生产与生活的方式就决定了一个地方的创新能力。在我们看来却如梦幻，那是我们已经看不清他们瞬疾的套路了，只感眼花缭乱。

在这个偌大的西湖上，只看到粼粼的波光。湖边的大树上的蝉声不停地随风飘来。风吹拂着青柳千条，从枝条间看过去，那大楼也似幻影。

夜晚的到来，初照的华灯犹如梦幻。

综合思维浅议

我们在城市里，曾提出了城市综合体、商业综合体、文化旅游综合体的建设。之所以体现出综合体的概念，是因为原来我们的城市单体建筑较多。住宅就是单纯的住宅，商场就是单纯的商场，文化馆就是单纯的文化馆。旅游相对综合一点，但仍然不够，差距还相当的大。人们从住处去酒店，去商场购物，出去玩一玩，都要从一个地方乘车或步行到另一个地方去。或从一个楼上下来，再到另一个楼上去。也就是从一个单体到另一个单体，增加了道路的压力。路成为交通和人群的必由之路，也给人们造成了很多不便，车辆拥堵，人满为患。后来我们提出了综合体的问题，许多年来我们并没有做到所谓的综合。

那么，什么是综合体？在一群相连的建筑群中，包含着多种业态。这些业态是人们所需要的，不出楼，不见天，都可以做许多的事，可能游购娱食住行都在里面。都为追逐利益最大化，所以单体就多。大部分都是住宅，一片一片的，何来综合？我们建了一些城市广场，这是我们提到综合体的最完美的代表。在城市广场中，有许多业态的存在，虽然有些需要下楼，再上楼，但是距离是小的。在这个广场有限的范围内，打造了许多业态。

有一次去了澳门才发现什么叫综合体。建筑体量大，业态多样化，在楼内廊内，走上一天也有地方去，什么都可以买到，也可以吃到，也可以看到，当然更可以玩到。还有一种特殊的行业——博彩业。有一些业态都是为博彩业服务的。

我去过一个叫永利皇宫的地方，在晚上灯火通明，周边是水，水的一边是大道，一边就是永利皇宫。要从陆上进入到皇宫区，需要乘坐缆车升高空，过水河，在空中观水中表演，看楼上灯光的变化，的确是费尽心机。但你可能想不到那么豪华的缆车是免费的，对各个群体都是有一定吸引力的。进入皇宫后，你会发现极致豪华，处处豪华，可观、可购、可玩，那种豪华无法用确切的语言去表达出来。各种的鲜花被雕塑得如此精美，如不细细观察都不会相信那是真正的鲜花。鲜花的花样之多、规模之大、造型之美，谁都不相信，那就是鲜花，太过奢华。

在这里不仅业态很有综合性。它的管理、它的经营、它的美观、它的细节，无不体现着两个字“综合”。从形式的综合到内容的综合，却体现出澳门人思维方式的综合、经营模式的综合，因而创造了规模效益的综合。

不计较一业一态之兴衰，不计较一方一面的得失，而提倡的是综合。可能吃饭不挣钱，但住宿挣钱，可能卖高档正版货不挣钱，但博彩业挣钱。同时也打造了澳门的整体意识，节约意识，因而反过来又促进了综合性。路连路、廊接廊、墙借墙、光借光，相互促进、相互照应、互相补充、相互综合着。

但我又想起了我们的单一性思维，或单一性经营方式。如一条路，有修路的，有铺设电缆的，有铺设暖气管道的，有铺设自来水管的，有铺设污水管道的，还有管绿化的，管道路设计的，都各自为政，又在互相合作，但更多的是各自行动。所以我们的路常常会被挖开，铺设和修缮各种设施。故人们常说，我们的马路应该装上一个“拉链”，方便各方。我们的综合思维、综合管理、综合经营的方式并没有在城市管理的经营服务中树立起来。

这就造成了城市建设和管理的很大浪费，没有人去统计一下，我们每年在城市建设和管理方面的花费有多大，可以建几所小学或医院，可以使多少人脱贫。

我们更多强调管理的精细化，服务的精细化，管理的均等化，服务的均等化。之所以强调，是因为我们并没有做到。但虽然如此，我们曾倡导过管理和服务的综合化。我们也有着传统的综合性文化。比如：我们的中药就是多种草药的配伍，同时又是综合治疗，综合调理。而不像西药，头痛医头，脚痛医脚的单一化思维，那为什么现在就不能完全做到“综合”呢？

人们经常看到那些大鼻子蓝眼睛的人思维缓慢，单一，算不过账来，然而他们在工程技术上却如此的具有综合逻辑性。他们想的为什么那么复杂而又系统呢？我们在工程技术上为什么又表现得那么单纯单一呢？综合性、科学性、复杂性、系统性的思维方式，哪里去了呢？

其实综合已不是一个新概念，也不是前所未有的，而在一些地方已经相对的完善了。完全是可以仿造，并可在此基础上创新的。

不怕想不到，怕的是看到了也做不到。

令人激动

人总归是人，有情感，有劳动能力，所以可以被感染，所以可以去做事情。人的年龄、学历、经历不同，性格也不同，但都可以被激发出一定的能量，也可以被环境、氛围所感动。

那是一次又一次运动会的开幕式，在一个体育场里面举行。四周高高的坐台上坐满了观众，全场彩旗飘扬，绿茵场上洒满了阳光，一片欢乐祥和的气氛，令人心潮澎湃。

响亮的麦克风中传出了入场式开始的号令，响彻整个运动场。运动员迈着矫健的步伐，踏着运动进行曲进入了场地，前面礼仪举着队牌，后面运动员代表举着队旗，在后面是领队，之后便是运动员队列。他们喊着口号，并正步走过主席台，面向主席台举手敬礼。他们是那么的美丽可爱，令人为之激动。

开幕式上当红旗升起来，在阳光中迎风烈烈招展的时候，再次使人为之激动。

健儿们在运动场上挥洒汗水，咬紧牙关，拼搏冲刺的时候，会再次令人为之激动。

那是一次又一次的马拉松赛事。秋风扫着落叶，但参加马拉松长跑运动的人们，却穿着短裤短衣，体现着健美的身姿，集中在起跑线时，那么多人，红红绿绿的像是花的海洋，也会使人为之激动。

当发令枪响后，争先恐后地向前跑去时，那密密麻麻的人群、洋洋洒洒的队伍，很是壮观。有领着孩子的，有拥着老人的，有一家三口的，有团队一起跑的，有来自国外不同肤色的，不仅这个场面，而且这种精神，值得为他们喝彩，为他们鼓掌，令人为之激动。

当看到那些气喘吁吁的运动员，汗流浃背，却依然向前迈着步伐，那么坚韧。在他们身上看到的意志和毅力，也会令人激动。

跳高运动员越过高度，如鱼跳龙门之姿；木马运动员在木马上倒立的时候，游刃有余的风度；篮球运动员翻身投篮，投中的时候，挥洒自如的自信；排球运动员，扣下球去，对方无法挽回，如晴天霹雳之势；乒乓球运动员双拉成长线，战球在飞舞的时候，有白练之美；游泳运动员在轮换双肩激起浪花的时候，如珍珠潜起之乱；射击运动员在打出子弹，射中靶子，子弹上膛的时候，咔嚓，子弹上膛，弹壳脱落的潇洒。这些都会使人们为之激动。

激动的原因就是场面、氛围、意志、拼搏、成绩等。这都是不仅使人激动，而且可以激励人们奋进的重要因素。俗语说："有志者事竟成。"可以教矛盾的双方，可教未成者，可教失败者，可教成功者等。但都有一个前提条件，有志者必有智慧，有志者必有毅力，这两点缺一不可。智者见贤思齐，毅者善始善终。俗语还说："有志者立长志，无志者常立志。"有志者一旦立下志愿，定好目标会不懈地努力，积极地作为，咬定青山不放松，不达目的不罢休，如果再有智慧和毅力，必会成功。此有志者也。无志者，并非无志，任何人都会有志，但其却缺少智慧和毅力，遇到挫折或困难都会放弃其志愿，改变志向，半途而废。但当其看到那些激动的场面，又会再次立志，信誓旦旦，三分钟热血，过后遇到挫折和困难又会放弃。一曝十寒，或见异思迁，都将会一事无成。

一个人的成功，要有志向、要有智慧、要有毅力。三者具备才是志者。

那些令人激动的场面都是组织者、参与者的志向、智慧、毅力的综合效果。令人激动者、被激动者，都是对生活充满希望，热爱生活并为之奋斗者。

要做一个令人激动者，就要做一个有志者，最可贵者是"见贤思齐"，而不是"见异思迁"。

令人激动的场面多了，意味着成功人士就多了；成功人士多了，意味着社会就成功了。

木棉花

木棉花是很美的，在那棵高大的树上结出鲜艳的橙红色的花朵来，满树地分布着，像是北方的白色玉兰花一样，毫不掩饰地展现在枝头。

木棉花是一种对季节非常敏感的树木，南方一年四季如春的城市，温差很小，许多的树在北方的冬天里都会落尽叶子的，然而在南方却是四季长青，始终绿叶不凋。但木棉树则在所谓的冬季里像北方的树一样在南方的冬天落尽了它的叶子，在绿油油的树丛中显出赤裸裸的枝条。春天来时它又先开出一树的花，虽然不是一枝独秀，虽然凤凰花也已美丽地开放，虽然三角梅也开放得很艳，但它们都在满树的绿叶中间绽放，唯木棉花没有绿叶的陪伴。木棉花在南方过着北方的生活。

看木棉树那粗壮的树干，那憨厚的枝桠，一副迟缓的形象，但对季节的温差却有如此敏锐的感觉，“春江水暖鸭先知”。我想莫非冬天的落叶就是为了春天那满枝的花朵吗？先让花儿美吧，花谢败后，绿叶再登场。这木棉树还是有自己的独到之处的。

这是叶子的高尚，这是木棉树的品质。

长青，在长青中开出花来本是值得赞美的，凋败而后再生中间，让花朵先大放异彩，岂不更令人惊奇？长青是一种意境，凋败也是一种意境，长青者是渐进式代谢，凋败者是休克式的代谢，会让人更感到新生的力量。

在北方的冬天里，众树凋而松柏长青。在南方的冬天众树长青而木棉树独凋，此“与众不同尔”。

“与众不同”需要勇气，入乡而不随俗，同流而不合污是何等的清廉。《爱莲说》中云“出淤泥而不染，濯清涟而不妖”，此是万物之最高境界。这使我想起了《渔夫》中的一句话“沧浪之水清兮，可以濯吾缨；沧浪之水浊兮，可以濯吾足”。木棉树有渔夫之性情。自古至今，世人敬屈子之高洁，以屈子不平之际遇，感怀悲悯，举世皆醉子独醒，举世皆浊子独清。何不若渔夫所言：不凝滞于物而能与世推移。可如屈子之执着，又若渔夫之推移，何也？

沉静是多么的有定力啊，在别的树木都在纷纷扬扬地绿着，兜着风儿，奏着天籁之曲。而木棉花则枯着枝桠，如一个出家人不理那万丈红尘的忙碌。正是这大的沉静，才孕育出那净洁的花朵，在那粗大的枝桠上开得如火如荼，仿佛并不那么和谐，但毕竟很美丽，这也正是令人惊叹的原因。在不可能的地方生出了可能的东西，在意想不到的地方产生了意想不到的效果。

我喜欢这种树，有特点、有个性、有敏锐性。花开花落本自然之现象，花开在何时，败落在何处，也本是自然之现象，但总会有不同的感悟，或在某个节点上给人以思考。

梅开春寒令人赞之，桂开秋月令人赞之，落花流水令人赞之，花落雪地令人赞之，而这木棉之花呢？亦有令人赞之的独到之处。

品味

桌上放一个白色的杯，下面有一个白色的托盘，上面有一个白色的盖，便形成了一个静态的风物景象。

把杯盖放在杯的旁边，便形成了一种使用的格局。杯在托盘的中央，盖跨着托盘放在桌上，然后把绿茶倾于杯中，倒入适量的热水，立刻茶香四溢。

茶在杯中滋润，慢慢地伸展开，那美的绿色的叶子浸在杯中，茶香是沁人心脾的，品一下味道润人心田，看着是很可人的。就像是看天上那舒展的白云，看天空中飞漫的雪花；就像读了一段美文，一段描写美景美人美事的带有浪漫文学色彩的散文诗。

茶的绿色，水的无色，杯的白色，简单而宁静，给人一种美。那些茶道，总是那么浮动着，杂乱的场面让人不安，打扰了品茶的兴致。品茶的最高境界就是“静”，静能超然，静能致远，静能养神，静能生智，这便是真正的茶道。那些所谓的翻江倒海式喝茶方式，或许那只能称之为茶艺，离茶经不远，但离茶道尚千里之遥。

起身走到书桌旁的书柜边打开书柜的门，满柜的书陈列在书架上，书的名字纷纷跳入我的眼帘。仅看这些集合在一起的书名也可作一幅美丽的图画而加以欣赏，又如竖立着的根根琴弦，一旦碰触，一定会发出不同的美妙的声音。虽然都有自己的音符，但协同起来会更动听更有震撼力。我看着那些熟悉的名字，仿佛进入了浩瀚的书海。在这个书海里，一会进入了“魔橱”，一会进入了“大观园”，一会又进入了“曼德琳庄园”，一会又进入“古城堡”，一会又奔驰在公路上，跋涉在沙漠里，迷失在森林里，看到战争，听到枪声，看到了鬼、恶魔、英雄，听到了喊声歌声，每一本书都藏着一个世界。这种“与茶会意，与书聊天”的快乐顿时飞扬起来。

从柜中抽出了一本书，打开来念了一段，那是《红高粱》，莫言写的，此时，感到莫言描写得如此之美，比喻得如此之切，那红高粱是汲取着血汗生长起来的，浸着英雄和无辜者的血。这可能曾是历史，曾是现实，但现在读来并不那么沉重，只是感到那死去的英雄很悲壮，很有血气刚性，值得赞美崇尚。又抽出一本书是唐诗宋词辞典，“曲径通幽处，禅房花木深。山光悦鸟性，潭影空人心。”这是怎样优美的环境，在这一间的房子里，没有山水，没有鸟虫，没有花木，但人文般的茶香书香已包罗万象了。在每一本书里不仅有“颜如玉”，不仅有“黄金屋”，不仅有“宝莲灯”，不仅有“摇钱树”，而是无所不有，有的是宇宙，有的是江海，有的是洞庭，有的是星瀚，有的是北斗。

常常打开书柜看，随便翻翻无意观。放忙忘繁心空然，进入书乡作憩闲。

在那书柜之中，除了满满的书，就是在书前面的一些小石头，我将其作为工艺品一样展示在书柜中。也许它们曾经在山涧里，也许它们曾经在海岸边，也许它们曾经在溪流中，也许它们曾散落在田间地头，也许它们曾被垒在地堰，也许它们曾接受过战火的洗礼。但是无论如何，正如所云：一石有其坚，一石有其形，一石也有其意。观之也颇有自得。坚是石的品质，形是石之自然，意是石之禅味。坚与形是任何石头都不可缺的，但这意可不是所有的石头都有的了。有些石头不在玉石之列，但有坚、有形、有意，岂不美哉。

有时赏之也如童子如痴如醉，心满意足。想来可怜可取，人之性情，有钱难买，心情和知足是无价之宝，其实这也如禅意一样。曾有如是说，旗之飘扬，徒弟曰：风吹旗动，师父曰：非旗动，非风吹，是尔心动者。善哉，妙哉！有人云：世间本并不缺乏美，而是缺乏对美的发现，世上不缺乏千里马，千里马常有，而是缺乏伯乐，伯乐不常有，此是大理大哲之言。故知品味者乐也。

茶有香，书有言，而石有沉默，沉默是金。有大美才不言，正如桃李不言，下自成蹊。但也有一个古老的传说：美丽的石头会唱歌。此是石之意也。会唱而不吟，会说而不言，乃大哲也。

我喜欢茶之禅意，喜欢书之大千，喜欢石之不言。

心情

人的心情如此之重要，心情好时，看到落下的叶子也是美的。当心情不好时，一切美的东西可能都不会感兴趣。

一天初冬的早上，在家中，那是一个星期六，起来得较晚，拉开窗帘子，金黄的阳光已洒在了窗前的树木及草坪上，给人一种温暖的感觉，其实外面刮着冷风。

无独有偶，那天家里的暖气烧得也很好，少穿几件衣服也感到暖烘烘的，故就意识到了走向客厅把窗子打开。冬天也需要打开窗子让新鲜空气进来，这很必要。在窗前有一棵绿色的植物，我便故意绕开了，不要碰到它，怕碰掉枝叶，但还是触到了，有一枚黄色的枝叶落到了地板上。我便自责自己不够小心。也许不怪自己，到了枝叶该落的时候。

清净而白的地板上，散落着几片枝叶，枝条上面有几片黄色的叶子，周边也有几片从枝条上脱落下来的叶子。在树上并没有看到那几片黄色叶子，突然落在地上而又如此的静美，故便嘱家人不要收拾掉。看到这一幕小小的变化，却引起了心情的大的波动。

坐在沙发上，用玻璃杯倒上一杯白开水，慢慢地喝着，看着地上的那几片枝叶感悟：观一叶而知秋，虽是初冬但是在家中的树木可能还处在秋的令时，从时令看有规律，由春及夏再秋而冬，从植物叶子生长自身看也有规律，由鹅黄到油绿到金黄后零落成泥。天人合一，万物皆如此。每一个事物都由弱到强，再由强到弱，最终消亡。尤其是走过了强大之后的衰亡阶段要珍惜，要关爱。许多历史上的文人都赞扬过终极之爱。“落红不是无情物，化作春泥更护花”、“零落成泥碾作尘，只有香如故”、“人生莫负夕阳红”。每一个阶段都值得去欣赏，当你沿河流寻觅水源的时候，看到的首先是波浪滔滔的河水，再看到的就是那静静的渊潭，再溯源就是那气势磅礴的飞潭瀑布，再溯上就是那几道潺潺的山间小溪。哪一段不令人感到美呢？你再看一看那大平原上的麦苗，刚出来时的冬季像绿色的地毯，开春后又换颜一新，麦浪滚滚，到了夏日便是一片金黄，收割后，麦捆躺在地上也有一种收获之美。再到人生的每一段，孩提时被捧在手上，抱在怀里，牵在身后，赶在面前，天真而幸福。童年时玩着那些玩具也是如痴如醉，但当你长大了上了学以后，会逐渐地毅然决然地把那些当初爱不释手的玩具放下，而去刻苦地学习、长本领。当你走过那一段莘莘学子的时期，你会感到值得追忆，值得怀念，虽苦犹荣，而难以忘记。当参加了工作时又会去为事业而奋斗，有孩子又多了几份责任。当老了时，又多了一些挂念，多了一些淡定。

都是美的，童年有天真之美，青年有青春之美，壮年有深沉之美，老年有沧桑之美。当你拥有了沧桑的时候，也就拥有了一切，也就没有了遗憾，因为至少曾经拥有过天真、青春、深沉。但到了老年已不再拥有了，一切都不可能是永恒的。知道了这个道理，也就有了淡定，才真正懂得了生活。

霸气的宣言

我看了“@dou+ 小助手”播放的一段画面。题目是：各朝代的霸气宣言。带着几句渲染的话：够不够霸气？不够我也上，爱国，小学生。

视频中的画面是在一个教室里面，孩子们大都坐在座位上，有几个孩子在表演。表演的孩子排成了一个竖列，一个一个地走向镜头。

第一个代表周朝，说：“普天之下，莫非王土，率土之滨，莫非王臣。”

第二个代表秦朝，说：“赳赳老秦，共赴国难，血不流干，誓不休战。”

第三个代表汉朝，说：“凡日月所照，江河所至，皆为汉土。明犯强汉者，虽远必诛。”

第四个代表隋朝，说：“四方胡虏，凡有敢犯者，必亡其国，灭其种，绝其苗裔。”

第五个代表唐朝，说：“内外诸夷，凡敢称兵者，皆斩。”

第六个代表宋朝，说：“一寸山河一寸血，吾纵亡国灭种，誓不与贼共立。”

第七个代表明朝，说：“不称臣，不和亲，不纳贡，天子守国门，君王死社稷，退出长城，保尔全尸。”

第八个代表民国，说：“一寸山河一寸血，十万青年十万兵。”

第九个代表中华人民共和国，说：“别管你来一个，还是来十七个，一起上，一九四九年以后，我就再也没输过。”

然后，表演者一起大声喊：杀！

我听了数遍才把孩子们表演中说的文字给记全了。我感慨万分，看到了年青一代的希望，也不免有些忧虑。

现在的中国，已经进入了新的时代，已是一个法治的国家了，怎么可以与历代王朝同日而语呢？相提并论呢？这大概是封建王朝的思想一直在有些人脑里生着根、发的芽的缘故。解放思想，这思想一直就没有解放过，字里行间充满着封建两个字。

霸气的演说，可怜的孩子。谁叫你们如此的自大、自私、守旧呢？你们应该去接受怎样的教育和熏陶？应该去学如何自强、如何包容、如何创新才是正道。

我曾经在一个体育场里，也看到写着这样几个大字：霸气，杀气。我看后，总觉得不恰当。这与刚才我看的抖音小助手有异曲同工之嫌。

封建的帝制，一切都在为君王效力，为君王而争，为城池动干戈。

秦朝时期正是战国纷争，自己打自己，民不聊生，“梦里依稀慈母泪，城头变幻大王旗”。

宋朝被金国打得落花流水，南逃南逃再南逃，剩下一个南宋，最后也被吃掉了。李煜的那首诗词《虞美人·春花秋月何时了》想必大家都还记得：“春花秋月何时了？往事知多少。小楼昨夜又东风，故国不堪回首月明中。雕栏玉砌应犹在，只是朱颜改。问君能有几多愁？恰似一江春水向东流。”

清朝八国联军入侵，当权者丧权辱国，侵略者烧杀抢掠，签订了《辛丑条约》，从此中国沦为半封建半殖民地的社会。

民国时日本打到了家门口，杀我百姓，生灵涂炭，还在大嚷：攘外必先安内。我听后大为困惑。正与鲁迅所说：“呜呼！我说不出话来”。

附：

秦：15 年，秦朝（公元前 221 年一公元前 206 年），是中国历史上一个极为重要的朝代，是由战国后期的秦国发展起来的中国历史上第一个大一统王朝。

汉：405 年，汉朝（前 202—8 年，25—220 年），分为西汉和东汉，是继秦朝之后的大一统王朝，共二十九位皇帝，国祚四百零五年。汉代因尚火德被称为炎汉，又因皇室姓刘故称刘汉。

唐：289 年，唐朝（618 年—907 年），是继隋朝之后的大一统王朝，历经二百八十九年，二十一位皇帝。因皇室为李姓，故又称为李唐。又因其政治、文化、制度等继承于隋朝并发扬光大，所以后世史学家常将两朝合称为隋唐。

宋：319 年，宋朝（960 年—1279 年）是中国历史上承五代十国、下启元朝的朝代，分北宋和南宋两个历史阶段，历十八帝，国祚三百一十九年。

元：97 年，元朝（1271 年—1368 年）是中国历史上由蒙古族建立的统一帝国，定都大都（今北京）。

明：276 年，明朝（1368 年—1644 年）是中国历史上最后一个由汉族建立的中原王朝，历经十二世，共十六位皇帝，国祚二百七十六年

清：276 年，清朝（1636 年—1912 年）是中国历史上第二个由少数民族建立的统一政权，也是中国最后一个封建帝制国家。共有十二帝，国祚二百七十六年。

百年庆

一半是海水，一半是火焰。但不管什么情形与环境，我们的脚步始终在向前。

你读过《苦难的辉煌》吗？那就是我们党走过的百年历程。那苦难便是海水，那火焰便是辉煌。但苦难中有辉煌，辉煌中有苦难，正如那海水与火焰有着滋滋的疼痛，也有着淋漓的淬火般的坚韧。

从陈独秀、李大钊到毛泽东、周恩来，一粒一粒的火种，到那些进步的学生、军人、工人、商人都燃上了火焰。他们的胸中都有一团熊熊的烈火，直到燃烧了整个中华大地。

一九二一年七月，南湖上的那一艘红船在水上，如一朵莲花，出污泥而不染，向着太阳开放，花瓣上的那几滴晶莹的水珠，映着太阳的光辉，晶莹剔透。终又融入南湖的浩荡的水中，从南湖走向了五湖四海。那莲花也生出了莲蓬，种子又撒满了南湖，又在许多远近不同的地方生根发芽，开出更多美丽的莲花，成为了一个莲花的世界。

红船上的那几个先辈们：刘仁静、李达、李汉俊、毛泽东、何叔衡、董必武、陈潭秋、王尽美、邓恩铭。他们就是那几滴辉煌的水珠，就是那几粒莲蓬的种子。

但一切都不是一帆风顺的，而往往是逆流而上。我们党经历了三次国内革命战争。第一次也称国民革命或大革命。第二次国内革命战争，是从一九二七年到一九三七年结束。在这十年时间里，先后爆发了南昌起义、秋收起义、广州起义、黄麻起义、百色起义。我们党在全国各地建立起武装力量，并成功组织井冈山根据地保卫战，五次苏区反围剿战争，反六路围攻战。为了保存革命的力量，中国共产党领导的工农红军被迫走上了长征之路。爬雪山，过草地，渡黄河，跨大渡河，渡赤水河，吃遍了人间百味。许多的战士被雪山、草地、沼泽、绝壁、深渊、激流、火舌、饥饿、毒蛇夺去了生命。

但是却守住了一座座根据地：西柏坡、延安、井冈山。他们塑造了一个个重要节点：湘江、通道、遵义、赤水、乌江、金沙江、大渡河、茂县、腊子口、铁索桥、直罗镇，二万五千里长征是用意志走完的，是用信仰走完的。

抗日战争爆发后，中国共产党推动成立了抗日民族统一战线，拉开了八年抗战的艰苦卓绝的斗争。这抗日民族统一战线，并不是简单的军事斗争，而是全民族的各条战线的全面斗争，不仅是中国共产党而是多党合作的全面斗争，包括国民党在内的联合抗日。中国共产党的联合抗日的主张，得到了全国的支持和认可，一场抗日救国运动轰轰烈烈地展开了，仿佛在全民族演奏了一台大型恢宏的交响乐，前赴后继、英勇向前，那些无畏的战士和民族英雄：左权、张自忠、杨靖宇，为了民族的独立与自由视死如归，死的壮烈。

看一看抗日英雄纪念碑上那些英雄的名字，还有墓碑下那些无名的英雄，都是为了民族的利益倒下去了。但那些名字则永远刻在了历史的丰碑上，那些名字，顶天立地；那些名字，熠熠生辉；那些名字，饱满有力；那些名字，深沉狂放；那些名字，鼓舞人心；那些名字，如花似玉；那些名字，与日月同辉。他们有的端着冲锋枪站着面向敌人扫射；他们有的拎着炸药包冲向敌人的坦克队；他们有的用自己的胸膛挡住敌人的枪口；他们有的成为了狼牙山五壮士。他们不是用长枪短矛驱虎豹，他们不是用手雷大炮驱虎豹，他们是用自己的生命驱虎豹，是用自己的生命争取民族独立的。

抗战胜利后，也就是一九四五年至一九四九年，第三次国内革命战争又爆发了，也称之为是解放战争。发生了举世瞩目的辽沈战役，淮海战役，平津战役，渡江战役，西南战役，衡宝战役，解放海南岛战役。我党取得了全面的胜利。

一九四九年十月，中华人民共和国成立，全国人民就形成了爱国统一战线。中国共产党领导全国人民，投入了社会主义社会建设的大潮之中。我们站了起来，南京长江大桥飞架长江南北，三峡大坝筑起，原子弹试验成功、氢弹试验成功、卫星发射成功。成功的事情接踵而至，捷报频传。我们富了起来，住上了楼房，开上小轿车，“傻子瓜子”成为中国人聪明的战略，贫穷不是社会主义，让一部分人先富起来大放异彩。改革开放，创新发展，拨乱反正，大快人心。我们强了起来，以人民为中心，取得了脱贫攻坚的胜利，致力于人类命运共同体，“一带一路”的战略，都彰显着大国的责任担当。

祖国正如日中天，如一艘巨轮，航行在大海的中央，正乘风破浪而前行。

苍天与苍生

在屋子里读书，不经意抬头望向窗外，方知小雨淋漓，天色暗淡，绿意翠色欲滴。

由于室内空调轰鸣，故掩盖了淅沥的雨声。我不自禁站起来走向窗前，向外张望。

空调隆隆如风雨，阳光常常送和煦。

纵有几度倾盆时，却把凄苦当技术。

这雨也是苍天的使者，我一向崇敬这雨的天气，因为不会有毒的阳光来灼伤你的眼睛，所以也便喜欢雨。

但是，自河南郑州大水泛滥，我便开始不喜欢这雨的到来了。我望着窗外的雨，想着那灾区的人们，不禁有些伤痛。

近些日子微信上，全是那些关于暴雨或洪水抖音，那些灾害的或是不幸的消息。说：郑州的大雨倾盆，几个小时下来的雨水，有几个西湖的水多；说：地铁漫水，乘客遇难；说：京广隧道长约四千米长，成为泄洪之道，车辆成堆，车毁人亡。实在令人极为悲悯。

苍天啊！都说“苍天有眼”，难道苍天没有看到那些为生活奔波的苍生吗？

我又要问：苍生啊！你们总是豪情满怀，踌躇满志地说“人定胜天”，怎么就又说是天灾了呢？

哎！无论是天灾还是人祸，都关乎人命啊！看那些场面，黄水汤中死亡与救援；看那些言论，不辨孰是孰非。我只想与苍天说：你不配苍天之尊，据说你忙手忙脚的，踩翻了洗脚盆，但你这一无意之举，却给人间带来了灾难啊。如果不是这样，怎可饶恕？如果是这样，怎不可饶恕？你泼下的水那么快，那么急，那么大规模，到底为了什么？莫非也为了政绩？

我也想再问苍生：由于你的作为，科学技术水平提高到了前所未有的高度，怎么就没有一把伞可以遮住风雨呢？怎么就没有一项技术或武器把暴雨驱散掉呢？

这豆大的雨点却能把人淹死，多么可怜的无助的人类苍生。

我已不再欣赏雨的自由了，也不再为雨歌唱，仿佛“一朝被蛇咬十年怕井绳”。看到雨，我就恨苍天无眼，无情，无故。所以我不再喜欢雨，不再愿意接受苍天的洗礼了。

但是谁都拗不过苍天。苍天又给苍生一些小恩小惠，让禾苗长得茁壮，以解苍生之饥。慢慢地苍生们还是接受了苍天。苍天恩威并施，也会起到作用，改变了苍生对苍天的看法。苍天说让雨水洗去苍生的忧伤吧，冲刷凝结了污染的大地吧。苍天又堂而皇之地找着了理由，便可以再次虐待苍生，蹂躏大地了。

历史总是有相似的一幕。故苍生们叹曰：无可奈何花落去，似曾相识燕归来。苍生的伟大，连一朵花都留其不住，连一只燕子也驱其不走。怎么去责备苍天的无情？

苍生与苍天孰是孰非？自然灾害属于苍天？咎由自取归于苍生？

无论如何，我仍然愤恨那苍天，怜悯那苍生。我控诉那场雨，尤其二零二一年七月二十日的那场暴雨。它夺走了许多人的生命。

广玉兰

楼的前面隔着一条小路的草地上，种着几棵广玉兰树。大大的叶子，直直的树干，长得确是茂盛，但看上去却是很朴素的。

四月的一天，刚走出楼门，突然发现那几棵广玉兰树，开出了白色的硕大的花来。“龙生龙凤生凤”，这花与干、与叶是非常和谐相称的。从此，我便对广玉兰树印象深刻起来。她那朴素的特点在我心中变得雍容华贵。广玉兰花，白的如此纯洁，大的如此芳华，开得如此自如，像一朵硕大的荷花，无论是刚刚露出尖尖角，还是含苞欲放，再到完全的绽开，皆有十分的佛缘和禅意。

其实大可不必以荷花喻之，其自身自有身份，但荷花的大众性可让人们更好地从感性上认识广玉兰花。广玉兰与荷花一样都是高洁的，但广玉兰对气候、对土壤的选择，却使得它不是随处可以插栽的，因而它有了一些神秘性，故使之少有人知。但是一旦长成，便会长期的繁荣。花儿一直会开到秋天，从五月开始。像月季花一样不规则的月月开放，这便是它的自由，虽没有规律性，但偶然性会送给人们意想不到的惊奇。

广玉兰花像一只硕大的飞鸟落入枝头。它不是那么的复杂，而是以单片成其美，简单大方富于诗意。中有花蕊，摇落后便被花瓣兜住，堆积在花瓣中，黄金般的颜色，盛在玉器之中。花蕊落去后又形成一个黄金色小宝塔似的花柱，金声玉振的美丽，在这里体现得完美无缺。这就是“金玉良缘”的自然写照，我常常驻足欣赏不已。

我也常常惊叹“兰”这个词，谁起的名字？又加一个“玉”字，叫玉兰花。兰花已觉美不胜收，玉兰花则就令人为之倾倒了。使我想到的是那精致花盆中的那些细细的长叶的兰花，一朵朵的像蜻蜓一样的花儿，或像蝴蝶一样的花儿，或像蜜蜂一样的花儿。从来没有想到这么一棵高大的树木也被称之为“兰”的，并开出像白鹭一样硕大的花来。

当它败落时，也从不离开枝头，而是在枝头上萎缩干枯，从来没有像其它的花儿一样把美丽的花瓣散落在草地上，即使这样是美丽的，但它不愿意为之。总是在高枝上慢慢遁世，那高洁的颜面从不愿意落入红尘，更不愿意让红尘沾染了它洁白的神韵。

开放时，像一只鸟一样，今天飞落在这边枝条上，明天又发现飞落在那边枝条上。突然会有一天，满树的鸟儿飞落枝头。那树叶子的碧绿和茂密真如碧波万顷，随风而动。偶有败叶挂在枝头，如绿意同在，当风吹来的时候，它便唱着歌飞落。但这并不多见，故我便把这广玉兰命名为长青长荣的神圣之树。

当冬天飙风嗖嗖，它的叶子便自在地相互簇拥着窃窃地私语着，相互鼓励着，又戏笑着等待飞雪的到来。当大雪纷飞时，那硕大的绿叶捧着朵朵雪花，又像是春夏秋时的广玉兰花开了。那样的逼真，一只只的白鹭又在碧波上浮游了。这人间的神圣的树木与来自天国的洁白的雪相遇，又使冬天变成了温暖的仙界了

世界上的一切对广玉兰而言都是美好的。在那些温暖的日子，温度适宜便绽放出自己的灿烂和光辉。在那些寒冷的日子，温度不适之时，便会借自然之力也亮出自己的包容和毅力。把雪堆在枝头上，把美依旧展示给冰冷的世界。朴素的美总是有其特点，碧绿的叶子一年四季长青，没有华丽，也从不招展，春不哗众，冬不畏严寒。开出了花来也那么朴素，朴素得那么淡雅，那么可人。虽不像火的红，也不像霞的粉，但却有白的洁。

由于其开在那高枝上，我便称之为“高洁”。高洁是那些有翅膀的生命才会攀上，高洁是那些有理想有思想有文化有文明有道德的仁人志士才可以被誉之的。桃李不言下自成蹊，而不是那些叫喊的驴子可以赢得的，也不是那些狂吠的狗可以获取的。“高洁”二字，不可分割。无高而洁，总会被尘埃所沾染的。只有高而洁，是那些尘埃所不及的。无洁而高，便会沦为假大空，不能称之为真正的高。高处是寒冷的，是洁净的，是琼楼玉宇，无洁是不相称的，也会被当做骗子而驱逐出那象牙塔般的殿宇。

细细琢磨这“高洁”二字大有深意，不过这个世俗的社会已经把“高洁”也扯到了世俗中，有辱“高洁”之名了。“高洁”本高洁，但却无人信。“无人信高洁，谁为表予心”。也只有把高洁送给朴素的广玉兰花了，它当之无愧。

话说葡萄酒

一

讲葡萄酒、喝葡萄酒，成为一种新的风尚，出现在某些阶层。在酒桌上讲葡萄酒、品葡萄酒，一时成为了一种时髦的炫耀的资本。

有甚者，喝一口酒，便知道这款酒产在哪个国家、哪个地区；这款酒的特点、性价比、丹宁的含量；这款酒由什么品种的葡萄酿造出来的，煞有介事的说得“头头是道”。

更有甚者，品一口酒，便知道酒的价格，酒是哪一年生产的。更有一些细节说得神乎其神，总使人感到惊讶。一般人是做不到这种程度的，但恰恰就是那些一般人在比划来比划去地表现着。

任何事情都是在实践中出来的真知。要想知道栗子的滋味就得亲自尝一尝，要知道这酒的味道同样需要品一品，品得多了也就自然熟悉了，所以有一些信息并不令人难以置信，因为那一般人对酒的熟悉也是历经百战的。但我有点疑惑的就是：酒的价格能品出来？哪一年酿造的也能品出来？确有些不敢相信。

酒的一些内容是要通过技术检验的，酒的历史和文化是有记载的，其实这反而是我们应该研究的。但恰恰并没有人去研究这些高雅的东西，却把这种高雅的葡萄酒给庸俗化了。用大杯子喝酒，倒满，一口气喝完。这使得许多人望而生畏。

摇一摇杯，看着那些挂在杯子上的酒，看上去像是眼泪。于是那一般人便说这是女人的眼泪，或便称之为女人的大腿，像这样低级趣味的东西时常摆上桌面。其实，这是多么美好的景象，在希腊的神话故事中都是有过描述的，但知之者甚少。希腊神话中说：挂在杯壁上的酒，那就是太阳神阿波罗的汗水，葡萄酒神狄俄尼索斯的眼泪。这既高雅又符合情理，太阳神阿波罗与汗水是契合的。当葡萄酒被人们喝掉时，葡萄酒神狄俄尼索斯流下眼泪也是相合的。在文明和文化的氛围中品酒，那是怎样的愉悦？

还有把红葡萄酒中放入洋葱，浸泡而饮，说是可以软化血管，不得脑血栓。我没有喝过，不知道是什么滋味，一定是破坏了那种美妙的味道。但有人却相信那是真的，喝了可以长生却病。这比蘸着人血的馒头，吃了可以治痨病的历史是有些进步的。

二

有些专家把葡萄酒的酿造程序上升到不可理解的高度。我们应该追忆一下葡萄酒的历史，也便会知道并不是那么高不可攀的，应该返璞归真。茅台酒也是这样，酿造是一个简单的事情，就是一种技术，放之四海而皆准，关键是茅台镇里生长出来的红高粱和茅台镇的水，还有一样重要的东西就是茅台镇上空的微生物，是它们塑造了茅台酒的特殊品质。葡萄酒的酿造技术也是一样，但葡萄的种植却是千差万别，葡萄的质量也便天壤之别，故有专家说“葡萄酒不是酿造出来的，而是种出来的”，这不无道理。

据说葡萄酒已有七千年的历史，许多人很诧异，文字记载只有五千年的历史，那两千年如何得知的？

葡萄酒的这一历史少有人知，它在一个古老的国家亚美尼亚。这里的贵族们死后，墓碑上都镌刻着葡萄酒酿造的场景，由此而得知没有文字记载的那段历史。

亚美尼亚古国是标在地图上的，众所周知。亚美尼亚坐落在高加索山的南麓。高加索山就坐落在这座城市的北面。高加索山脉的最高峰为厄尔布鲁士峰，其海拔为五千六百四十二米，同时也是欧洲第一高峰。高加索山脉主轴分水岭为南欧和西亚的分界线，位于黑海与里海之间，呈西北东南向，横贯格鲁吉亚、亚美尼亚和阿塞拜疆三国，属阿尔卑斯运动形成的褶皱山系，长约一千二百千米，宽二百千米，山势陡峻，海拔大都在三千米到四千米。大高加索山脉是亚洲和欧洲的地理分界线，从黑海东北岸，即在俄罗斯塔曼半岛至索契附近开始往东南偏东延伸，直达里海附近的巴库为止。从山上流下来的水，沿着一条山谷流下，山谷两边长满了野生葡萄，是当地人的食粮。靠山吃山靠水吃水，在这里也是这样的，七千年以前生产力低下，人们只能依靠自然，所以到了葡萄熟了的时候就把野生葡萄收入陶坛，收藏起来以便过冬之用。但是往往贮藏不好会发霉变质而成为液体，当地人称之为“毒药”，会被扔掉的。但有时候毒药也有其用，亚美尼亚国王的妻子整日头疼难忍，可谓疼不欲生，因此就想结束自己的生命，便把那些发酵了的葡萄而成的汁液凑到一起，一气喝了下去，于是就倒下了。但奇迹随之发生了，国王的妻子昏迷了二十四个小时后醒了过来，头不疼了，并且更加妩媚。从此，国王和大臣们就喝上了葡萄酒，这就是葡萄酒酿造的开始。这能说葡萄酒的酿造复杂吗？这种朴素的葡萄酒酿造方法也是不经意中所获的。

自从发现了这种“毒药”可以饮用之后，大量的葡萄酒就被酿造出来了。于是贮藏便成了一个大问题。问题逼着人们想办法。高加索山上长满了橡木树，也便就地取材，伐掉橡木做成木桶，以盛葡萄酒。每逢节日或者将士凯旋归来都要开桶畅饮。突然发现酒的味道更加芳香了，于是用橡木桶盛酒便成为了酿造葡萄酒的一道工序。

三

逐步的，人们有了生产能力了，葡萄酒生产得多了，出现了商品经济。葡萄酒也就不仅是自己喝，而可以去卖钱了。这木桶也成为了运输工具。幼发拉底河，是中东地区的一条名河，发源于土耳其安纳托利亚高原和亚美尼亚高原山区，流经叙利亚和伊拉克，大体上流向东南，最后与位于其东面的底格里斯河合流成为阿拉伯河，注入波斯湾，为西南亚最大河流。幼发拉底河全长约两千八百千米。葡萄酒就这样用橡木桶运输到了幼发拉底河终端的波斯湾。经波斯湾又漂向地中海，沿线便成为红色的海洋，地中海周边的城市也喝上了葡萄酒。

喝上葡萄酒，便进入文明，脱离了蒙昧。这时葡萄酒酿造已经过去了两千年，这时有了文字记载，古埃及文明便从这里开始了。

从世界范围内看葡萄酒便是舶来之品，可称之为洋酒。

当玻璃瓶被发明出来时，葡萄酒便被分装入瓶中，葡萄酒精包装了起来。本就很美丽的葡萄酒，有了自己美丽的身段，像一位亭亭玉立的美女一样，当然又像一个魔鬼。因为当打开那个软木塞时，那芳香便飘逸而来，喝到肚子里的葡萄酒便会使你沉醉。世界上许多事情都有相似之处，这并不是巧合。往往人们说“美丽的东西不一定都是美好的”。美味不可多用，这些观点都在不同的事物上存在着。

酒瓶上贴上了标签，什么好酒都一目了然，大拉菲、木桐、玛歌、拉图等传统的名庄酒被人们所推崇。当这些美酒再次从地中海漂向太平洋时，一直漂流了好几十个世纪，直到一个世纪前才漂到中国。我们便自己动手开始酿造葡萄酒了。那时葡萄酒还是甜的，我们还不能生产出干红来。但是甜的葡萄酒更有魔鬼的隐蔽性，让你在享受甜的滋味的过程中失去你清醒的神志。如温水煮青蛙一样，是有很强的欺骗性的。还有那一个叫白兰地的伙计，它本来是一个大力士，而起的名字倒像一个女人的名字。不像那些白色的烈酒使人望而生畏，故许多人藐视它的力量，而最终被它击倒了。

在喝酒的过程中人们便得出一个结论来：只要是“酒”一定会醉人的。如果是酗酒，那还有可能夺去你的生命，或损伤你的眼睛或肝脾之重要部件。

四

暂且再回到地中海，那里有古文明，也有诚信，这里是葡萄酒的故乡了，故乡就是天堂。葡萄酒的纯真在这里飘着葡萄的芬芳。在这里除了那款干红葡萄酒，如玫瑰一般的颜色，倒于杯中，那简直就是一朵玫瑰摆在你的面前。我曾经调侃：“是一朵液体玫瑰，简称液（野）玫瑰。”

世界是五彩缤纷的，不仅有的是红色，也有白色、棕色、灰色、黑色，这一些颜色都在酒里可以找到。轩尼诗有点棕色，或称之为琥珀色；而黄色众所周知，有一种酒叫黄酒；也有一种酒叫白酒，我们就更熟悉了；而有一种干白酒，就是与干红酒相对应，据说其生产在芬兰，那里是干白的故乡，曾为争夺这个生产干白的地区，历史上有过多次的战争。

而在一些国家并不是这样的，而是无所不有的，既可以引进来，也可以造得出来。在某种情形下，引进来也是造假，因为葡萄酒是种出来的而不仅仅是酿造出来的。如果仅把酿酒的技术引来，再自己种植葡萄，建酒庄，酿造葡萄酒，那也是不能命之为原名。因为葡萄酒谁都可以酿造出来，但是具有地理标志品牌的葡萄酒是受地理标志所限制的，这样品牌的酒只有在那里才可以生产出来，如香槟酒，便是法国香槟地区生产出来的，如茅台，便是我国茅台镇酿造出来的，离开那个地方，就生产不出来那种味道，那种含意的酒来。其实许多的酒都有一定的地理性，但我们的许多人都热衷于这种偷梁换柱的把戏，搞乱了品牌和地理标志。再说简单的人人皆知的造假，那就更恶劣了，用葡萄汁勾兑一下贴上标签，堂而皇之的走向市场，更有甚者以工业色素勾兑而成，也贴上标签，同样，堂而皇之走向市场，多么简单的作为，与战争相比毫无代价也无成本，但是危害是可想而知的。但这并没有引起我们的关注，担心那就更是毫无踪影的了。这正如我们甜的葡萄酒一样，在品尝甜的味道中倒下了。

其实也很无奈，不仅在葡萄酒行业，这种现象已经蔓延到多个领域或行业，或许可以称之为社会的通病，病入膏肓了吗？是否我们还更多地为喝着高档的假名酒而感倒自豪。人们也自嘲：连假的都不能做，还会做真的吗？在意大利葡萄酒酿造都是有标准的，也有专门的法律，包括葡萄的种植、葡萄酒的酿造，葡萄酒的市场。我想这也形成了葡萄酒酿造的全链条的保护，哪一个链条有问题都会影像葡萄酒的质量。

景物与心情

景物的美是随心情的美而美的，虽然景物的美是固然存在的。

人们常说：世上并不缺少美，只是缺少发现美的眼睛。其实，对于美来说，心情比眼睛更重要。

我已经有很长的时间没有发现美了，更不用说去描绘那些美的事物。不但没有发现美，也没有去描绘美，而且看到的一切都是那么的丑陋，仿佛被一种无形的力量所扭曲了一样。

刮来的风总是那么任性，那么狂妄，喊着、叫着，总想摧毁世上的一切。像带着刺一样，不分青红皂白地扑向一切事物。

雨也是一样的，到来时总是那么清冷，那么无情，像一头猛兽，狰狞着冲向万物。常常还带着冰雹劈头盖脸地砸向一切。

更有甚者，那些雷电轰轰隆隆地闪耀着，像一把利剑一般，悬在事物的头上，许多事物望而生畏。许多的人们也只是躲在屋子里，关闭所有门窗，足不出户了，哪里可以看到美的景物呢？即使被迫出户，也只是匆匆地走自己的路，没有驻足看一看身边美的景物，更不用说问一声“别来无恙”了。有时也会被突如其来的一片云带来的风雨淋透全身，也像一个落汤鸡一样，还有什么心情去欣赏美呢？一旦遭到风雨雷电的打击，那是怎样的沮丧？

这无形的力量来自哪里？又怎样赋予了风雨雷电而不可一世？打击着美丽的事物，又打击了赏美的主体，仿佛无论一切的主体与客体都一无是处了。这力量向前奔着，已泛滥了。不分彼此，不分上下，不分左右地袭击着一切，已经像夜幕一样，遮黑了每一个角落。美同样也被掩盖了，倘若有心情的时候也是发现不了的。

其实，事物的存在都有其特点，这特点便是美的，像那些荷花一样，它们从生出水面，便露出美来，就有那爱美的蜻蜓立在上头了。当其完全地舒展开来的时候，如盖的荷叶也高出水面上，映衬着那朵美丽的红的或者粉的芙蓉花。但虽然这时是最美的青春韶华，风雨里又有几人来赏？风雨不是把美的景物破坏了，而是把赏美的心情驱逐了。等到了秋天，残荷之时，有心情的人们从中也可以看出荷韵来，他们会说“留得残荷听雨声”。再到了冬天，荷塘结出了冰，枯荷和莲籽上挂着雪，也依然是很美的。但是都被那风吹折了，摧残了美的景物。

如若想恢复如初，则便要经过这样一个严冬了，要到明年的春天从头再来，美好的景物是会回来的，但人们的心情甚至人还能回得来吗？

趄在动车上

坐上了动车！哎，总可以休息一下了。半趄在座位上，目击窗外：青山不老，旷野无疆。忽然觉得十分的自在，正如那天上的朵朵白云。

平时里那些碍眼的电线，田野里那些乱搭乱建的房屋，被人们挖得露着大肚皮的山体，仿佛也并不丑陋，都成为了我眼中的风景。因为这并与我无关，只是过路，实不必伤神。即使有关，也无可奈何，也便不作责备。

曾国藩曾说过："灵明无着，物来顺应，未来不迎，当时不杂，既过不恋。"这动车跑过了多少路程，落下多少风景，如果过目不忘，怎能容得下未来？很多时候，不要看得太透，看淡一点，或许会有朦胧的美丽。

只去坐车前行，丢掉思想，做一个吃瓜人。看得太累了，可以闭上眼睛，听一听隆隆的车轮的声音。让其占据你整个的身心，不给任何的思考留有余地。让表情如水，洒落满地，完全地放开那双抓捏表情的无形的手；让那颗心平静地跳动，抖落所有的尘埃，洁净如初，恢复原始的动力和旋律；让灵魂也自由一些，不要总关在七窍里，让它飞向过去或是未来，不做杞人，只做晋时武陵人。

就这样趄在动车上，任其停歇，任其漫行，任其流淌在大地上。不再有目的性，不再去排队，不再左顾右盼，做一个天涯浪人，任春秋变化，尽可一意孤行；做一介浮萍，任风雨吹打，尽可随波逐流。

不觉中，又到了终点，现实又回到身边，一切的想象都化为乌有。耳边喇叭声响起：北京站到了，下车的旅客请做好下车的准备。呼啦啦的，人们都站了起来，忙着收拾自己的行李。我的心境又变得复杂，当冲出车门的时候，各自便又消失在噪杂的人海中了，我也找不到了自己。

可怜天下红尘客，

茫茫人海常奔波。

但见青灯佛门人，

晨钟暮鼓时响起。

社会与人

社会像人体一样，也是有血有肉的，当然也有骨骼。这样就是坚强的又是丰满的。

骨骼的地位很高，人人都可以看得到，因为骨骼是高大的，是坚硬的。但血肉可常常会被人们忽视。人们觉着流点血、伤点皮肉都是很平常的小事。一旦动了骨骼则就是大事情了，俗话说“伤筋动骨一百天”。流点血伤点皮肉往往自己搽点药便会好的。而动了骨骼就要住到医院里去处理，并会夺去你的许多时间，让你一心一意地去修复。

但血肉的重要性在这里：生命力很强大，而且无处不在，尤其是血液，既在骨骼中又在皮肉里流动，缺了它就无法保持生命力。

作为一个社会，血液是什么呢？法律法规是一个健康社会的血液，哪里缺失了，那里就失去了健康；正义、公平是一个健康社会的血液，哪里缺失了，那里就失去了健康；文明道德也是健康社会的血液，也不可或缺。有了这些，社会才是文明的、道德的、公平正义的、和谐的。

但社会这些血液都是要归根于人这个本体。人是造血的根本。人的行为就是血液活动的体现。

人们在劳动着，种田、开办工厂、做小买卖，从事大的商业，这些处处都要体现一种文明，是社会的血液。即便是那些自寻乐趣的人，也会像血液一样润泽着、营养着大千的社会。就是那些没有名气的人，他们画画、写字、剪纸、运动、做饭、看孩子都是社会的血液。还有那些生病的、残废的、幼小的人们，也会驱使有关的人们去积极地工作，以便有更多的钱去养老、育幼、治病、生活，同样也驱动着、拉动着这个社会向前。有些社会的血液，或许是毛细血管里流淌着的，但是都不可或缺，同等的重要着。

河流中会有浪花，大海中会有浪花，泉水中会有浪花，对于社会那就是生机活力，对于人体那就是热血沸腾。有时候常常会在一些瞬间、在一些小事上产生波澜，那就是亢奋的激动和激情。在一个偏僻的或是陌生的地方，忽然一个人喊你的名字，回头一看是旧友，怎不激动。到一个社区，那些孩子们画的画陈列在那里，那么天真烂漫，看了也颇感欣然，那是发自内心的、掩饰不住的亢奋。像那个自闭症的孩子叫出你的名字，那种兴奋自不必言语。在社会角度里的那些生活得很精致的人，那些文明的生活，整洁的环境，那些爱心的故事，都会令人感动，是社会健康的血液。

人们平日里只是重视骨骼，不太关注皮毛之事。毛细血管的事情也常被忽略。

但往往人体的饱满，社会的饱满，也体现在这些细枝末节上。

评价一个社会的健康与好坏，要看那些小人物，看众生，看基层的人，看穷人。这些人们生活得好的社会才是好的。这一定是一个基本。小人物活得舒坦，这起码有了生存的基本条件和基本权利。

但骨骼往往会被过分的重视，维护其常态。当坏了时，又去修复，维护其常态的功能。但随着社会发展，先进的技术和思想，也被采用了，换骨骼也已成为了常态。其实，说来说去，就想强调一点：每一个部分都很重要。无论哪一部分不好，都会对社会有危害，就是皮毛也是这样。所以“全面”是一个很重要的辞汇，如果顾此失彼，一定会“颠覆”一切的，只是时间的久与近的问题。

有时，骨骼使我们很难把握，但细节是常常可以改变的。先从细处做起是大有益处的。譬如肉吧，也是一样的重要。肉是血液的载体，是骨骼的护体，应该与血液一样重要的，都是一个肌体健康的不可或缺的因素，缺少一个方面都不是完善的、完美的，都会出问题。故而我们应该重视一切的身体部件。对于社会也一样要重视每一个领域，每一个事物和因素，不应该忽视那些皮毛血肉，它们与骨骼是一样的，可以夺走一个人或是一个社会的生命。

守旧

守旧是我们的优点还是缺点？这是不能一概而论的。

当每天打开电视的时候，屏幕上晃动的总是那些戴着礼帽的人物；总是听到令人心惊的枪声；总是那些正在尔虞我诈的密谋。这也应该在守旧的范畴。这样一个具体而又简单的问题，那么你认为是优点还是缺点呢？

但这一现象说明我们的导演们是有怀旧的情怀的，而且是善于怀旧的。动不动就把那些旧的东西或许是痛点搬出来，洒上一点咸盐，让那些味觉麻木的人们感觉到一点味道。他们总是喜欢让人们咀嚼那些陈芝麻烂谷子，品味那些发霉了的东西。而那些发霉了的东西已经生发出许多的毒素，吃了是会导致癌病的。甚至有些东西还带着腥臭的味道，大大污染着未来的心灵。说到这里人们会明白，至少我认为守旧并不是我们的优点。

电视中也有许多的镜头，便是应声倒下的躺在血泊中的身躯；便是那些脑浆涂地的场面；便是那些五花大绑的审讯；便是那些被拷打得遍体鳞伤、鲜血淋漓、奄奄一息的战士。手段的残酷无所不及。这难道就是我们的家珍或是家底吗？展示出来不会担心被人家偷去吗？

我们所说的“中国芯”，怎么电视里面就是找不到呢？而市场上什么“生物芯”、“农业芯”比比皆是，甚至有点横行了。是否应引起我们的关注呢？这些“芯”如果搬上银幕，是否会有惊心动魄的场面呢？我其实还不太了解人们的口味。但是如果我们看后不觉得惊心动魄，那么终有一天“芯”是会让我们惊心动魄的，甚至是会使我们失魂落魄。

过去的那些事情已经过去了，且永远地过去了。非要让它们回来，那就回过头来找吧。当找到了再把它们拉回来，继续向前奔跑，那一定跟不上人家的脚步了，会被大大地落在后头，抬头看时，也已是望尘莫及。

现在的“导演”应被称为“倒演”。“倒演”是不会提升我们大众的觉悟的，只会使我们思想再重新回到过去，去欣赏我们的那些古董。让我们养成欣赏“古董”的意识。“古董”已经是很被大家重视的了，意识已经很浓，再浓下去是否会凝固而不能向前了？真不敢想象，因为艺术的感染力是最有力量的。

过去对当今的问题还关乎多少呢？如果让过去总是关乎着当今或未来，当今将走向何方？未来又在哪里呢？

我们善于收藏，总是敝帚自珍，总是抱着老祖宗那点东西不肯放手。还时常拿将出来示人。

在语言界也是如此，总把老祖宗那点古董式的语言拿出来亮一亮，以便让人们无话可说。时常引用什么孔子曰、庄子曰、论语有云、古人云、古语云、诗经云，不一而足。这也是我们怀旧的品质，总不愿意往前看，总崇拜古人、名人，而少有崇尚科学、自然、技术、法律的。长辈老子说的对与错都被崇尚为真理，而子孙后代说的话均无道理，如果被承认有道理，则就是失了规矩，不成体统，甚至大逆不道。

时光在流向未来，未来一样地抛弃时光，但未来仍然一样的有时光。老子的古语值钱，孙子的一切都不值分文？但孙子总有变成老子的那一天。

忘了那些陈芝麻烂谷子吧，不要千年的老母猪还想着万年的糠。看看那些机器人们用什么语言说话，看一看被发现的太空人讲什么样的话。我并不是否定旧的一切，就拿古人来说有许多优秀的东西，比如古建筑我们留下了多少呢？偏偏把那些陈词滥调留着，且常常搬出来，以提高我们的说服力。仿佛只要是名人、古人说的话我们就得必须以为是千真万确的，以此来佐证我们的观点的正确。为什么我们不能自信一点呢？难道古人，名人就是我们的自信力吗？我们更多地需要创新，既不是模仿也不是照搬。

附：有一篇文章《诚信的呼唤》就是把老祖宗的话反复地引用：

自古以来，人皆以诚信而立，人不诚则败。孟子说“诚者，天之道也；诚之者，人之道也。”《中庸》中也有，“诚者，天之道；诚之者，人之道。”古人曾以生命践约，诠释了许多诚信大于天的故事，在古人眼里，一言九鼎的承诺甚至比生命更可贵。今天，作为现代文明的建设者，作为和谐社会的营造者，我们尤其要注重诚信，做到言必信，行必果，一言九鼎，一诺千金。

重诚信，是中华民族几千年来的优秀传统，也是中国人民的精神基因。孔子曰“人而无信，不知其可也”，诚信是立人之本。“八荣八耻”中有一条就是“以诚实守信为荣以见利忘义为耻”。人如果不讲信用，在社会就无立足之地，最终什么事情也做不成，来去空空，毫无价值可言。央视曾经报道过一位哥哥替因车祸去世的弟弟为农民工付工资的事情，那真是一种诚大于天的承诺。杭州最美司机吴斌忍受着巨大的常人难以忍受的痛苦，在危险来临之后，凭借自己坚强的信念，以极其强烈的责任心，把车稳稳地停在了高速路边上，并且打开了安全警示灯，在生命的最后一刻，保护了大巴车上所有旅客的生命，他用自己顽强的生命践行了职业的责任感和良好操守。“诚实做事、一心为人”的服务理念，已完全渗透进了他的灵魂和意念，一切都做得那么自然流畅，没有丝毫的犹豫，他诠释了人之为人的诚信，印证了生命的定义。诸如此类发生在我们身边的故事不胜枚举，就是这些普通的平凡人擎起了中华民族诚实守信的文明大旗，使我们在民族之林的屹立中不至于落得太远。然而，我们也要看到，我们的身边总还存在着为富不仁、穷而无志的不信不诚者，他们钻营巧取，占人便宜，着实污染了我们生存的环境。对这些不诚不信者，我们必须以鲜明的态度，坚决地谴责制止，让这些蝇营狗苟者无立足之地。

诚信是为政之基。《左传》云：“信，国之宝也。”孔子曾言“民无信不立”。王安石曾记为“自古驱民在信诚，一字为重百金轻。”电视剧《康熙王朝》中有一句歌词“得民心者得天下”。当政者只有取信于民才能得到民心，才能赢得群众发自内心的支持与拥戴。

诚信是经商之道。诚信是最有力的竞争手段，是市场经济的灵魂，是企业经营含金量最高的一张名片。可是，在市场经济飞速发展的今天，三氯氰胺、瘦肉精、染色馒头、“毒胶囊”、“塑化剂”，诸如类似新颖的单词不断地从辞海里跳出来，以触目惊心的形式出现在人们的知识储备里，诚信之花正逐渐枯萎甚至凋落。无良的黑心商家，为追逐个人私利，不惜损害广大消费者的利益，把诚信和做人的良心抛到了九天云外。他们这样做，虽然短期牟利或者暴富，但他的家人和他也因为这种恶性循环而遭受着类似的伤害，他们终究会是失败者，民众唾而弃之，法律必将严惩不怠。

诚信是齐家之魂。唐代大臣魏征曾说“夫妇有恩矣，不诚则离。”意思是说，只要夫妻、父子和兄弟之间以诚相待，诚实守信，就能够和睦相处，家和万事兴。若家人之间也不能相互信任，叛经离道，家庭就会四分五裂。家庭的和谐是社会和谐的基石，家庭是社会中最有生命力最有温情的细胞，家庭温暖如春，整个社会必定春意盎然。夫妻手臂相挽，携手相约夕阳，老人小孩童叟无欺，处处听见笑声，事事理解宽容，生活就是一首优美动听的《欢乐颂》。

诚信，是一朵无名的小草，它娇弱嫩小，容易受伤害，只要我们精心培育，终有一天，它会长成浓荫蔽日的参天大树。

诚信，是地球的一个支点，虽然无形，但足以支撑起整个地球的旋转。

我还记得

还记得那一片旷野的郊外？那里有无涯的大海，高远的天空，还有远处那些参差的高楼、如黛的群山。

我的步履踏在野草地上，捡起那些美丽的石头。我的到来使得自然的郊外雍容华贵，虽然我不是王子。莺飞草长，虫鸣鱼跃，仿佛这一切都在迎接我的到来；仿佛这一切都在欣赏我的形象；仿佛这一切都在为我祝福。

那郊外的每一棵树，每一棵草，都是那么的烂漫。每一湾水，都是那样的澄澈。每一道车辙都是那么亲切而自然。我欣赏着这一切。那一大片的艾草，从我的眼前一直伸向远方。我俯身掠一把艾草的叶子，触在脸上，嗅一嗅这大自然的香气，顿时我的两颐生香，并自言自语地说："是有些香味"。

我跳过那个水湾，泥土都粘在鞋子上，但我没有拒绝，反而感到很快乐。我捡起了一块石头，抱着送到车上，然后回过头来又捡了几块抱在怀里。

我常常来这里，度过一段虽然短暂，但却非常寂静自我的时光。这里有我的车辙，也有我的足迹。我在这里思古今，想到许多应该被社会关注的问题，但却无人问津，长期的缺陷影响了许多领域的发展。我的观点和语言，不仅仅是后天的学习所得，也有先天的悟性的独到。

有一些问题，不免还充满淡淡的忧伤。有些事情也令人生发出一丝的惆怅。有时笼罩着一种丁香、紫藤般的愁云。有时会充满着一种芍药、海棠般的情结。有时则荡漾着一种百合花和野菊花般的快乐。

在这里我也无言，静静地享受那郊外的宁静的世界。或听那千古不变的海风送来的潮声，这就是永恒，像人间的爱情。或听那岸边大片森林里传来的松声，这便也有了一些诗意，有了一些浪漫情怀。或观那铁青般的天空飞来的雪花，这使我们置于童话一样的世界里，仿佛再没有其他人的存在。

有时也会赶上雨天，在车里听那雨打车窗的旋律。天的黯淡像一巨大的幕帘，把我隔在一方，像是在天涯海角，尽享自己的天地。

这些天籁及其声音都被我捕抓到了。

飘来的雨、雪，或许是来探访我的吧？我学着写了几句诗以寄心怀：

一任静卧听风雨，吟诵太白诗句，此时风味几许？

想晋时陶潜东篱采菊，悠然静穆。

忆植梅放鹤宋代林逋，隐逸高孤。

笑江湖沉酣求名者，岂识天籁胜丝竹。

回首望，风起、松摇、浪飞、云卷、烟舒。

我心有踌躇，知音梅花一束。

于寒处，绽开五福。

主动与被动的生活

物质极大丰富的当今社会里，主动生活的人们是享受生活的，但互联网时代，人们的生活节奏太快，又使人们的生活被动起来。

被闹钟从梦中催醒，被手机铃声呼唤，被公共汽车的钟点驱使，被满桌子的文件牵引，被朋友相约的饭局所催促，被各种会议所束缚。就是想吃点什么东西，也是相对被动的。其实，这本也无可厚非，人们都是在社会这张大的网络上，无法逃脱。倘若是想要逃脱，变被动为主动，也只是相对的而完全不是绝对的主动。

主动生活不仅是有趣味的，有情调的，也是健康的。

每逢佳节的时候，就会有亲戚朋友送点鱼虾肉蛋之类的东西，一时吃不消，便将其冰在冰柜里面。然后，在吃的时候从冰柜里再拿出来，不管冷藏了多少时间，也不舍得扔掉。煮烹烧着吃掉，这一行为便是被动的，冰箱里有什么，便吃什么，自己没有选择。

如果东西多了，也便逼着你去买冰柜了，有时一个不够，买二个，这也在被动之列。这些被动的行为都是有害的。如果不是这样，我们想吃点什么，就到市场上去买点什么，那又新鲜又有生活乐趣，又健康，这就是主动的生活了。

但人们都知道，就是不能为之，都被社会的网络拴住了。记得上个世纪的八十年代和九十年代，许多的有地位的人，家里都会有易拉罐啤酒，还有铁罐罐头，火腿肠、方便面及冷冻的食品。当有朋友上门，拿出来吃吃喝喝，都是很骄傲的事情，也是身份的一种象征。但事实上也是一种被动的生活方式。天天吃这些垃圾食品，使这一代人为之付出了代价。许多人有了肠胃、胰腺的疾病，甚至不治而死。到了现在，这种生活方式却正如诗人所说：昔日王谢堂前燕，飞入寻常百姓家。看一看那些工地上的建筑工人、清洁工人、煤矿工人及外出打工人员，都会带上这些方便食品，津津有味地饱餐，身体能不生毛病吗？这些食品长期的封闭、存放，会滋生出什么样的细菌来？我们的肉眼是看不到的，即使是火眼金睛也难以辨别。

社会、科技迅猛的发展，也便加剧着这些被动的生活方式的发生。先不说化肥、农药对食品的影响，就是那些人工的有意识的行为，有时也防不胜防，像麦芽的提出，使许多的米粮只剩下了葡萄糖，能量高、价值低，人们吃了会发胖，同时使人们的血糖高而生病。但人们哪里知道，有许多的人为了减肥，晚上不吃饭，只是煮点米汤喝，但越喝越胖，不知其因。这种被动的生活方式是不知不觉的，有些可怕的。有一次去南方生产蓬籽的家乡，到处店里都在卖蓬籽，蓬籽上都含着一个绿色的小蓬籽芯，卖得贵，我们与之讨价还价，卖主说：我们的蓬籽有芯，是完整的，有益健康。你们看那些便宜的，都是把蓬籽芯摘走了。这使我联想起了一切。一些谷物之所以吃了健康，人们也常说：五谷杂粮，吃了健康，都是有平衡的，谷物中所含的葡萄糖和麦芽糖吃下去在人体中会中和变为蛋白质，而当把麦芽提出以后，只剩下葡萄糖，失去了平衡，那么人们吃后不免血糖高，还会发胖，得糖尿病。这当然属于被动的生活方式，这也是社会铜臭的气息所致。

除此利益和技术所致之外，还有许多媒体、广告诱导的功劳。吃什么健康，喝什么健康，于是大把的保健品也都是往肚子里填，最后填坏了肠胃，吃坏了心血管，这些事例就在身边，但是人们仍在这样地生活着，可见人们对健康和生的觊觎和渴望，这也正是广告或野广告盛行的缘由。

就拿茶来说吧，全社会已经形成了一种茶文化，这并没有什么错误的地方，但就是利用这种文化，大做茶的文章以从中获利。茶的品种繁多，都赋予其美名和功能，有的可以软化血管，有的可以消炎，有的可以助消化，有的有利于暖胃，有的可以清理肠道，不一而足。尤其是那些几十年上百年的普洱茶，则被吹得神乎其神，价格也被抬到了天价，也使许多人为之折腰。自古只有绿茶可以入药，可给人以精神和亢奋，泡出来的水也是清清的、淡淡的黄绿色，一目了然，不会含有其他杂质或者有毒的物质。但那些茶饼子黑乎乎的，结成一块，不知道里面有什么东西可以害人，且不说那些工艺过程，是否卫生可信。再加上放上几十年、几百年发霉、变质，你都很难判断。但人们大都随着茶文化、茶道、茶销售者走了，仿佛也有“皇帝的新衣”之理论。谁不说那种茶好，谁就会没有品位和文化，谁就是大老土。所以那些利益者大行其道，把茶美名其曰什么“肉桂”、“岩茶”、“牛栏坑”、“水仙”、“大红袍”、“老白茶”、“金骏眉”。再继续下去，是否会出现“金瓶梅”、“聊斋”、“西游记”、“三国演义”一类的美名。

我有一位朋友就很沉迷于茶道，几乎每天都泡上茶坐着，因其是位作家，泡上茶，茶也就泡上了他，便开始写作，他写的散文、小说都有茶饼、茶砖、茶丝的味道，还常常把喝的茶、茶前茶后的晒到网上，大讲喝茶的有益之处。后来自称得了一种病，我便戏言：怎么会呢？天天喝茶的人，茶那么有益于人体，怎么会得这样的病？

但人们有什么茶就喝什么茶的心理在作怪，这又是一种生活心态，是被牵着走的一种被动。所以人们被动生活是被催着走的，也有被牵着走的，就是缺乏主动的生活方式。

主动的生活方式应从点滴做起：早早的起床，想吃什么去买点什么。吃点新鲜的东西，主动去安排自己的事情，去做自己想做的事情，不想做的可以拒之门外，不可勉强为之。这种主动的生活方式，会使你成为生活的主人，也使你成为一个独立思考、积极向上、辨别是非、拥有自由的人。

当你的生活方式是主动的时候，你的生活就会简单而有秩序，并充满节奏和快乐，当你的生活方式被动时，你的生活就会复杂而繁琐，你生活得就会很累。

走出被动、走向主动是需要意志和境界的，是需要摆脱许多束缚的，也需要勇气，不是一个简单的问题。大家可以尝试一下，走出被动的泥沼或泥潭，那你最后的收获一定是健康。

自然的海岸

我们一起来到海边，是一个半岛的海岸。

天气是个怪物，想来也挺戏剧性，应该是夏天了吧？但依然是春寒布道。但是今天下午，明媚的阳光带着热情撒向了这片岛屿。

小岛中间有一片树林，其余几乎都是野草。从树林处向四野伸展而去，逐步地矮下去。先是芦苇，后是小草丛，再后来便是随地面爬行的皮草。直到海边已无绿色的踪迹，只是一片金黄色的沙滩。

站在沙滩上望去，碧蓝的海水泱泱而来，无边无涯。蔚蓝的天空明澈而澄怀。脚下黄澄澄的沙滩柔软的常常陷入你的脚印。但那哗哗的潮水很快会抚平沙滩的创伤，使一切又回复了平静。

我们漫步在沙滩上，享受着海风的吹拂，聆听着大海的倾诉。空旷的四野，并无他人的打扰，有什么要事相倾，无须窃窃私语。

我看到海水含有暖意，便脱掉了鞋子，走进了水中。水带着细沙走来又退去，抚摸着我的脚背。沙滩上偶有一些人们倾倒的石头，我站在上面，石头惹来的浪花又打湿我挽起的裤脚，我不由得悚一悚身子。大海却微笑着，不停地向我扑来，而又迅速地退却，仿佛在与我逗乐似的。

远处野鸭在海面上漂浮着，浪来了便漂向浪尖，浪退了便跌入浪谷。这才叫“波澜不惊”、“悠然自得”呢。朋友说：去捉住野鸭，野鸭不会飞的。我说：还有不会飞的翅膀吗？不远处就有一只在天空中飞旋。

从沙滩上我们又走向了岸边。回过头来欣赏岸上的沙土地里长着的皮草，红红的藤蔓，稀疏的长方形的叶片，当你把它扶起来的时候，竟然那么高，但它总是匍匐着。其中掺杂着一种兰草，圆圆的叶子，像是一张儿童的脸，嫩嫩的长在藤蔓上。我一边祈祷，一边顺手拔起一棵，发现根扎得很深。这并不难想象，根扎得深，才能汲取到水分。它要经过那厚厚的沙子，才能扎根入有水分的土壤。生命是最顽强的，无论动物或植物。这司空见惯的真理，不思考便无所获。

再继续向远的岸边走去，草便直立了起来。一开始是矮小的杂草，像是兰花的叶一样，但我知道那并不是兰草。其耐旱又耐涝，性情十分的泼实，有水时，它便生长在水中。干旱时便生长在沙土里。在离岸边再远一点的地方，就是那些芦苇了，长势总是那样的茂盛，高高的挑着穗子，在夕阳中被风吹得倾向了一边，这倒是一道独好的风景。

天空、大海、草地、树林、起伏的岛屿，远处如黛的山峦和高低的城市楼宇，构成了这辽阔的自然的空间。

我们开车来到海边是沿着一条车辙。但我们离开时，想沿着这条路继续前行，一定也会走出这个小小的岛屿，不想再走回头路，但是绿色渐渐地吞噬了车辙，最后进入了一片芦苇丛。我们只好又沿着原来的路线返回了。这时西下的太阳，逆光的芦苇丛，还颇有点诗意。我想起了李清照所写的词："常记溪亭日暮，沉醉不知归路。兴尽晚回舟，误入藕花深处。争渡，争渡，惊起一滩鸥鹭。"

车走在小岛屿的自然的小路上，周边都是杂草丛生，给我无限的趣味和舒畅。自然便是自然，无与伦比，无序便是自由，自由便是无限。

车又上了柏油马路，带着海边的泥沙离开了海边那片自然之地。那片自然的海岸会永留在心间。

"我看青山多妩媚，青山见我应如是"。

《天涯共此时》诗集序

现在自媒体的使用已经蔚然成风，人们之间的联系与沟通，也已变得非常简单、快捷和普遍。不论你在天涯或是海角，只要愿意动一动手指，轻轻点一点键盘，就可以建立联系。或互通信息，或在小小的手机上互相见面聊天，使得地球变成一个大大的皮球。

日中文化联合会成立之时，就建立一个群，很欣然我也在其列。幸运的是我又被聘为日中文化联合会的诗词编辑委员会的顾问。在这个群里，每天都有诗词歌赋发来，以抒发海外游子对祖国家乡的思念，抒发异国他乡创业的艰辛与快乐，抒发个人的实践经历及情感。每每读之都令人颇多收获。我曾写过一首诗以赞之：

世上从未缺奇才，诗句一出胜天籁。

人间何须方外界，读取诗句自开怀。

以日中优秀的传统文化为媒介，传递每一朵花儿的绚烂，表达每一个心情的灿烂，赞美每一个人物的光辉，享受每一个节日的快乐。用传统的古诗词表达心意，一下子把人们的情感就拉近了。传统文化已成为了游子们交流联谊的纽带。一提起中华的优秀传统文化，游子们的爱国热情自然便会升温。我记得有一首歌，名字叫《我的中国心》，里面有这样的一段词：“河山只在我梦萦，祖国已多年未亲近，可是不管怎样也改变不了我的中国心。洋装虽然穿在身，我心依然是中国心，我的祖先早已把我的一切烙上中国印”。每当唱起这首歌，人们不由得会想起家乡，心中会燃烧起爱国情焰。当游子们用中国的诗词歌赋去写日本樱花的浪漫，写日本的美景，写日本的生活时，也便把日中文化的交流推向一个文化高峰，加深日中人民的友好，也促进了教育、贸易、旅游的交流与合作。

在欣赏祝崇伦先生国画作品时，许多的会员都写了一首诗。王志刚、雨歌、管原幸子、月满西楼、卧松园主、王钦现、青山晶美、墨海寻音、郝嫦艳、一介疏狂、唐伯虎，他们的诗都是脍炙人口的。这些游子们赞美国画以及中华传统文化，怎会忘记祖国和家乡呢？

他们身在他乡却心系故土。记得疫情在武汉肆虐的时候，他们也曾送来了救援物资，便用中华的古诗词表达心情。“青山一道同云雨，明月何曾是两乡”，这是王昌龄的七言绝句。还有“山川异域，风月同天”，作者是长屋王。《唐大和上东征传》载：“日本国长屋王崇佛法，造千袈裟，来施此国大德众僧，其袈裟缘上绣着四句曰：山川异域，风月同天。寄诸佛子，共结来缘。”希望中国高僧能够去日本传授佛法。真有历史之缘也，也说明了日中两国文化同源。

文化和亲情是游子们与家乡维系的纽带。游子们又是日中文化交流的桥梁。文化和游子们都是日中两国人民友好的媒介和使者。从日本友人和游子们的书法、篆刻、歌曲、舞蹈、抚琴、绘画当中，可以看到日中人民友好的往来和对日本及中国传统文学、艺术的热爱，更多的是游子们对中国优秀传统文化的传播和传授。

日本是一个很文明的国度。日本的文化是兼收并蓄的。那种文明是继承的创新。那种文明在与自然的和谐相处中，在与人文的和谐共生中，在与科学技术的共进中。在日本的马路上写着“徐行”。徐者慢也，是一个文学性的字词，竟用在了日本日常生活中。以小见大，可见日本文化和文明程度。日本的食品、菜肴、园林、房屋、交通，堪称其是大众的文明。文明的普及与大众化，这也便是文化。互促互进，相得益彰。任何事情都是相辅相成的，不是孤立的，都是相互联系的，这种文明也决定了日本国的成功。

“千里之行，始于足下”，任何一个事物都有一个发展壮大的过程，日中文化联合会开展的一切工作也会逐步充实而丰富起来。不仅可以在线上，也可以更多的在线下开展一些采风活动。可沿着中国的唐诗之路去研究中国的诗文化，也可以沿着日本的诗文化之路去研究日本的历史，让更多超出诗的更深层次的文化研究成果载入日中人民友好和文化交流的史册。就从今日出版的诗集开始吧。这本诗集是日中文化交流更深层次的一个良好的开端。

在这里有山河，有天地，有情感，有花朵，有坚韧之力。它就像山泉一样，跳跃着与山石奏出“叮咚”的歌声来。它的目的地便是那深沉而又波浪汹涌的大海。我们期待着长途跋涉到达东海瀛洲的那一天。期待着，期待着。跋涉着，跋涉着。

日中文化联合会在传播文化、创造文化的过程中，又在续写着日中友好的历史。日中人民的友好文化交流是可以持续的。

日中文化联合会的人都是有气质、有学问、有品质的人，也是有影响力的人。日中文化联合会的人们有才艺，有水平。诗词歌赋也都很有古韵。

诗词编辑部拟集网上的诗词歌赋，予以出版一本诗集。月满西楼总编辑让我作序。我虽欣然但又怕有辱使命。思考久日，才提笔命文，以成拙作，是以为序。

一切都存在着

都说波诡云谲，但我站在岸上，望着波浪滚滚的海面和白云悠闲的天空，则竟无波诡云谲的感觉，只感到心旷而神悦，不曾想到海里有鲛，不曾想到空中有龙。

如见到鲛和龙你一定会感到恐惧，甚至失魂落魄。大千世界无所不有，我相信它们的存在，不然哪里来的惊涛骇浪和狂风暴雨。

除此鲛和龙传统的猛兽，人类在发展过程中又产生了许多反人类的新的猛兽。它们比鲛和龙更强悍一些，是刀枪不入、水火皆宜的怪物。是人们用农药、垃圾、污水喂出来的。

它们隐藏在不同的地方，随时可能出没，伤害和报复到人们。我不知道现在的瘟疫病毒是否也是人类所为而生。

人类都在不断地发明创造，你强我优不断地进行科技竞赛，在你追我赶中破坏了我们赖以生存的环境。因此，经常有自然灾害的发生，狂风暴雨形成的洪水，人们称之为猛兽。除此之外，如今还产生了许多反人类的怪物。

许多年以前传说：水中漂着一个大的秤砣，行人见后好奇，走进去捞取时，没入水中，葬送了性命。而现在科技的时代，则这种带有迷信色彩的传说少了。但科学的怪物多了，曾有一个人，到河边洗手，一个铁制的怪物，像猴子一样，只是没有毛，长长的手臂把人拖下了水。

过去是危险的，现在好像更危险了些，过去是主动的，现在是被动的。被动的更可怕，不知不觉，无缘无故的就受到了伤害，那是怎样的可怕。时间流失到现在，过去的科幻也已成为了现实，而过去的迷信传说也已又回归。

看着这大海和天空，仿佛都不曾有过什么。可是每天都在发生着可怕的事情。我常想是否是那些鲛和龙及新产生的反人类的怪物之流所为？为什么人类那么多灾多难？

一切都是可能的，一切都是存在的，且在不断地发生着变化。波诡云谲的存在是要透过现象才能看得见的，因为它是本质的东西。一切的存在我们可能想象不到，也可能观察不到，因为我们站在岸上。

信息堆积成大山

疫情蔓延大地，已经好多个日子了，人们仿佛多了许多理性和平静。路上的车多了起来，井然有序地疾驰。

街上也陆陆续续的有人行动，不过依旧戴着口罩，匆匆而过，一切似乎显得很平静。但是只要打开手机，一个沸沸扬扬的世界就呈现在你的面前。来自四面八方的微信，堆得像座高山。

本并不想看的，但是这微信的诱惑力确似洪水，经常会冲垮理智的大堤。一旦打开阅读，就会忘记时间，像洪水一样一泻千里。

我总想爬上山，不知道怎样攀上去，找不到一条路可以通向山顶。料想所有的人也都像我一样，在寻找这条通向山顶的路。

世上本并没有路，走的人多了便成了路。最后被众人踏出了一条山路。我便沿着它上行。

山麓处，大多的微信是关于疫情防治的药方和新冠肺炎的恐怖，还有一些调侃的笑话。

再沿着这条山路往上走，山腰处尽是关于疫情是不是可控？是不是人传人，谁说了什么，谁做了什么的信息，并有时间、地点，言之凿凿。

山上长满了杂草和荆棘，不容易辨别兰花和芥草，等到兰花开放，必真相大白，但欲移于盆中以观，也已为时晚矣。

病毒就与我们打了一个时间差，便迅速占领了各地。并回过头来向那些为其打掩护的人们微笑，然后，又收了笑容，狰狞着扑向大众。

患者之死证明了新冠肺炎具有传染性，更进一步提醒了人们要清醒，要警惕。有的患者死了，但是有价值的，是一块纪念碑又是一根耻辱柱。在那上面有着清晰的指纹和签字。这比语言有利，其实，只要一个人没有违背法律，说什么那是他的自由。说了假话我们也不要去辟谣。所谓的辟谣的做法是愚蠢的。辟谣只能给那些谣言插上翅膀，让它满天飞舞。

沿着山路再往上走，看到的是一些文人们以笔墨赞美那些一线的人们和针砭时弊的微信，还有为那些被感染者或罹难者请命的微信。

东西南北风一齐吹来。东风赞歌唱英雄，西风呐喊哀人众，南风带刺说事实，北风浩荡折柳枝。东风吹开东湖岸边如霞的樱花，西风摇动汉江水面往来的货轮。南风入帏惊醒帐中熟睡的梦人，北风凉透了清蒸的白虾和热腾腾的干面。

我已经应接不暇，一边是喜悦，一边是伤痛。喜悦的是在疫情面前敢于逆行的白衣天使，伤痛的是那些罹难者及其家人。几家愁苦几家毁，哪知苍生多寒水。去者永逝生者悲，左右环顾依靠谁？

医务人员的防护服短缺，就连口罩也不足，更不要说战略储备。从四面八方来的志愿物资，有的却被地方或关口征用。这是怎样的思维和道德？各自为政何其猖狂？

那些从海外运回的物资，在包装上面写着同心同力的诗句。尤其是日本民间机构寄来中国援助抗疫的物资上，印有“山川異域，風月同天”、“青山一道同雲雨，明月何曾是兩鄉”的诗句。这本无什么。但却竟引起一些人的奇怪的反应。发表评论文章，什么作者说：相比起“風月同天”更想听到“加油”。于是便有网民对日本的赞赏，对衙门的批评。只管叫“加油”，没有文化，语言贫乏。但似乎有人有些不忿，便在网上争论不休。这本并不应该，“加油”和“山川異域，風月同天”“青山一道同雲雨，明月何曾是兩鄉”“岂曰无衣，与子同赏”，本皆是无可厚非的。如果非得让人一辩仲叔，那么，“山川异域，风月同天”的鼓励用语，岂不更温暖人心？岂不更有临危而不惧的精神？岂不更有感染力？“加油”，生死离别之时，是不太适合呐喊加油的。还有“别慌”，慌什么？一座英雄的城市慌过吗？洋洋几千年的历史，源远流长的文化，之乎者也的文明，都被谁偷去了？

几句诗词，却让野蛮感到怪异。看看辞海里我们祖先留下来的浩瀚的文字吧！看看还能读懂几句？盘点了一下，却发现写了许多八股的文章，写了许多的话，也觉颇有点资本。语言是需要文明的。无论什么时候都需要文明，无论面对生与死，或是面对水与火。

但那些跳跳唱唱的行为是不合时宜的，让人痛心。如果一个民族需要通过表演去募捐，那该是多么的不幸和悲哀。

继续向山顶攀登，快要到达山顶时，看到的是在特殊的时期，我们必须独立的思考的微信。但奇怪的是就有那么多的人们拯救着那些文章。他们倒着写，竖着写，用符号用表情代替着文字，那么的执着，仿佛有什么真谛似的捍卫着。就在这来来去去的割据中，有的人看到了一切，并发出了有力的呐喊，但是有的人仍在那里彷徨。

戴着口罩"捂住"嘴，讲话愈发的艰难了。但有人写，有人用文字记下来：那些丑陋的、虚伪的谎言，或是朴实的、卑微的、善良的花絮，还有所有的不可忘记的悲痛和牺牲，应当深刻留在记忆里，不可背叛，不可任其散尽如烟，更不可让后人不知来路是何等坎坷崎岖。

终于到了山顶，然而高处不胜寒。这山顶高入云端。风雨雪无常，凄迷的天空看不清一切，更分不清方向。回旋风打着转地刮，让人不辨东西南北风。

一会儿和风细雨来了，一会又狂风暴雨，一会又雨雪霏霏。令人一会为之振奋，一会又为之悲切。疫情的攀升蔓延，四面八方的风生水起，舆论的纷乱，使人莫衷一是。

一些低劣的，不攻便会自破的话题，为什么还拿来当炮弹打过去？为什么还当作什么新的理论去辩论，挺着腰，十分理直气壮地作为辩论的依据？

不敢玉树临风的独自挺立。自古以来正派的人是不屑一顾那些出尔反尔的戏说和谩骂与侮辱的。

重重的雾霭，很难辨清方向。

书　名:《海浪花》（三）

作　者: 秋　实

责任编辑: 严中则　刘慧华

装帧设计: 陈汗诚

出　版: 香港文汇出版社有限公司
香港仔田湾海旁道七号兴伟中心 2-4 楼
电　话: 2873 8288

发　行: 联合新零售（香港）有限公司
香港新界荃湾德士古道 220-248 号荃湾工业中心 16 楼
电　话: 2150 2100

印　刷: 美雅印刷制本有限公司
香港九龙观塘荣业街 6 号海滨工业大厦二期 4 字楼

版　次: 2022 年 1 月初版

国际书号: ISBN 978-962-374-716-5

定　价: 港币 260 元（一书三册）